ABDULRAZAK
GURNAH

Abdulrazak Gurnah
古 尔 纳 作 品

Pilgrims Way

朝圣者之路

〔英〕阿卜杜勒拉扎克·古尔纳 —— 著
郑云 —— 译

上海译文出版社

1

七时刚过，酒吧就几乎空无一人。除了达乌德外，仅有的另一名顾客是个瘦削老人。他在吧台一隅，身子侧向酒水。男招待正和老人说话；他朝达乌德点一点头，示意看到他了，马上为他服务。一周将尽，捉襟见肘。达乌德要了半品脱最便宜的啤酒，坐在靠窗的角落。酒又淡又酸；他两眼一闭、大口啜饮。

他听见男招待正暗自发笑，是老人说了些什么。他俩都转身看向老人。老人咧开嘴往后一靠，视线越过肩头，一边盯着达乌德，一边点点头，仿佛想要宽慰他、让他平静。达乌德装出一脸哀伤，目光茫然呆滞，对老人的古怪举动视而不见。他觉得，这副嘴脸已赢下一整个帝国。那是扒手的微笑，不可当真，意在让无辜受害者分心、放松警惕，方便毛贼窃取贵重物品。它已漂洋过海，满世界对毫无戒心的外国佬卖萌。千百万人受其迷惑、嘲笑它显而易见的暗算企图，以为长着如此滑稽面孔的，必定如白痴般蠢笨。达乌德设想，这番景象该是多么难堪：半裸的人们，皮肤被阳光晒得通红，微笑起来全无诚意。受害者终于发现，那些凶恶的獠牙，时刻想着吞噬他们的异域喜剧世界。然而为时已晚。他们无能为力，只能惊恐地眼睁睁看着怪物将他们消灭。没下一次了。达乌德发誓。去找别的喜剧表演吧，你个老傻蛋。

他在酒吧独处,总觉得自己暴露无遗,担心有人会来跟他搭讪,还朝他露出一口黄牙。初到英格兰那会儿,他去了本不该去的酒吧;对于由此引发的深深敌意,他却浑然不知。一家酒吧拒绝卖给他香烟和火柴。一开始,他想这招待准是疯子,是个不通人情、故意刁难的怪人。接着他见酒吧里的人都在龇牙咧嘴,这才弄明白。他原想抗议、大闹一场,或者咒骂掌柜几句。后来,他把这场景做了细节还原。在这些后续版本中,他不再吃惊慌乱,他们伤害他,他回击也算完美。在一面镜子前,他排练着、想象着:如果父亲被如此公然羞辱,又会做何反抗。但那一次,他仅仅愣在酒吧里头,无法用异国语言组织起只言片语,只能注视众人龇着牙、咧着嘴,把他化作小丑般。

在另一处名唤"七枚指南针"的酒吧,他被告知菜单上的意面已经售完;可他分明看到,热气腾腾的盘碟正从柜台上传递过来。他提出会会老板,一面显摆地闻闻英镑大钞,暗示此事和钱有关。不过他留意到,几个五大三粗的主顾,对此颇感兴趣。无需警告。上帝保佑女王。说罢他撒腿开溜。

一群市民把他从又一家酒吧里赶了出去,目光紧逼、恶语相向。他闯入聚会、坏了他们的兴致,惹得众人怒不可遏。这也可能发生在你们身上。他站在门口扯着嗓子。命运也会给你们沉重一击,让你们发现自己和我一样,不幸投错了胎,到哪儿都被撵出来,可怜巴巴遭人白眼。他们转过身,来了通市民特有的肆意大笑,连呼吸都有烧焦了的动物脂肪气味。哎呀，他们说，我的老天爷！

最辛酸的，是他被"板球手酒吧"拒斥在外。他去过两三回，刚有了点安全感。墙上的照片真扫兴，只对英格兰和澳大利亚球员致敬。没有加利爵士①，也没有三W组合②，但他觉得，照片旁的板球装备让人安心。结果，老板娘还是请他离开。她告诉他，自己没把握阻止丈夫跃过吧台、喂他一顿老拳。于是他怏怏而去，既惊又恼：一个高尚运动爱好者，待他竟如此刻薄。

达乌德慢条斯理地喝那半品脱，也没人露脸给他再买一杯。他起身时，外头天还亮着。他拐进大教堂边上一条巷子，走向医院。这就是他早上上班的同样路线。一个主意冒了出来。比起白天，晚上他可以找更有趣的事来干。他的生活变得这般空虚？假如有人发觉他如此打发时光，他会作何感想？他挣脱消沉的意志，头一扬继续前行。

这是个温暖的六月之夜。如果人行道上到处是活蹦乱跳的孩子、趾高气扬的青年，还有几个靠谱的成年人，边散步边侃大山的话，达乌德并不奇怪。然而，眼前的马路却空空荡荡、一片萧索。他加快了步伐；肃杀的街道、心中的期待，令他忐忑难安。这座城镇好像已被遗弃。它完成了目

---

① 加利爵士（Sir Gary, 1936— ）：本名加菲尔德·索伯斯（Garfield Sobers），生于巴巴多斯的著名板球手。曾任西印度群岛板球队队长。1975年受封为爵士。
② 三W组合：西印度群岛板球史上三位传奇球员的合称，因三人姓氏均以字母W开头，且都出生于巴巴多斯。他们分别是弗兰克·沃里尔爵士（Sir Frank Worrell, 1924—1967）、克莱德·沃尔科特爵士（Sir Clyde Walcott, 1926—2006）、埃弗顿·威克斯爵士（Sir Everton Weekes, 1925—2020）。

标，居民也往别处另谋生计。他避开幽暗至极的后巷。天晓得里面会跳出什么来？谁会听见他呼喊求援？

达乌德想象着世间最大帝国的一名代表，在仿佛消失了数百年后，刚刚返回就踏上了这几条街。他负责拷问几个阴郁沉默的部族。那时，让百姓安居乐业的想法始终给他支撑。古老的新教国家腹地，如今毫无生气。他漫步其间，定会痛苦地叫喊。身处与世隔绝的帝国前哨，自欺欺人成了家常便饭。他乐滋滋地回味起热带之夜。丛林鼓点阵阵、蝉鸣声声，催人入眠。在热带地狱里，那些没完没了、枯燥乏味的下午，男人终究是男人，明白阶级和权力的力量，这有多令人满足呢？是啊，没错！但达乌德提醒自己，没什么好沾沾自喜。不管有没有蝉鸣，至少街道都铺设得干净整齐，晚上也没有野狗沿街流浪、从垃圾中翻找腐肉充饥。每当他到家冲个淋浴，莲蓬头就会出水；没有灰尘，也没有该死的生锈齿轮嘎吱嘎吱。灯亮着，厕所冲了，店里也总有洋葱。他仰慕能把一切运转得有条不紊、铺平道路、让火车通行的组织。

圣乔治塔显示八点二十。它总慢七分钟。他逐渐觉察到此，不过小事一桩、无伤大雅。方圆数百码内，此塔系躲过战时轰炸的唯一遗存。他想，兴许它的心跳停过七分钟吧。它留了下来，如今像颗老白齿般蹲在拱门和列柱之上。炸弹原是冲着大教堂去的，可它却几乎毫发无损。珍贵的玻璃件早被藏匿，花岗岩墙壁和尖顶不惧几近最直接的打击。通往大教堂的小路也奇迹般逃过一劫，使这座诺曼人虔诚建立的建筑安享中世纪的僻静，守护它的是众多蜿蜒逼仄的小巷。

通过教堂外敞开的大门,他看见周边区域灯火通明。他瞥了眼像山峦般起伏的石砌教堂。在梦幻的灯光下,尖顶像童话中的塔楼那样尽显优雅。这些年他一直在城里住,从未走进教堂。他无数次路过这儿,从女王门抄近道,也曾被一伙光头党追赶着逃经那些回廊:亲咱们一口,黑鬼。他朝他们亮了亮他那帅腚,边跑边卖力回骂:去找个二货亲吧,该死的傻蛋!他一次都没入过教堂,而那伙光头党倒很可能去过。

他取道公共用地,走向主教道。不少人管它叫做公共游乐场,起初这让他有些困惑。他误以为是沉船①,某一远古海难之所在。游乐场是块洼地,四周高坡环绕,其上草木丛生。就在高坡下面,一条小径和主路并行。他走的小径穿过球场,从挨近主教道的废弃水磨坊旁出来。他犯下错误,走得太远;待到一脸惧色,已然撤不回来。他见一男子从主路爬下高坡、又俯身将牵狗绳解开。他总提防着狗;眼前这只大狗,毛色发亮、口水直流、面露饥色。他赶紧移开视线,以免惹它注意,就像个孩子紧闭双眼,来摆脱妖怪的威胁。他两腿紧绷,意识到自己每走一步,就离主路和街灯更远,也越发陷入漆黑一片。过了一会儿,男子和狗显然还尾随不舍。十几码开外,达乌德看见男子开始龇牙咧嘴。他顾不得尊严,夺路而逃,猛犬在身后喘着气、连蹦带跳。他听见男子狂笑不止,接着又一声口哨将狗唤回。一座小桥横跨溪涧,成为游乐场的边界。达乌德来到这儿,方才停下脚步,

---

① 原文游乐场为"rec",沉船的英文是"wreck"。

对着男子一通毒咒恶誓。他没有将男子看得真切，只瞥见副皮包骨，身上套件大衣，油光光的灰白头发往后一梳，活脱是对默片明星的拙劣模仿。不过他确信，真主要认出他来并无困难。真主之前很可能碰到过这个家伙。

他到达住处门口，教堂的钟正好敲了九下。他屏住呼吸悄悄进门，大气也不敢出一口。房东笃信黑白分明，可处理起朽烂的地板来却相当不情不愿。他甚至公开质疑过房东的信念：你凭什么说相信各个种族可以共存，就像钢琴上的黑键白键，说完就这样剥削我和我的族人？他尤其得意于用了我的族人。他注视着羞愧难当的房东，心想他的地板准能搞定。可房东不知怎的控制住了苦恼；他向达乌德坦承：除非能再略微多收点房租，否则没法干这维修活计。

达乌德打开电视，坐到它前面。他这样做，更多的是用噪音分心，以驱散沉寂的屋子带来的苦闷。那不管用；透过电视里刺耳的音乐，他听见内心愤怒的抱怨，要压制它可没那么方便。

想到还有信要写，他就不禁一味自责起来。与之俱来的还有抛诸脑后的回忆。他觉得踌躇犹疑，不知一贯忍受是否已让他变得谨小慎微、自欺欺人。温暖的金色海滩闪过脑海，尽管他并不肯定，这番景象是否截选自别处的宣传册。他抵御不了独处所带来的浪漫和戏剧化，深感无力自拔。记得上学路上，为了给经过的店铺和路人照相，每步都很费劲。他太过分了；故友面容浮现眼前，似在责问他为何疏远了自己。

鲜少有人给他来信，他倒也乐得如此。关于英格兰，旧交来函总是一派乐观，读之不免尴尬。这些信件极度脱离令他蒙羞的生活实际，甚至可以当做嘲讽来读，虽然他知道实情并非如此。他想，他们还是做了件好事，将智慧与学识的火炬传给了数百万愚昧的非洲大众，还让整整一代人对培养他们老师的国度心驰神往。可怜的拉贝亚里韦卢①，那位马达加斯加诗人，当他无法前往法国，便自杀而死。你们笑个够吧，达乌德想，直到你们读了他的诗。然后你们又会诧异，那样聪慧的头脑，竟会轻易自寻短见。他讨厌收到朋友来信，更害怕勉强应付。他给他们写信的时候，发现自己养成了一种古怪的文风，希望他的婉言谢绝会让他们窘迫不堪、不再回复。还是他父亲那一代靠得住。人们还清晰记得，他们出生的年代还没有欧洲人到来；此后的记忆全是担惊受怕。狰狞的帝国龇牙咧嘴使他们既自损自贬、又焦虑不安。

---

① 拉贝亚里韦卢（Jean-Joseph Rabearivelo，1901－1937），马达加斯加著名诗人，非洲现代文学之父。成长于法国殖民时期，1937年服氰化物自杀身亡。

2

达乌德靠在眼科手术室的墙上,数着滴答作响的秒针。几英尺外,两名戴着口罩、惊恐万状的见习护士缩在同一堵墙边。她们这是第一天上岗,老老实实站在护士长交代的地方,甚至都不敢交头接耳。达乌德瞅瞅她俩,欣赏着她们婀娜的身段,然后又定神数起秒针来。她俩瞅瞅他,好奇他是何人——头戴褶边帽、脚蹬长筒靴,一副无所事事的表情。外科大夫也瞟他一眼,接着讲他的游艇故事。达乌德的站姿隐约让他不安。和年轻护士不同,他知道达乌德是个手术室护工,经常喜欢挑刺。大夫觉得,他的姿态看着好生滑稽。有一两次,他见达乌德倚着墙、捧着书;这在眼科手术室有点过分。

那天下午当值的是威廉敏娜·谢尔顿护士长(生于牙买加、现居布伦特①)。她戴着口罩、双眼怒视,似在找活儿干。她的目光落在达乌德身上,不觉莞尔。他朝她抬抬眼,假装正打瞌睡,一边沿着墙砖缓缓下滑,好像最后会重重摔倒在地。她使个警告眼色,又飞快地瞥了瞥大夫。他曾告诉她,她让他想起妈妈。自那以后,她一直对他存有好感。他喜欢跟她搭班,因为她爱激怒大夫们,总对大家冷嘲热讽。他几次不禁想问,和家乡隔着千山万水,她是怎么来到这儿的。可她也许会问同样的问题,那他又该打哪儿开始呢?她是个矮胖的黑女人，一脸笑容，但语带讥讽。他初次碰见她，她就淡淡地、不屑地看着他，提醒他保持距离：别以为自己一身黑皮，便对她投怀送抱。后来有了独处机会，他一口一个大姐，只想讨她欢心。对他明目张胆的巴结，她冷冷地哼了哼，不过他辨得出她眼里满是笑意。

最初那几个星期，她对他友善亲切，他也心怀感激。他需要尽可能多的帮助。人体被剖开的样子和气味让他既恶心又惊骇。身体会那样流血，或者发出那种气味，对此他毫无概念。他最最厌恶的，是环境迫使他搞清楚，而且让他卑微到如此程度。他的工作包括清理术后肮脏的诊室、擦洗脓血、分开器械和设备。那些是他最基本的职责，从开工以来一直没变。这是大多数时候他干的活儿，虽然偶尔允许他握住大夫的手，或者擦擦医师的眉头。他的任务清单也包括在医师指导下剃去病患的阴毛。虽然还没轮到，但他心生惶恐。一想到要处理一些衰老的睾丸就让他满心嫌弃；他也害怕把病人意外割伤。如果要求他给女性剃毛，他简直不知道从哪儿下刀子。

威廉敏娜·谢尔顿护士长托了托口罩，比划着示意他喝茶去。他停止数数——三千两百二十秒已经过去，那意味着，还有三千七百八十秒他才能收工，把自己撬离墙壁。护士长瞪了瞪俩护士，点点头叫她们跟着他。他在手术室门口等着，以免她们找不着路。他没觉察到自己的克制有多生硬，好像巴不得被回绝似的。两名护士摘下口罩，两眼放

---

① 布伦特（Brent）：英格兰东南部城市，在大伦敦西部。

光,略带羞涩。她们相视一笑,夸张地来几口深呼吸。她们都戴着褶边帽,那是女员工用来罩头发的。他也戴着一顶,有时还来两顶,因为他知道这会激怒督查所罗门先生。他希望见习护士梅森不要戴。她长得真美,让他看着心疼。

"你知道休息室怎么走吗?"他问她。

她摇摇头,不过没关系。他还没打算不管她。他开始稍稍走到前面一点;他转身想聊几句眼科手术室,却从眼角处看到自己还戴着个口罩。他赶紧伸手摘了,感觉她眼里掠过一抹偷笑。

"那是眼科手术室的标配,"他说,想让聊天轻快些,"几乎没什么事。如果你能一直醒着,那可走运了。第一天过得怎么样?"这次,她微笑着轻轻点了点头,省得他再追问。她转向她的同伴,匆匆和她换了个眼色。达乌德觉得这很眼熟。那是寻求怜悯的眼神,警告她们当中有个怪胎——真让他恨得咬牙切齿。一到休息室,她俩就甩开他飞奔而去,和同一天在其他手术室的见习生汇在一起。她脱下帽子;他注意到她盘着秀发、后面扎个圆髻。她静静地坐在兴奋的同伴们中间,似乎比她们大多数都年长些。她好像有所不适,但没人朝他的方向看。他快步离开,尴尬于她们全都忽视他的存在。她跟出来走到走廊上,以为休息结束了。"不,你们还有十五分钟,"他说,"认得回去的路吗?"他见她眼里有一丝不确定,接着摇摇头、跟着他走了。

其后数日,他看她在附近出现,正飞快地和手术室里的正式护士交朋友。在他们初次相遇几天后,她对他说话了,要他给她去取点东西。她冲出某间手术室,大夫要把量角器的吩咐搞得她耳朵嗡嗡作响。她瞧他一路溜达，胳膊下夹张报纸，正往休息室去。她清楚，他就是个护工；或者如一名护士所言，半吊子高级清洁工。

"去给我拿把量角器来？"她说。他从她眼前经过，仿佛她一个字没说、仿佛她压根儿是空气。"对不起，帮我拿把量角器行吗？"她大喊一声，迅即后悔嗓音里的绝望。他停下脚步，转身看看她，然后往回走。她当然不知道，他胳膊底下的报纸登着篇文章，分析去年冬天西印度群岛板球队赴澳大利亚的灾难之旅。他离家前瞄过一眼，回忆又涌上心头：那帮澳洲佬尖叫着，发了疯地捉弄、辱骂头戴红褐色球帽的可怜小伙。可他毕竟要去上班，更甭提要对某个上校的女儿客客气气。这个狠心的傻妞正向他索取量角器，好像他是俱乐部里扇布拉风的伙计。

"你要量角器什么意思？什么量角器？我们没有量角器，"他说，"你是不是要牵开器？"

"是的。"她松了口气，这玩意儿真的存在。

他把牵开器指给她就走了，而她还在努力挤出一句谢谢你。他坐进休息室，读着澳洲之旅的可恶细节：那是一出血肉之躯无法忍受的悲剧。不管怎样，那副目瞪口呆的急迫模样让他恼火。在眼科手术室外碰到见习护士梅森的头几分钟内，他还没有想过，她会干什么事惹怒他。但这些事天天发生，他安慰自己。生活就那个样子。这么个美人，变得歹毒刻薄，拒绝了他的一片好意。虽令人伤心，但他不会闷闷不乐。他会继续欣赏她的美貌及其优雅的风姿。

这是他值一个月夜班前的最后一个工作日。依照惯例，最后几个钟头允许可怜虫有一定程度的自由。达乌德在休息室里懒洋洋地坐着,能拖多久是多久,一边以他自诩的英勇坚忍,接受熟人的同情。值一个月夜班也有不少好处:薪资更高、休息也更多。但达乌德痛恨被逼白天睡觉,半夜三更啃三明治。长夜漫漫、无聊透顶。没事发生,除了偶尔送来个倒霉蛋,或是跌入矿井,或是头绞进了血盆大口的机器。他们被医生戳上戳下、颠来倒去,最终一命归西。当然,紧急剖腹产也是家常便饭。这时候,医院总算名副其实。医生用电话厉声下令,昂首挺胸的助产士们步入手术室、移开设备,以免妨碍他们看见婴儿降生。麻醉师会再三复核麻药及用气,护士们也会再度重温入职时的使命初心。达乌德明白,产妇比其他多数病人更重,将她挪上手术台更吃力。子宫被主刀大夫剖开,出血也会多得多。不过,婴儿出生时总很可爱。在他眼中,手术室里最最悲观、满脸严肃的人们,一看见那个抽抽搭搭的小懒虫,也会突然人性流露,微笑着鼓起掌来。

但凡有得选,他肯定不值夜班,因为这是护士的事。但护工没有选择。一个月下来,他总觉得有点疯七疯八,肠胃也是一塌糊涂。世界似乎抛弃了他,他已告人间蒸发。待他返回,常感到错过了什么、虚掷了光阴。所有他下决心用空闲时间读完的书还是一页没翻;所有他打算写的信也仍在脑子里叽叽喳喳。尊敬的手术室督查,他起笔,英明无比的所罗门先生,向您致敬。护工就是护工,插不上嘴。给您去信,无非抗议您残忍的规定,嘱我值上一个月夜班。在下生性敏感。长夜孤凄,令我歇斯底里、神经兮兮。我无从保证,不在膏药店里发飙。

他查验发现,夜班头一晚当值的是温图尔护士长和查顿护士。她们都是夜班老手,可以相信,晚间某时,两人便会消失几个钟头。聊天本可以打发漫长乏味的时间,但和那两个专业户没什么天好聊。那位护士通常努力一下,多扯上一句半句。不过达乌德感到,她更多是出于误置的礼节观念,而非实有兴趣。至于护士长,他有数,绝无如此傻乎乎的念头。她会花半小时大谈最近一次晚宴,然后便退往医生休息室,打个长长的盹。

下周一他来上班时,原本指望有个安宁轻松的晚上,无聊但是平静,就像和亲人在家度过一下午那样。一般不到第三或第四晚,他不会产生幻觉,好像自己被关在坟墓里似的。但他刚到单位就发现期待落了空。查顿护士来自毛里求斯,故别名"渡渡鸟"。这一物种现已灭绝,毛里求斯是其最后的、也是唯一的栖息地。她染上严重的生殖器静脉炎,因此请假一天一夜,去伦敦西南第十七邮政区的图亭,帮妹妹操办正在家庭牧师住宅举行的婚礼。当晚她的替班是一名见习护士。

"摩根、穆尔或是别的名字。她在手术室已满四十八小时,她们就非要她值夜。真丢脸。她们实在懒得要死……"

"她叫梅森,"达乌德说,"在这儿两礼拜了。她父亲是冷溪近卫团上校。"

"真的吗,"护士长小心翼翼地说,突然拔高了音区,"这该不是你的又一个小把戏,对不对?"

他们发现见习护士梅森在休息室,仿佛盼望某人派给她件活儿干。"凯瑟琳·梅森,是吧?"护士长问,"我是护士长安吉拉·温图尔;这是达乌德,我们的护工,虽然我听说你们认识……有很多事要做,所以咱们先来点儿咖啡。达乌德告诉我,令尊是冷溪团上校,那你一定见多识广啰……当然,自打撤离苏伊士以东,能去的旮旯也少多了。我们当时在另一支部队,去东尼日利亚执行任务。我儿子就是那儿出生的。"

玩命的魔鬼,达乌德心想。

"几天前我还正和伯纳德·芬德利说话来着……你认识他吗?哦,我一定得让你见见。下回他来晚餐的时候……他可是陆军万事通。他现为随军牧师,在廓尔喀军团或者某个前线军团。都是当地队伍,我记不住番号。他说过,传教工作和军方有不同寻常的关系。不少传教士貌似都来自军人家庭,包括他自个儿和我丈夫。这层关系是不是不一般?"

达乌德得意洋洋、幸灾乐祸地看着他干的好事。凯瑟琳·梅森太客气了,不敢说护士长精神不正常,温图尔则大步流星,没有觉察到这位年轻姑娘脸上困惑的表情。过了一阵子,护士长也渐渐起了疑心,心照不宣地白了达乌德几眼。接着,按老规矩,她又吹嘘起最近一顿晚餐,聊以自慰:小牛肉碎肉糜、辣子鱼拌海量沙拉、火炬酥饼佐陈年苏玳①。护士长喜欢炫耀她家的晚餐,还几次寻开心,似有若无地邀请达乌德几时来和我们一道用膳,结果全都不了了之。不过,每当她来请教一二,他总乐于提供建议。咖喱贻

---

① 苏玳:法国苏玳地区出产的一种白葡萄酒。

贝就是他的主意；至于麻烦的素食客人，则有木瓜配马苏里拉奶酪馅饼。很快，显而易见的是，晚餐已经耗完了温图尔护士长的精神。她感到筋疲力尽，不得不躲到医生休息室里喘口气。

"来点咖啡？"达乌德边提议，边起身把水壶放炉子上。

"我爸爸什么时候参军的？"凯瑟琳微笑着问，表示她开得起玩笑，"征兵服兵役的时候，他打心底里反对。把他说成冷溪近卫团的上校，我想，他不会开心的。"

"冷溪近卫团怎么了？莫非你父亲是共产党？"他问。

他见她的表情，忽而皱眉，忽而不屑——他是个讨厌鬼，还是个笨蛋？"呃，总之他不是近卫团的人，"她说，不理睬他的问题，"护士长讲你叫……达乌德？我说的对吗？你来自哪里？"

"要加糖吗？"他问。

"不了，"她说，突然咯咯大笑起来，"你为什么那么说？把我爸爸编造成上校？我知道你在捉弄护士长，可你凭什么扯到军方？"

"就凭你说量角器的模样，"他说，"听上去像个上校的女儿。"

"真的？听上去牛吗？"她边问边笑，着实没有想到。

"太牛了！好像你在和俱乐部扇布拉风的打招呼。"他添上一句，猜想她喜欢这个形象。

"拉风仔听着有殖民味。"她说，察觉到他在逗她。

"只有最出色的殖民者才会像那样说量角器吧。"

"那天蠢死了!没听清楚就那样冲出来,"她板着脸继续说,把聊天主题给换了。她的腔调也不一样,变作了不容嘲讽的口气,"当时挺紧急。但我只是跑出来,大声求助……几乎没人搭理我。"

他停止把水倒进咖啡杯里,眉毛低垂,悄悄看了看她。"我不接受批评。"他说。

"好吧,"她顿了顿,笑盈盈的,"请留意我提问时多么客气;也就是说,你总得帮我一把。我该怎么办才好?你能露一手吗?"

"喝你的咖啡吧。这才第二杯,后面还多得很。"

"就这档子事?"她问。

"没错,"他朝她咧咧嘴,"除非有人生病。你当然可以睡觉,人人如此。"他提醒自己冷静,别在快乐聊天上太投入了。要打动她的芳心,那是最烂的一招,何况他希望她认为自己又聪明又亲切。她看上去那么矜持、那么自信,不像有的英国女性。他想,如果他中意她,她绝不会有惊慌失措的反应。他喜欢她无忧无虑的样子,还有温图尔护士长出丑时她脸上放光的神情。他喜欢她听他说话时蓝眼睛里的平静,也佩服她镇定自若的回答。他猜想,这份自信一部分是场骗局、是副架势,但他还是心生妒意。她谈吐之间好似了无心计,尽管他清楚这不可能。

她略一颔首,接过他递来的咖啡。"无论如何,我以为手术室里值夜班意味着应付可怕的突发事件。事故啊,轻微的飞来横祸啊,诸如此类。没料到事情这么轻松。"

"有时候挺紧张,"他说,"但不少时候很平静……理理架子、换换气瓶、打包一下器械,为白班做做盘点。你值了多久?"

"就一晚,"她边说边叠拢双腿,往椅子里微微缩了缩,"然后就值回白班了。"

"讨厌手术室吧?"他问。

她扮了个有点嫌弃的鬼脸,把他俩都逗乐了。

达乌德的预测很准,当晚没有急诊。护士长偶尔出现,或续上咖啡、或抱怨当白班的落下了某样差事。除此之外,他俩得以喝喝咖啡聊聊天,打发一宿。她谈到双亲,以及在医院的这一年;他向她介绍自己的家乡,没完没了地讲——他事后想。

"是什么让你决心当护士的?"他问她。她凝视了他好长一会儿。他见她的双眸变得深蓝,眼中似有难言之隐。"不是非要你回答,"他说,"别担心了。"

"不、不,"她反对,"只是有点儿复杂。"

"那么下次吧。"他说。

"现在就告诉你。不用大惊小怪的。你为什么认为我不想回答?只是没料到你会问这个罢了。自从到这儿,没人问过我。我想要当护士,就这样。理由嘛,和大家一样……我妈说,我小时候最爱玩的就是假扮护士。把这当做一门行当……一种职业,"她笑着纠正,"我告诉自己得放下浪漫的幻想。不能指望去照顾一名英俊的飞行员,或是一位外冷内热的年轻诗人。不过,我想那恰恰是我始终在期待的;瞧,青少年小说里常有这类东西,夜里就着病房静静的灯光读着浪漫的传奇。嘿,你在笑我。"

"你讨厌护士这行,我看得出。"他说。

"我当然不讨厌,"她大笑着表示异议,"当护士有点无趣;工作又累又脏,时间又长,收入却少得可怜。但我干吗要嫌弃这一行,看在上帝的分上?我只觉得让爸爸失望了。"

"上校大人,"他说,"我猜猜看,他要你当个……呃……物理学家。"

"他真不是上校,而是个律师。他想要我学音乐,而不是学物理。"她说,一串回怼令他直蹙眉。也许,"上校"这个玩笑已经说腻了,又或者,她从一开始就忿忿不平,如今是时候揭穿谎言了。"他鼓励我好多年,总说我有音乐天分,可我从不相信。我没当回事,别人更不当真。我想,我是害怕抛头露面、害怕自己不过是又一个蠢材。我兄弟觉得我就是。理查德……他是咱家的明星。我能说说他吗?"

"请便。"他说。他注视着她说话,想着要不要把把脉,看看自己是否坠入了爱河。不是你般配的类型,他告诫自己,回想起之前遭拒的经历。

"理查德也是个律师,"她说,"在东伦敦开一家法律援助事务所,成天忙忙碌碌……正接办一桩什么重要的判例。他热爱工作、特别投入。来这儿之前,我和他们——他和女友克里斯——住过一段。他常拿我的音乐特长开玩笑:我一练琴就调大收音机音量,或者埋怨噪音伴奏,他没法干活。妈妈总叫我打住,因为理查德工作要紧。等一切安静下来,我坐到角落生闷气,他却偷偷溜过来幸灾乐祸。"

这人可真行,达乌德想,听出了她语气中的不自信。

"那会儿我们真的处不好。"她说。从她微笑的模样,他猜,那只是轻描淡写。"不过现在处得好多了。"

"他赞同你当护士吗?"他问,好奇理查德怎会默不作声。她也纳闷地看着他,直到深夜催生的熟络诱使她开口。

"我不知道,"她说,"我不觉得他赞同我。不,听上去太可悲了。我不想谈论理查德了。"

"续杯咖啡,换个话题吧,"他说,"除非你打算去吃晚饭。那样的话,餐厅还有二十分钟关门。"

"天哪,开什么玩笑。都快两点了。夜里这个点我可咽不下那个。"

"就是嘛!咖啡马上就到。"他说着站起来。

"不,谢了,"她说,"我想我该去看看护士长在忙什么。我不想给她留下自由散漫的印象。很可能发现她要写一份关于我的报告。也许不会太久。"

他感觉糟透了,好像在她面前出了丑,虽然他知道不该这样。随着她的离去,他意识到,他俩聊天时的坦诚使他飘飘然,竟误导他提了个打探隐私的问题。他明白后面会发生什么。因为说了太多自身情况、因为他搅扰了她的生活,她会躲开他、避免和他接触。这种时候,他想,他们憎恶他,更多是出于他外国人的身份;仿佛他用肮脏如患麻风病的双手,触碰了他们的隐秘。他最怨恨的,是一股心照不宣的责难,指斥他一贯企图捞点便宜。

没多久,她回来了,比他预期的更快;他怒火中烧,不愿问明原委。他见她眼含悔咎、双唇紧闭,似要阻止千言万语脱口而出。起初,他对她保持距离。他不过问了一句,何必小题大做。显然,他的敌意令她难堪。好在她继续说话,他也时有回应,以免彻底谈崩。他们心怀戒备,没了当晚稍早时分的自在。天色欲晓,护士长把她带走帮忙收拾,以备日间所需。达乌德走入器械室一次,可他碍手碍脚,护士长逗乐的眼神也让他不悦。准备下班时,凯瑟琳已然不在——护士长同意她先走一步。

他知道,次日夜里她不值班,但他还是期望能看到她。"渡渡鸟"也许为其妹妹操劳而累倒;往返图亭的交通也许因运输业罢工而中断,又或者,图亭因天龙特工队降临而处于恐怖统治之中,举步维艰、出游没门。可"渡渡鸟"偏偏就在,像往常一样皮包骨头、兴高采烈。一见到达乌德,她的一口金牙就闪闪发光,真是乐不可支。

"在毛里求斯度假怎么样?"他问她。

"傻小子,我只去了趟图亭,参加小妹的婚礼,"她边说边咯咯发笑,一副坚不可摧的傻里傻气,"瞧瞧给你捎了啥。知道你当班,特意留了点哈瓦①和拉杜②。"

"原来你去了图亭吉,"他边说边模仿她的腔调,"和那帮哈布希③一起安全吗?只要瞅见一个女的,他们只会想起一件事。"

"二愣子,在这个国家,咱们都是黑人。"她边说边放声大笑,使得大家确信她在扯谎而已。

---

① 哈瓦(halwa):用粗面粉或胡萝卜加杏仁和豆蔻干籽制成的甜食。
② 拉杜(laddu):用面粉、糖、起酥油做的炸糖球。
③ 哈布希(hubshi):乌尔都语,意为"黑人"。

3

初夏的医院车道旁，栗子树的花蕾完全绽放。他走下林荫道，背对医院主入口上方的门廊塔楼。绿地顺着车道往前，被晨露打湿。达乌德扭头瞥了瞥，这巨木成荫的景色总让他心旷神怡。他走进宁静的圣杰罗姆街，街两边坐落着整洁的小屋。这份整齐干净吸引着他；在他看来，这是种可望而不可即的情形。他曾见一名男子沿街而下，用把钳子夹起干硬的狗屎。他先嗅上一嗅，再将狗屎放入一只簸箕。他觉察到达乌德正盯着看，便不满地怒目而视。让达乌德羡慕的是，他能热衷于这项工作。

街道猛地一拐，他在横穿马路前又往后扫了一眼。他是个高个子，但清瘦得像个长跑运动员。他穿的衣裳，既不大合身，又不洁净。一件黄色大码针织衫，后背缩水、肘部被拉得变了形。他每每想起，就把背部朝下拽拽。月复一月的污渍，在绿色裤腿上留下痕迹。短平头、胡子拉碴，他给人冷静干练的印象，对此他却浑然不知。

衣服总是如此肮脏，着实令他羞愧。毕竟，把他拉扯大的母亲，待卫生如宗教般虔诚。有时他也陷入自责，将他的邋遢模样视为其堕落的有力明证。每周伊始，他许下诺言，定会清洗所有衣物、补好一堆裤脚、把无数纽扣缝回衬衫。偶尔，他用桶肥皂水把衣物浸泡几天，然后洗刷一番。有时，几天拖成了许多天；难闻的水桶、逐渐黏稠的皂液，他都一避了之。最终，他总是无奈认输，两手往糊状物里一搅，试图将恶臭除掉。你的伯父为了保卫帝国免受"黄祸"献出了自己的生命，此时此刻，他训诫自己，而你竟沉湎于烂衣服发出的熏天臭气。难道他的牺牲，加上英皇非洲步枪团里战友们的献身，都一文不值？

度过了一个个漫长的不眠之夜，晚班后的早晨，他总觉得唯有自己神清气爽，而他所遇之人却都神情疲惫、睡眼惺忪。他留意那些衣冠楚楚的秘书们，因为他欣羡他们的身姿，以及他们穿衣打扮的方式。从先前的邂逅中，他认出了当中几位。倘若没能遇到眼前心仪之人，他总不免灰心丧气。他路过穿着传统的年轻人，便猜测他们准是会计师或律师助理——有家可归的聪颖青年。他们舒适的工作、光明的前途，还有那时髦的深色夹克衣，都让他嫉妒不已。

公地旁的路上，车流如织、往来飞驰。司机们都凝神注视着前方。达乌德朝一位国字脸、神色郁闷的男士挥挥手。他坐在一辆棕色马克西牌汽车里，因大排长龙而无法通行。他往后瞧瞧，不确定达乌德在朝谁挥手。达乌德又挥了挥手，加上一个灿烂的微笑。男子双眼一合一睁，往前瞅瞅。先生，达乌德抱怨，您显然不认识我，这不是您的错。因此，以这种方式相识，对您来说，比较意外。我看您像个宽厚的好人——也许有点忧郁，但很可能心慈手软。我并不是乱开玩笑。我一眼就能看出，如您母亲老到迈不上台阶，您绝不会允许送她去敬老院。我猜，您是当地板球队的投球手或守门员。我错了吗？多么高尚的运动！所以，您这样的先生,谈吐不俗、心怀仁爱,在如此美好的早晨,怎会驱车经过,却手都不抬,也不问问我姓甚名谁、从何方来、到此何干?难道您毫不关心?

道路另一侧,一名女郎迎面而来。她身材苗条、个子高挑,拉着脸、面色苍白。她缓缓上桥,面无表情、一脸漠然。她停下过街的脚步,视线从他那儿移开。这位冷女郎的自信让他发现,貌似可怜的她透出一丝傲慢。他偷偷端详起来:她双眼乌黑,里面似乎泪光盈盈,好像马上要哭将起来。一张樱桃小嘴,状如菱形;几许口红,搽来涂去,弄到了上唇外面。她的脸有几分生硬,仿佛造物主赶着去完成下半部分。身穿紧身牛仔裤,底端沿小腿稍稍卷起。一件脏兮兮褪了色的夹克罩到大腿处,让她看上去头重脚轻。

她径直盯着他,仿佛早就知道他的存在。他赶紧扭头,过街时都不看她一眼。憔悴美女,他咕哝着,干吗那副表情?你是不是以为,我观察你,血管里脉动着欲望?你感到好笑,是不是因为这个?黑人男孩追逐白人女郎:今晨,金斯米德桥上,一个眼冒欲火的黑人男孩搭讪一名女子。受疯狂欲望的驱使,他玩命地冲向她,置汹涌车流于不顾。受文化冲突的折磨,他尖叫着:"我是谁?我在这儿做什么?"女郎请求守口如瓶,但这个被疏离的家伙名叫达乌德。警告过你的。

游乐场对面的小径上,他看见一名老者。对方戴副眼镜,微笑着道了声早安。对于这样的人,达乌德总是十分尊敬。他提醒自己,他们很可能在战场上杀过人,说不定还是徒手毙敌。他回以问候,利索地往边上一站,差点儿就要敬个军礼。下士先生,今晨我已写了几通书信。有几个上午都是如此。我只想让您明白,您一分钟都不能蒙骗我。您伪装得很巧妙,但还不够。塔纳河①战役的时候,我就认得您;您把毛拉的同党逐出了巴永人②的地盘。希望您没忘记那时吸取的教训。

他和卡塔约好,值完第一宿夜班,就到酒吧碰头。和往常一样,卡塔没守时。周五晚上,酒吧人头攒动;达乌德等待着,习惯了这份不安。

卡塔一到就来了句"振作点"。他往前一靠,好像要轻轻摸一摸达乌德的下巴。达乌德抬起头,轻松地微微一笑。卡塔后退一步,张开双臂,请达乌德欣赏他的服装和外貌。

"太帅了,"达乌德边说边对他朋友一贯的虚荣暗自发笑,"很像年轻的哈里·贝拉方特③。"卡塔单腿一旋,展示他的背影,一边扭头朝后,看看达乌德有何反应。他再一转身,面对着达乌德,幸福的笑容挂在英俊的脸上。他是个高个子,略微显胖,小小的脑袋、宽宽的肩膀。他已开始发福,对此,他以漫不经心的优雅打发——但凡记起,便挺胸收腹几下。他的嗓音低沉醇厚,因此,即便他说些刺耳难听的,嗓门一仍其旧。他笑起来带着几分轻柔的、嘶哑的瓮瓮声。此时,他意识到了这一点,于是就清清嗓子——用劲过

---

① 塔纳河(Tana River):肯尼亚第一大河。
② 巴永人(Bajun, Bajuni):居住在肯尼亚、索马里及坦桑尼亚沿海的部族。
③ 贝拉方特(Harry Belafonte, 1927-):美国艺术家、演员。以演唱卡利普索民歌著称。获第42届格莱美终身成就奖、美国国家艺术勋章。

猛，结果连笑声都听不到了。"羡慕吧，哥们儿。"他边说边撅撅屁股，继续他的闹剧。拥挤的酒吧里，有人在他们身旁鼓掌；卡塔草草点头，接受了掌声。

"真是虚耗才华，"达乌德边说边往后一靠，感觉肩上的重担卸了下来，"你应该给邮购商品目录当模特儿。他们的顾客里头，现在差不多三分之一是黑人；他们也时刻想着要实现百分之三的占比。"

"嘴巴要积德，"卡塔说，食指向达乌德空空的酒杯夸张地一指，"又一个子儿都不剩！应该是你离职才对。我去给你买杯喝的，免得那个英国毛猿来献殷勤。"

"非洲式的热情好客。"卡塔拿酒回来时，达乌德一本正经地说。

"我先干为敬，"卡塔也一本正经地说，"什么三个百分点？"

"人群里的黑鬼。也许你没留意，不过出于为社区负责的无私动机，邮购商品公司已经决定，商品目录里的图片要有所反映。黑人占人口百分之三，所以也该有相应数量的黑人模特。那就是民主传统。"

"敬邮购商品公司。"卡塔再次举起酒杯。

"关于基督教对非洲社会影响的研究有什么眉目？"达乌德边问边点点头，鼓励卡塔透露一些他的研究成果。"谈到废除活人祭祀了吗？欧洲人捏造说非洲宗教充斥着野蛮行径，你们有没有揭穿这些谎言？"

卡塔摇摇头、咧咧嘴，回应这番诘问。"我过不了让处女游街示众这道坎。好了，让我跟你说说我的新装吧。"他站起身,脱去牛仔夹克,让达乌德好好欣赏他的黑裤子和绿色丝织衬衫。他大谈衣服是从何买来、又破费了多少的时候,达乌德留意到几个人正注视着他俩。卡塔似乎没有察觉;他无需达乌德的些微鼓励就能完成他的表演。他再度坐下,咧嘴一笑,权当自我庆贺,然后饮一大口啤酒,转身问他最近的观众:"你们盯什么盯?"

几张脸立马扭转过去,而卡塔还火冒三丈地瞪着他们。达乌德饶有兴趣地注视着他的朋友,不禁想起去年第一回来此间的情形。那时的卡塔,满嘴笑话、一脸狡黠,尽情嘲讽着自己对于英格兰的荒唐期望。一年前,他准会要耍这帮观众、逗弄逗弄他们,令其当众出丑。"瞧瞧这些家伙,"他说,"真是群胆小的征服者!日不落帝国的国民永远是这副怯懦虚伪的德行。他们甚至不敢紧盯着你、告诉你我恨你,黑鬼。这个该死的地方!"

"你当真要他们那样子?"达乌德问,"鄙视你、告诉你他们有多恨你?让你的脚踝锁链环绕、鞭子从早挨到晚?"

"再加一句:和以前学校那样,早餐前逼我唱《统治吧,不列颠尼亚》,"卡塔边说边怒视着整个酒吧,将他蒙受的羞辱归罪于那儿的每一个人。

"完全正确,"达乌德说,"用《三钟经》①召唤你去午餐,打发你去睡觉却不给晚饭吃。我自己宁愿偷偷摸摸地吃椰果。"

---

① 《三钟经》:天主教经文《主的天使向马利亚报喜》的首词。经文共三句,每句中间均诵一遍《圣母经》,并鸣钟一次。因教堂每日鸣钟三次,故名《三钟经》。

"该是征服者,"卡塔纠正后叹了口气,"我受够了这个肮脏的角落。多怀念家乡的阳光洒在身上啊。"

"是啊,"达乌德也一声叹息,"午后,水雾缭绕的红树林沼泽芳香扑鼻,人头攒动的弗里敦①街道,油脂味夹杂着烟火气。我敢打赌,你思念着这一切!市区酒吧里无处不在的麝香气息,还有马路上腐败垃圾散发的熏天臭气!"

"哦,你让我快得思乡病了,浑球。别说了!"卡塔叫道,把一只手搭在达乌德胳膊上。

他是在贵格会为留学生举办的聚会上结识卡塔的。收到邀请,达乌德颇感吃惊——不仅因为他不再是个学生,可请柬提到了他的学业,而且因为他担心他们已在千百万人中发现了他的踪迹。他们查过移民局档案?他是经由海关入境的吗?他们会不会逼他在十字架前下跪,然后窃取他不灭的灵魂?他们会不会骗他吃下猪肉,然后将他贩做白人的奴隶?

至于贵格会教徒的形象,他自有主张:一群狂热且不够宽容的怪物,留着长须,烧杀女巫。他将他们视为英国版的阿非利堪人②——一本正经、随机应变、道貌岸然。他前去聚会,因为他觉得这形象难以抗拒。他告诉自己那是个错误;他不得不喝着橙汁、听一个前移民谈论善行义举。他的朋友圈里没人提到过这样的聚会。到场后,他发现仅有八名留学生参加;负责招待的,是四个四十几岁、长相平平的本地人。对此,他并不吃惊。聚会在贵格会礼拜堂大厅进行。

---

① 弗里敦(Freetown):塞拉利昂首都。
② 阿非利堪人(Afrikaner):以阿非利堪斯语(Afrikaans)为第一语言的南非人,常为荷兰裔。又称布尔人。

宽敞的厅堂，一角被一张搁板桌占据，上面散落着一堆食品和五颜六色的饮料——全是饼干和果汁。占据另一角的是台吵吵闹闹的丹赛特牌唱机。宾主十二人都紧紧围绕着有棱纹的老式暖气片，一心取暖。

八名留学生里，据他看，四个是来自西印度群岛的护士。四人均身着光鲜的雪纺绸裙——或粉色、或蓝色，配以缎面衬裙。她们的黑脖子被脂粉掩盖，嘴巴上着润泽的红色。他知道，如果他过去搭腔，她们会不理不睬地走开，误以为他只是个登徒子。另两名学生，他猜，是马来西亚人，其中一个系条红色宽腰带。他俩朝那位高个子英国女士微笑着——后者认为，教导冷漠大众相信多元族裔文化交流的益处，的确困难重重。我们彼此可以取长补短的地方有许多。我本人就不相信耶稣基督具有神性。我发现，和穆斯林讨论这一点，收获良多；不消说，他们也不把耶稣奉为神明。他怀疑，她就是那个前移民吧。再一个学生貌似来自欧陆，肤色黝黑、头发亮红，吃不准是保加利亚、希腊、还是亚美尼亚人，又明显有点黑人血统。卡塔是剩下的那个，从塞拉利昂甫抵此处；面对丑陋自负、十足可笑的东道主，尚无足够自信表达他的万分厌恶。他倒是一身黑色装束。

达乌德的到来引得那两对英国夫妇发出热烈欢呼。他们连忙上前欢迎，从夹在写字板上的名单里勾除他的姓名，又问他对英格兰印象如何。他请四名西印度群岛护士共舞一曲，果然没人搭理；其实他这样做，只为验证自己没错而已。两个马来西亚人微笑频频，向他打探他的国家是否有众多穆斯林。保加利亚人边提防地盯着他，边称赞他英文很棒。卡塔左手攥拳,达乌德笑着向他点了点头。

九点一到,聚会顿时散场。四名西印度群岛护士说,次日一早她们就得值班。达乌德已注意到卡塔的困惑,因为她们四人连个招呼都不和他打。彼时,这一小群寻欢作乐者都品过了点心饮料,也差不多攀谈聊过了一轮——从多元族裔文化交流中取得了收获。主人之一问起达乌德,他在大学就读时是否感觉愉快?他一时惊慌,回复说自己并非学生。这令对方两眼一瞪:不速之客是也!大家心照不宣,对此回答不闻不问。卡塔管他叫做哥们儿;他俩决定去喝上一杯,以庆祝黑色大陆来的流亡者异乡重逢。

卡塔牢骚满腹。他们可真肮脏龌龊,食物也令人作呕,让他不是火冒三丈,就是消化不良。每样东西吃上去都像稀巴烂的包心菜。饮用水安全吗?电视上全是舞女和种族主义笑话。一切都是如此丑恶、如此刻毒。然而,每个人又如此自大、如此陶醉于他们的英国人身份。他——达乌德——在这个鬼地方混了多久?在上大学吗?那是卡塔待的地方。他正攻读硕士学位。感谢上帝,他只打算在这儿住一年。达乌德说他在研究个啥?哇,这可真是个种族主义鬼地方。宝贝儿①!他们怎么能强迫你这样聪明的人在医院里打杂?

达乌德请他过来吃顿饭。回想起自己初来乍到的日子,他为卡塔做了道炖辣子。卡塔吃得津津有味:辛辣的辣椒灼到味蕾,只见他双眼紧闭、狂喜地哼哼唧唧。玛丽——那个漂亮的黑发德国妞——坐在桌旁,但一口不尝。她是达乌

---

① 原文为斯瓦希里语。

德最近俘获的互惠女生。每当他还想着征服异性这档子事，那天就绝对是个倒霉日子。卡塔不停偷看玛丽，玛丽则大大方方回应他的勾搭。卡塔激动不已：美食伴佳人，惬意如家居。达乌德没法回绝这番恭维；他让卡塔只管过来串门。卡塔看看他的黑人哥们儿，又得意洋洋地向玛丽暗送秋波，让她都要热泪盈眶了。那是非洲式的热情好客，他说。卡塔的作秀深深打动了玛丽，于是次日她去学生宿舍找他。达乌德发现自己被甩了，却还装作没什么关系。他承认，平时待她漫不经心，如今被她随意抛弃，也算自作自受。她只是卡塔众多女友中的第一个罢了。

卡塔没完没了地说故事。他谈到讲排场的母校——他称其为"航海家亨利王子中学"——试图在炎热的弗里敦棚户区维持英伦标准。他的父亲——一个律所职员——酷爱英语，且不仅限于他那自嘲味十足的姓名。他受洗时取名爱德华·塞缪尔·本森-海伦。这"爱德华"取自英格兰国王；那"塞缪尔"来自自力更生的福音派传教士斯迈尔斯①。至于"本森-海伦"，则是其祖上从西印度群岛带来的。一个乐善好施的主子将他们从那儿遣返原籍，这姓氏就来源于此。爱德华·塞缪尔·本森-海伦给他儿子取名时没那么大雄心。他叫他卡特，用的是他所在律所高级合伙人的名字。卡塔亲热有加地尊称其父爹地，私底下则将其唤做黑猢狲。"爹地喜欢被描述成一位英国绅士。你若想拍那只非洲猢狲

---

① 斯迈尔斯（Samuel Smiles，1812-1904）：苏格兰作家、教士。鼓吹人们通过自身努力改善境遇。代表作《自助》（*Self-help*，1859）。

的马屁,最好告诉他,他说话像极了卡特先生——卡特、辛克莱及霍格联合律师事务所的那位。我总弄不明白,那个白人在弗里敦搞什么名堂——大概率是躲避国际刑警组织的通缉。至少我该感谢上帝,爹地没有选择霍格这个名字。"

本森-海伦先生热衷收藏英国王室相片,那股劲儿堪比某些人搜集名人海报——有一九六八年奥运会上向黑人民权运动致礼的黑人运动员,也有飞起一脚消灭又一个小眯眼痞子的布鲁斯·李①。他的老冤家系卡塔的英国文学老师,一个叫做希特勒·琼斯的家伙。我对天发誓,哥们儿。那就是他的名字——希特勒·基钦纳·琼斯。为琼斯先生施洗的神父,和警告信众别碰《问题的核心》②的乃同一人,因为该书道德败坏。琼斯先生自认年轻偏激;他抵触《问题的核心》,缘由别具一格。他认为,此书揭露了殖民主义对非洲及其百姓麻木不仁,而在叙述中年人的不满及欲望这类平庸故事时,权把两者充做危险的异国背景。

"正是希特勒向咱们推荐了索因卡③和恩古吉④。他常说,他俩跟我一样,都是激进分子。他还向咱们介绍了奈保尔⑤。他告诉咱们,那个奈保尔脑子有病。可爹地想要咱们

---

① 布鲁斯·李(Bruce Lee):李小龙(1940-1973)的英文名。
② 《问题的核心》(*The Heart of the Matter*):英国作家格雷厄姆·格林(Graham Greene,1904-1991)的作品。
③ 索因卡(Wole Soyinka,1934-):尼日利亚作家。1986年诺贝尔文学奖得主。
④ 恩古吉(Ngugi Wa Tiong'O,1938-):肯尼亚作家。2021年获英国皇家文学学会国际作家终身荣誉奖。
⑤ 奈保尔(V. S. Naipaul,1932-2018):出生于特立尼达和多巴哥的英国作家。2001年诺贝尔文学奖得主。

读狄更斯和莎士比亚,再不济也读读谢里丹①。于是他去见了校长,一通投诉。他向校长举报希特勒让我们读的书,又告发其教授约鲁巴诸神。爹地可真的火了。他常说:'气死老夫也!'他质问校长:'你怎可允许你的学校给现代非洲男孩讲那套乌七八糟的伏都邪教?'"

对于父亲,卡塔深以为耻,于是他决定更名卡塔·本索。在朋友和世人眼里——他不敢向父亲透露改了身份——他不再叫卡特·本森-海伦,而是卡塔·本索。这个新非洲人——希特勒·基钦纳·琼斯的门生——既鞭挞帝国主义分子及其买办走狗,也痛斥格雷厄姆·格林与约瑟夫·康拉德②的种族主义文学作品。

有一阵子,卡塔靠说这种故事来和自己作对。那会儿,达乌德还钦佩欣赏他这份无害的放肆。但在英格兰的几个月里,卡塔变了个人。他变得偏狭易怒、玩世不恭,说起话来全是嘲讽和怨愤。如今,些许冒犯都让他闷闷不乐,而之前他早就一笑而过,编出更加混账的话以回敬对手。他俩坐在酒吧:达乌德对着空空如也的酒杯,卡塔则怒批这些狗屁场所。

"打算几时也请我喝上一杯?你真该给自己找份体面工作。"他说,想让达乌德也染上他的怒火,"每次见你,你总是一文不名。"

---

① 谢里丹(Richard Sheridan, 1751-1816):英国剧作家。
② 约瑟夫·康拉德(Joseph Conrad, 1857-1924):出生于波兰的英国小说家。

达乌德耐着性子，朝卡塔长久一笑。"非洲式的好客跑哪儿去了？"他问。

"没戏了！"卡塔边说，边把几个口袋朝外翻，"现在，我们只能等那只英国毛猿施舍，那个恶魔小子……如果他爸放他出来透透风。"

"没问题，瞧①，"说话间，达乌德摸出一沓钞票，"夜班钱加倍。刚才只想试试你的热心。把你的杯子给我。现在轮到我让他们见见真正的好客了。"

卡塔咂了咂嘴。"真搞不懂我干吗要替你这样的外国人操心。但起码咱们用不着再乞求那个白人。不过说到饭碗，我是当真的，"达乌德回来时，他还没完没了，"你应该离开那个鬼地方。别的不提，对你身体没好处。"

"劳埃德来了。"达乌德说，总算能换个话题。

卡塔举起酒杯，一饮而尽。"让这英国佬尝尝我作陪的滋味。"

---

① 原文为斯瓦希里语。

4

"我恋爱了。"付了入伙费后,劳埃德郑重宣布。卡塔公然一脸狐疑。他觉得劳埃德长相难看,还老去当面挑明。那就是他俩的反差:卡塔对外表讲究挑剔,劳埃德则感到自个儿没啥可打扮的。达乌德坚信,他俩迟早会拳脚相向。卡塔表示抗议:他哪有那么矫情。一有机会,卡塔便找茬痛批劳埃德,而后者劈头盖脸一顿回骂保护自己。达乌德明白,要问清原委,还得靠他才行。否则,他俩不是斗嘴,就是生闷气,令当晚陷入无休无止的口角之中。卡塔故作厌恶,已然转过身去,呷着劳埃德买给他的酒水。那又是桩怪事——达乌德边想边戴上夹鼻眼镜来检视这两朵奇葩。劳埃德一次接一次试图买到卡塔的好感,但一品脱啤酒貌似徒增卡塔对他的反感而已。

"这个幸运儿是谁?"达乌德问。卡塔酒扑哧一声喷在杯里。劳埃德勉强笑笑,领受了挖苦,也承认了不容否定的事实:他确实相貌丑陋、五大三粗、不修边幅。有一回,他这样形容自己。像条蛆虫,卡塔喜滋滋地对他说。他的脸又小又尖,顶上倒扣一大盆黑发,额前吊着一圈刘海儿。光滑乌黑的头顶就像一只复眼,向四周发出看不见的光芒;而且,假如角度合适,还具有同样区分不了的恐怖气氛。他脸盘的其余部分,恰似一只昆虫的颚部辨别不清。小巧的五官全部模模糊糊,有如蟑螂凹陷的下颚那般容易遭人忘记。

"你不会认识她的,"劳埃德边说边双眼低垂,似要隐藏达乌德的话给他的伤害,"她太棒了,你这样的野汉子配不上。我对她提起过你。我说,这位朋友是英格兰最讲文明的人。"

"一个完人!"卡塔说。

"而且还是个黑鬼,"劳埃德接着说,讲到"黑鬼"一词时,他开心地拔高了嗓门,"可她偏不信。她说,她以前从未遇着斯文的黑鬼,这次怎能错过!她祖母住在查塔姆①;那儿的半条街已被黑人占领。那呛人的咖喱粉气味啊……"

"得了,快闭嘴。"卡塔边说边瞪着劳埃德,气得牙痒痒。

"别自作多情,宝贝,"劳埃德倒抽一口气,摆出无辜的样子,"我做梦都没想过把你叫做文明人。总之,她印象深刻。我提议,也许她乐意见一见你和……和那个……"他努力说完一整句,但忍不住大笑起来。卡塔一脸不悦,摇了摇头又背过身子。

"可她拒绝了,"劳埃德继续,"她说,她无法想象去见……一个臭烘烘的黑鬼!"这轮嘴仗,他大获全胜:先呛了达乌德,又骂了卡塔,笑得他尖叫连连。

达乌德看到卡塔握着杯子的手在哆嗦,差点要把酒往劳埃德的脸上泼去。他等着卡塔抬起头来;待卡塔抬头,达乌

---

① 查塔姆(Chatham):英格兰肯特郡城镇名。

德就注意到了。达乌德知道,众目睽睽之下瞎嚷嚷不大会让劳埃德觉得害臊。他对喧嚣的兴致,一如孩童之于历险及争吵。他颇爱吵闹,好比黄昏时分,一只毛发蓬乱的狗撒着欢穿过公地。卡塔的姿态只会将其卷入更多的侮辱。

"你真是吃了豹子胆了。"卡塔把话留了半截,来夸大他的愤怒。

劳埃德瞥了眼达乌德。"哦,行了,你知道我只是随便说说。"他看上去突然愁眉不展,急需达乌德的关照。"就开句玩笑嘛。我可不是种族主义分子!你知道,我从不——"

"对,没错,"达乌德插了句。他痛恨劳埃德用这种油腔滑调的半吊子口吻来攫取他的同情: 先被说成文明黑鬼诸如此类,再用夸张的关切回报他的羞辱。

"可你明白我并无他意。"劳埃德表示不满。

"快住口,你个英国死胖子。"卡塔说话仍旧咬牙切齿。

"搞不懂你为啥这样针对我,"劳埃德说,"你用这些绰号辱骂我,我并没往心里去。你有哪门子权力谩骂我们白人,而我只要提一两句,你就觉得得罪了你们?"他的嗓门愈来愈高。达乌德心想,他俩和平常一样,又陷入了唇枪舌剑的绝境。"你有什么好生气的? 不理我不就成了? 同样的话我也对达乌德说过。他了解我没有恶意。干吗那么神经过敏? 你算个老几?"

达乌德看到卡塔叹了口气,尽量忍住笑意。"我就是个记仇的人,"卡塔说,"继续吧,告诉你这位文明的黑鬼朋友他身上有多难闻、鸡巴又有多大,等等。还有我会去打劫老妇人什么的。这种屁话,我想我实在听不下去。"达乌德点点头、一声不吭。他俩吵嘴,他从不掺和;他置身事外,历来不选边站队。劳埃德同达乌德独处时,绝非如此说话。他专找卡塔的茬儿,卡塔心知肚明,但无法抵挡他的挑衅。他觉得,劳埃德在场本身就是种挑衅。如果这事由他来定,他早就宰了这只恶心的鼻涕虫完事。

"你们干吗非要这样想?"劳埃德问,东看看西瞧瞧,"我不是种族主义分子!我刚才想说,咱们去找家印度餐馆怎样。钱我出。来吧,我请客。"

"这礼拜再约个时间,哥们儿。"卡塔说,不去搭理劳埃德。他的语气有点埋怨,达乌德竟选择留在酒吧同劳埃德共饮。"你会来吧?"

"守着电视看测试赛呢。"想到休息一周可以轻松观赛,达乌德乐呵呵地。

"准是场平局,"劳埃德边说边推推达乌德,想引起他的注意,"不是下雨停赛,就是那个该死的击球手在三柱门前呼呼大睡。"

"不明白你怎么会看那种愚蠢的赛事。"卡塔说着起身离开。他朝劳埃德恶狠狠地瞪了最后一眼,又抛给达乌德一个飞吻。卡塔一转身,劳埃德就做了个下流手势。

"印度菜行吗?"他提议,"我不喜欢待在这儿。"

"你请便吧,"达乌德说,"我在这儿多待一会。"

"那倒不急,"劳埃德说,"咱们迟点去。"

达乌德确定,他不需要劳埃德持续对他巴结奉承。他拒绝劳埃德无休无止地施予善意。劳埃德将此视为达乌德表示谦逊,于是慷慨起来更耍心计,也更口无遮拦地提建议。你真得关心下自己,可别总是遭人欺负。人要是心慈手软,就寸步难行。大家专挑软柿子捏。我知道,这话听着刺耳。那是因为你宅心仁厚,而且不愿把别人想成那样。但他们的确如此!你甚至垂头丧气地在街上走路。最后一句触动了达乌德。他思前想后,飘忽的生活被冷不防戳中,他对自己那副低贱卑微、无精打采的黑鬼样也大吃一惊。不过最后,他认清那只是劳埃德一厢情愿,要帮助他这个少言寡语的外国佬走出自我。毫无疑问,达乌德发现,他走起路来腰杆笔挺、昂首阔步。

用餐时分,劳埃德便不请自到。他随身带一只装满食品的购物袋,还非要把袋子留下。他频频造访达乌德,从不空手上门,东西多得让达乌德不好意思。达乌德宁愿逃避他的盛情。他甚至不想劳埃德作陪,可又不知如何开口。他做不到撂下狠话,让劳埃德死心。有无数次,他觉得,他难以讨好,是为了不让劳埃德瞧不起。其实,他很喜欢劳埃德的溢美之词。他最恨劳埃德逼他装出怜悯与兴致。更糟的是,达乌德怀疑,劳埃德这个种族主义兔崽子恰恰就是演给卡塔看的。达乌德起先吃不准,担心误会了他。他想,也许劳埃德只不过沉溺于瞎胡闹,以此掩饰他的孤独。

"嘿,最近怎么样?"劳埃德往桌底下碰碰达乌德的腿,打破沉默。

"不错。"他说。

"工作呢?"劳埃德又问。

"值夜班没那么糟糕,现在放假几天。还算过得去。"

"那就好,"劳埃德说,身子往前一靠,"我可玩腻了。"这个举动逃不过达乌德的眼睛。它意味着劳埃德即将开始东拉西扯,够他受的。他没法不听;要命的是,听完还得点评几句。估计他是唯一一个听众。

"那家店真叫我郁闷!它快毁了我!"劳埃德边说边滑稽地咬咬牙,揶揄一下他的绝望。他父亲办了家制鞋企业,非要他儿子学习企业运作的方方面面。前六个月,他到厂里当成本估算员,眼下要在鞋店再干六个月。干满头六个月时,他父亲同意他开个银行账户,答应他,等后六个月干完,批他贷款买辆车。"刚才那一切我很抱歉……"沉默良久后他接着说,"你清楚我只是瞎扯几句,对不对?都怪他,该死的卡塔。是他逼我那样子的。他把我当成二百五,好像我就是个笑料。所以我才那样回应。"

"我们可以吃饭去了吗?"达乌德问。可惜来不及让他闭嘴了。

"我不是种族主义者,你心里有数。但那个狗杂种真难对付,"他俩走在路上时劳埃德说,"他总是高谈阔论,似乎无所不知。对不起,我偏偏看不惯那德行。从第一天见面开始!你还记得不?"

达乌德点点头。他记起,那天卡塔偕罗莎同来。罗莎是个荷兰姑娘,一头深蜜色浓发,引得劳埃德目不转睛。过后她曾说,他让她感觉很难缠。她的英文很粗浅,不过达乌德理解她这话的意思并不困难。

"多数时候,他只跟你谈天,"劳埃德说,"对我,他甚至一言不发。他不理睬我,仿佛我是他脚下的尘土。他不知哪儿搭上的这个荷兰荡妇。你瞧，他讲话时都对她动手动脚。天哪，他真恶心。再告诉你一桩叫我恼火的事。不管我说什么，他看我的眼神都像是我在放屁，真是一脸不屑。若他这样捉弄人，要抱怨什么，找他就成。他从不正眼瞧人，对我也嗤之以鼻。我实在受不了这号家伙。"

达乌德忍俊不禁。他知道，劳埃德已经怕了卡塔。每次卡塔突然对他说话，他就会微微吓一跳。后来达乌德发现，在遇见自己之前，劳埃德从没跟黑人交谈过。那时，他俩报名同一所夜校。劳埃德读书是为了逃离他父亲的制鞋公司，而他则想躲避医院。达乌德不守规矩，气得导师洋相百出，他还乐在其中。劳埃德总缠着他，这让达乌德感到释然——好歹不是人人见他就躲。接着他意识到，劳埃德有多格格不入：大伙不是取笑他的口音，就是讥讽他折腾瞎掰。每每他在课上发言，同学们全当耳旁风，唯有女教师轻叹一声，耐心听他说完。

他一出手就挺大方：或是送条巧克力，或是课后主动给达乌德买份薯条。他毫不害臊地告诉达乌德，见到第一个黑人他有多么吃惊。不好意思，我没听清你尊姓大名。你讲你来自何处？达乌德回答，他的名字源自杀死非利士人歌利亚的大卫；大卫娶了可怜的拔示巴，诞下所罗门王。那等于废话。我可是无神论者。劳埃德如是说，得意于其巧思妙语。他向达乌德保证，他自然不信关于黑人阳具的夸张鬼话，不过，他期望这位黑人朋友能有火爆脾气，一点就炸。就像翻着眼珠、嘴唇肥厚的黑鬼，胡搅蛮缠起来情绪就会失控。他坦言，那就是他对黑人的看法：容易激动、有点犯傻,对很多事兴趣缺缺。例如,他无法想象黑人能写交响乐,或者成为哲学家。达乌德从旁煽动,想要听听最差的评价,稍后才放下心来——原来这就是他们对他最坏的结论。他带着高傲的微笑,对那人置之不理,嘲讽讥刺对他都不足为道。

达乌德将此事告知卡塔。卡塔无所顾忌,满怀期望地舔了舔嘴巴。"我来修理那个种族主义讨厌鬼!"他说,"你怎能坐着听这家伙说浑话,却不用铁拳揍他屁股?"卡塔拦下劳埃德,像个狂热的福音派教士一样教训他。他巧舌如簧、滔滔不绝,把想见的一切都道了个遍。他宣扬法老们创造的文明;后来,亚历山大率领嫉妒贪婪的希腊人征服了埃及,将这个非洲国度变成了异国妓院,一同被征服的包括妓院艳后克丽奥佩特拉。他宣扬利奥·阿非利加努斯①与伟大的奥古斯丁事迹。没错,圣奥古斯丁②,你个蠢货。你以为他是什么?维京海盗吗?他对普希金一番吐槽,接着又详细无误地叙述起普希金家族史及其外祖父的发迹过程,开心地打消了劳埃德的疑虑。普希金老爹原是彼得大帝朝中童奴,后升至沙俄将军,令人瞠目。最终,他把仲马祖孙三人,统统夸了个遍。

"五千万黑人——五千万非洲人——从家乡被劫走啊,"

---

① 利奥·阿非利加努斯(Leo Africanus, 1495 - 1550):西班牙旅行家,在北非地区广泛游历。后改宗基督教,效力于教皇利奥十世。著有《非洲见闻录》(1550)。
② 圣奥古斯丁(St Augustine, ? - 604):基督教圣徒。率40名修士从罗马抵达英格兰传教。建立坎特伯雷基督教堂,成为首任坎特伯雷大主教。

他对劳埃德怒吼,"虽然严谨的学界对确切人数仍存争论;他们不想弄错几百万。天晓得还有多少人被杀害,就因为他们太老太小、太胖太瘦。听明白了吗,你个傲慢的智障?你们能体会留下的烂摊子吗?你们只选最好的、最壮实的。你们甚至不要瘦弱的去砍伐甘蔗、采摘棉花,或者去给你们生狗崽子。你能想象吗,你们的卑鄙勾当造成了一场浩劫?究竟为了什么?毕竟是你们发现了我们,对不对?你们这帮基督教杂种发现了我们,还传布死后超生的宗教;在那之前,我们似不存在。你们带来上帝,把我们从绝罚中拯救出来。你们将光明照进蛮荒的黑暗、引领我们摒弃狂野的本性。我清楚我在说些什么。我父亲就是个在俗的教士。你们禁止活人祭祀、宣讲怜悯的真实含义、提倡克制约束的治理方式,让我们睁眼看清了自己可悲的落后境地。你们说我们丑陋不堪、气味难闻、懒懒散散、愚不可及。你们甚至替我们改名换姓——称我们凯斯利-海福德、让-路易、本森-海伦等等——真真是耍猴戏!如今,这伙假洋鬼子趾高气扬,精心打扮以求认同,你们反倒哄堂大笑。败坏堕落的不是我们,而是你们!你们祖孙三代,加上享有优待的嫡庶血脉、族人亲属。总有一天,丑恶的英国佬,我们会揭竿而起,把你们一个个剁成碎末;奸污你们的女儿、烹煮你们的牧师、到床边宰了你们——了却你们的夙愿!"

劳埃德忍气吞声、不寒而栗。达乌德相信,他的内心动摇了。"满嘴胡诌!"他说,"废话连篇!那一切跟我有啥关系?"每个周五,即使对卡塔既害怕又厌恶,他总如约而至,来酒吧报到。卡塔破口大骂,可劳埃德偏赖着不走。他顽固反击，着实令达乌德摸不着头脑。怎么回事？为何他不一避了之？

他确定，他俩迟早会干上一架。而且他怀疑，双方都期待那一天来临。他试过劝卡塔别招惹劳埃德。你想干吗？教育他？惩罚他？放手吧。卡塔深恶痛绝地一哆嗦，这份憎恨使达乌德愕然。总有一天我要宰了那个畜生，他说。达乌德试图阻止劳埃德再来酒吧，但又不知如何启齿，把他赶跑。日复一日，他渐渐明白，劳埃德无处可去。想必劳埃德已遭遇无数回绝，投奔他却万无一失。达乌德所能做的，唯有不断谢绝与劳埃德父母品茶的邀请罢了。

5

当达乌德回到白班,他发现,凯瑟琳·梅森已离开手术室,被调往另一科室。他承认,她不辞而别让他有点失望,但没往心里去。反正她也就偶尔找他聊几句。若干天后,他在医院一条过道里碰见她。一大群吵吵闹闹的见习生与她同在。那时,在他眼里,她们的条纹制服似有好斗的敌意,仿佛凶猛黄蜂的腹部,令人胆战心惊。他尴尬地朝她远远一笑。他同意,她也许把这当作冷笑,尽管他只想抢先一步、免遭拒绝而已。他曾设想会和她偶遇,为此还设计了圆滑世故的笑容,伴以若无其事的明智态度。但他一遇到她,就惊得把一切都抛诸脑后。她的微笑比他更敷衍;两人擦肩而过,没有丝毫交流。日子一天天过去。每当他想起那晚自由畅快地和她说话,就不免顾自生气。难怪她不搭理他。她的朋友们若以为她对一个有色人种护工动了心,那真太差劲。他发誓,下次再碰着,定会邀她往他超级漂亮的黑屁股上啪地亲一记。

他俩再度邂逅,是在幽暗老旧的预制大厅——护理部以外的员工喝中午茶的地方。大厅相当宽敞,足以容纳医院业余剧社演出。达乌德曾在那儿看过一场精彩的《培尔·金特》①。当天观众稀稀拉拉,戏演完了,掌声七零八落。为了补上空白,他鼓掌了老半天,反让导演误以为他在嘲弄他们，结果几个礼拜都拒绝跟他说话。

达乌德喜欢这处庞大的厅堂及其远端昏暗的角落。大厅一隅极为窄小，一个柜台横置其间，后面无精打采地站着两个神色疲惫的老妇人。她们时而挪动几步，给偶尔出现的医护倒上茶水。两个网球场大小的空间，六七张桌子散开摆放着，难怪他一进去就瞧见凯瑟琳。她正俯身阅读，没注意他悄悄坐到了对面，只有低垂的前额眉峰一蹙。他相信，老妇们为他沏茶那会儿，她就看见他了。一两秒后——虽然似乎更久——他问她正读什么。她猛然抬头，默默凝视，似乎不认得他。他笑着鼓励她好好想想。她回赠一笑，客客气气、不露声色，然后冷冰冰地勉强把书朝他一推。书并不陌生，于是他扯了几句。她露出了早已明了的表情，使他觉得他的言论十分肤浅、纯属多余。他暗中佩服这番较劲，宁愿受此怨恨，也不要虚情假意、做戏示好。他没有放弃。尽管起初并不乐意，边听边不耐烦地叹气，慢慢地，她参加进来，开始交谈。末了，她再度愉快得两眼放光，也让他平添了勇气。

"咱俩一道值夜班那晚，我真的很高兴。"他总算开了口，差点让机会退回阴曹地府。

"是啊，"她微笑着说，细腻光滑的肌肤涨得通红，"挺好的。不过我话太多，对不对？像个小孩！那几杯咖啡对我的胃不好。"

"看来换到白班好得很。"他说。

---

① 《培尔·金特》（*Peer Gynt*）：挪威戏剧家易卜生的代表作（1867）。

"才不呢,"她咧嘴笑道,"忙得要命。"

她瞥了眼别在上身的计时器,便匆匆回去工作。他以为往后就好办了,于是开心地花几个钟头思索谋划起最佳途径。狂喜亢奋中,每次他俩碰着,隐隐的绝望频频袭来。他几度遇见她,可她身畔总有旁人,他也不敢上前唤她出来。两人或是交会而过,各奔东西,又或是钱袋空空,日子不对。天哪,他冲自己咆哮,你怎么就没种问她?想请美女出去,却干坐着一味忐忑害怕,好不丢脸。那些能改变世界的强者必须意志坚定,纵然蛰伏于某处蝙蝠出没的洞穴,也要静候时机成熟。

他见她次数越多,他的欲望和孤独就越像苦行修炼,仿佛是在考验自己。终于有天午饭时间,他在餐厅看到她,下了决心。她排在前面,他则小心翼翼地藏身于护士队列。他从那儿可以观察她,却不被发现。他假装正偷偷靠近;一旦暴露,她会安全地冲入另外一组,似乎一直以来都在躲避他的热切求爱。

这列队伍朝柜台缓缓移动,另一列则反向运转。一盘盘食物的蒸汽和过热的身体散发的热气相混合,使污浊的空气有浓浓的炖肉味。她背对着他;他发觉,那件紧身裙完全贴合其肩膀与臀部的轮廓。一缕乌丝披落额头;她心不在焉地将它拂开,接着再把双臂抱在胸口。

柜台后的女子均一袭白色。高温下,浆过的衣服硬硬的,令人不适。他又寻思,各家医院干琐碎活的,脸上都挂满虚弱疲乏的表情。年长女性邋里邋遢、早生华发。小伙子们留着髭须、一副苦相。老师傅们总懒洋洋地倚着换洗袋,对路人阴着脸。他们富有阅历，已经抱定信念——推脱一应差遣，即其职责所在。他琢磨着，我也那样子吗？护士们自然除外，她们另当别论。

他见凯瑟琳拿起托盘，回头挤过身后等待的人群，两眼直视他的脸庞。要无视他不容易，因为他是一整列里唯一的男士。她在他身旁驻足，又惊又喜的笑容明明白白。他咧嘴笑笑，竟想不起一句讨好的话来。她眺望队列远端并颔首示意——他希望那意味着她会为他留个位子。他无暇细品这美妙的前景，因为督导主任隐约现身于前。她穿着深蓝制服，头戴蕾丝流苏帽，简直维多利亚时期体面人再世。传言她是位心善的女士，但他并不轻信。他仿佛见她在克里米亚集中营里招摇走过，一边提着弗洛伦斯·南丁格尔①的灯具，一边嚷嚷着给饥民和伤员鼓气。她体态丰满肥硕；他想，除了心眼小，这位就是傻婆娘的典型。

"你好，"她微笑着说，"圣尼古拉斯来的，对吧？"

圣尼古拉斯是附近一所精神病院，那儿的男护理生常来这家医院做常规实习。达乌德知道，谣传在那所疯人院里梅毒盛行，害得尼采②们纷纷转世投胎，而虐待与自残更是常态。督导主任回回碰到达乌德，都必问其是否来自圣尼古拉斯；不管怎样，她总用忍耐而通融的语气对他讲话，似乎暗示，他在那儿可能不只上班那么简单。就说第一次，她曾执

---

① 南丁格尔（Florence Nightingale，1820-1910）：英格兰护士。因在克里米亚战争中极大改善士兵就医条件著称。1907年获功绩勋章。
② 尼采（Friedrich Wilhelm Nietzsche，1844-1900）：德国哲学家、思想家。晚年精神崩溃。

意致电各手术室核对其来历，在通报名字前还把每个音节过了遍。他担心，她后续会致电圣尼古拉斯，看看是否有个疯子在逃。又或者，他会就餐遭拒，被打发到楼下餐厅和运病号的、清地面的一处吃饭。天晓得他们吃的是啥炖菜。他叫她布隆方丹①云雀，因为他确信，布尔战争②期间她也必定有份，向集中营里饥肠辘辘的妇孺大谈用兵之道及英人之治理智慧。

"请再添点土豆行吗？"他边问低头管着菜蔬的灰发老妇，边扮出最灿烂的笑脸。背景中传来督导主任厌恶的啧啧声。老妇眉头一皱，把勺子攥得越发紧了。他寻思着她的年纪。有的女性，生出的儿子如今信步寰宇、在全球战争中伤人害命，她看着像吗？某场无名战役，她曾亲自把守城墙、巩固防线，抵御狂吼的苦行僧和臭烘烘的黑鬼们？她一手握紧勺子，一手盖牢土豆，似乎就候着他扑上去哩。

他见凯瑟琳坐在靠窗一桌。她像是累了，心绪不佳，并无打算帮他驱除老牌帝国的吸血食尸鬼。凯瑟琳宝贝，别怕，他喃喃私语。她浅笑着抬起头，倒让他来精神了。像他这般放肆的男子，还有什么到不了手的？他饿得吃过猪肉，触犯了族人的天条。他无视神明，痛饮美酒。为了求生，他低三下四。他大战帝国的戈耳工跟库克罗普斯③，打得他们

---

① 布隆方丹（Bloemfontein）：南非司法首都、奥兰治自由邦首府。
② 布尔战争（The Boer War）：通指1899－1902年间的第二次布尔战争。英国同荷兰殖民者后代阿非利堪人（即布尔人）为争夺南非土地和资源开战，布尔人最终战败。
③ 戈耳工（Gorgons）：古希腊神话中的三个蛇发女怪，人见之即化为顽石。库克罗普斯（Cyclops）：古希腊神话中的独眼巨人。

落花流水。眼前这位帝国绝色佳人，他敢放胆求欢否？

"伙食不错。"他指着盘子里夹杂软骨的炖菜说。

"看一眼就知道够呛。"她语含不悦。

她脸上的香汗闪闪发光，眼里似乎噙着疲惫的泪水。他的胃不停地咕咕叫，先痛苦地打成了结，接着夸张地低吼一声散开。为了使它安静，他强吞下一叉子淡而无味的土豆，又挑出些肉片，两眼一闭，凭盲目的勇气将其塞进嘴里。这一口真太满了，连肠胃都快没法蠕动。别太激动，他同情地轻轻拍了拍胃。

"这饭我实在吃不下去，"她突然边说边生气地看着他，好像这和他有关，"真恶心。他们怎么能给我们吃这种东西？"

"完全同意！我正想说来着，"他回了句，不管胃在饿得咕咕叫，"水果沙拉怎么样？我觉得一点儿都不好，是吗？"

"太甜了，受不了。"她说。

"总甜得发腻，"他稍稍抱歉地瞄了眼沙拉，"说实话，我也咽不下去。楼下有咖啡，来一杯？"

"我中午不喝咖啡的。"她说。

"茶呢？"他弱弱地问，开始感到登顶挑错了日子。

"这地方糟透了。"她刷地站起，拿好餐盘等他。他起身相随，不顾肠道在光火地轰鸣。走廊黑漆漆、静悄悄的。他们经过一扇窗，那儿俯瞰着医院后面的草坪。草坪伸向远方，直至白色树篱边界把它和郡板球场隔开。他想叫她回来欣赏景色，可她似乎十分着急。她为何如此烦心？他认为定有工作上的原因。她走在他前面不远,愁容满面。来自窗户的光亮在她身上闪烁,秀发也随之染上了一缕缕白光。制服上的紫色条纹越过双肩,搂抱着她的肉体。他紧跟上去,从身后最后偷看了她一眼。他自认卑劣可耻,竟会这样无礼。

"你真的想来杯咖啡?"她边问边随他走下楼梯。

他俩沿栗树大道漫步,最终坐到了护士之家外面的长椅上。他发现,她疲倦得恼了。他试图说点什么,但沉默已牢牢占据了他的思想。他注视着她转过身去;待她回过头来,他连忙紧张地打量着她,仿佛在她和他道别之前,要再从头到脚看个遍。她笑呵呵地问:"怎么了?"

"你好像累了。"他说。

她脸一红。"没事。病房让我郁闷。抱歉,我不该没礼貌。"

亲爱的凯瑟琳,他开扯了,我坐在这儿,小题大做想请你吃饭。我笨嘴拙舌,你也不可怜一下?你要明白,对我来说,约你出去根本和文化无关。我的确不知道怎么办,也没有这方面天赋。我想你会理解。若要具备完整的文化,我就得请我姨妈慎重联系你姨妈;然后你姨妈去报告你老妈;你老妈找到我老妈,我老妈指示我老爸;我老爸先找我谈话,再接洽你老爸;你老爸请示你老妈,如果一切顺利,你老妈会和你聊聊啦。接着又反过来一趟。

"今夜陪我共进晚餐。"他说。

沉寂中,他能听见自己的喘息。光柔柔的,一片云遮住了太阳。林间空地突然传来阵阵鸟语。湖畔莎草摇曳,湖水拍打岩石,泛起涟漪;亭边芳草环绕——薰衣草、茉莉花,还有夹竹桃——使周遭归于宁静。远处响起欢快振奋的报时钟,声声入耳。她朝他微笑,张开的双唇艳若桃花,颈部的血脉怦怦直跳。她双目低垂躲开他的深情逼视,只盯着手指发愣: 玉笋根根相扣,既惊且娇。

  他努力阻止获胜的笑容在脸上绽放。她已芳心暗许,这点一清二楚。他突破了她的防线,令她招架无力,甚至已能望到征服带来的收获。房东会像真诚的开明派那样,神气活现地开怀大笑,等待片刻后方才再度谈起黑键白键这茬子。杜波依斯①,瞧瞧你给世界留下了什么?劳埃德很可能会给他买来一整袋东西,找机会告诉她他那臭烘烘黑鬼笑话,以此显示他这哥们儿够铁。卡塔会将此视为黑人人文主义的胜利。你就是那碧绿春光里的黏液与血浆,他喜形于色。但和众人的反应相比,他想,那都不值一提。他们会献上琳琅满目的祭品,承认其英雄名望远超普罗米修斯同加利·索伯斯爵士。他们将前来表达感激,为他妙手挽回的所有生命,为他止住的无数流血,也为他大力裁撤的一切荒谬与禁忌。男人身着光彩夺目的华服——请千万别配鸵鸟毛、遮阳帽——引导女人行进,女人则拿着茉莉花枝及余火未尽的檀香木片。后方,赤身裸体、不停轻轻抖动着上场的,包括一群阉人和处女。他们头顶稻草盘子,里面盛满水果、熟肉、糕点、果冻,还有热气腾腾的深红色哈瓦。他披上黄铜跟琥珀

---

① 杜波依斯(W. E. B. Du Bois, 1868 - 1963): 美国黑人领袖,作家、社会学家、历史学家。参与创建美国有色人种协进会。是在哈佛大学获得博士学位的第一位非洲裔美国人。1961 年入美国共产党,后改籍加纳。著有历史三部曲《黑色的火焰》。

制成的袍子,不动声色地肃立,两侧簇拥着唱诗班和赞歌艺人。他们敬着礼走过他面前;此时,他将下令,全体残废——外加一切碍眼的东西——皆应留置于一地,再被扔进火化堆,用基斯马尤①出产的酥油焚烧。随后,大家获邀出席山羊盛宴,鲜美的羊肉浇上了果汁和藏红花浸泡的香料。他们用凤梨汁漱口,猛啃鲜嫩的木瓜果肉,心满意足地品尝果冻和哈瓦。

可她拒绝邀请。"今晚我出不去,"她说,"不好意思,要等个电话。也许……"

"甭担心,"他很快地说,"只是个提议。"

亲爱的凯瑟琳,约你本就是个错。被你拒绝就慌张起来,简直错上加错。一丁点儿借口就让我手足无措,真难以启齿。我无比怯懦,这得归因于家庭熏陶。电台上那些保健栏目,我妈听了太多。我在帝国统治的黑暗岁月中长大,那时,公共卫生官员把他们的职责挺当回事。在那些他们自愿就任的鬼地方,除了做教化顾问,还能干个啥?其任务之一,便是播送骇人的(无疑也是精确的)报告,说什么热带气候会损害人体。这些广播,我妈一次不落,并且奉为神明。所以,如有退休官员在听——或远在坎布里亚②要塞,或安身于科茨沃尔德③乡间某处——谢谢你们。你们不该陶醉于降低了婴儿死亡率、基本消除了疟疾、

---

① 基斯马尤(Kismayu):索马里港市。
② 坎布里亚(Cumbria):英格兰西北端郡名。
③ 科茨沃尔德(Cotswold):英格兰地区名。位于牛津以西、斯特拉福以南。

控制了肠道病流行，而要考虑对备受溺爱的幸存者们已然造成的伤害。

我妈把水煮开，叫我们服蓖麻油和奎宁，一天两次用肥皂水给我们洗屁股。我们不得去买熟食、不得在河里洗澡、不得露天睡觉，也不得骑驴，以免染上跳蚤。她担心肺结核、血吸虫和花柳病，尽其所能保护我们。放一通臭屁，蓖麻油就吃双份；撞上晦气日子，屁眼还要检视。一个普通脓包，害怕坏疽截肢。鸡巴发痒，对受虐的老二慢慢彻查。无意咳嗽一声，立马对你友伴胸部健康状况严加盘问。亲爱的凯瑟琳，以上种种——虽然我想你都猜到了——就是我变得缩手缩脚的原因。万事似已俱备，你却一个"不"字。你为什么那么狠心？再约你一次，我去哪儿借来勇气？

整整一下午，他都待在废品通道，和大多亲密的笔友联系。他踱来踱去，边责骂自己蠢得可笑，边痛批她这个外国妞没好脸色。每每心绪似要失控，他便草就一封慰问信。亲爱的加利爵士，祝您万寿无疆。一想到加利爵士，他总能释怀。尊敬的尼采先生，他大声抱怨，怒气将他吞没：依我看，对意志的迷恋似乎只是通向残暴的一条捷径。自从娘的几时开始，不计其数的恶魔折磨我们，但他们的意志都落了空。干吗要正式宣告一通？假设你问伊迪·阿明①，他觉得在干什么，他肯定会以你的措词来解答。假定他拥有某种才能，却完全无法用意志来形容！无需嘲笑。如果伊迪·阿明

---

① 伊迪·阿明（Idi Amin, 1925 - 2003）：乌干达军人独裁者，第三任总统。1971年靠政变上台，2003年死于沙特。

不合你意，就挑麦克白好了。

亲爱的凯瑟琳，他再次开口。我想告诉你我母亲执迷卫生；我想告诉你我跟族人形同陌路。他们似已抛弃了我，令我感到愧疚。我想对你诉说。

6

他自愿独处，通常根本不请人登门。难得几次，也绝非必需。他自给自足、老练世故、毫无惧色，堪称自立与勇毅的完美典范。因此，她不必觉得，仅仅因为拒绝了共进晚餐的邀请，他就会一蹶不振。那也许毁了他的周末、让他感到失了身份，但不是什么新鲜事。明白了？

他知道她就住医院附近的一处爱德华时代大宅里，宅子的主人已另觅他处。大宅如今成了公寓楼和起卧两用单间，租给护士跟学生。主人从中赚取可观收入；待下一波旧城改造席卷该地，便可卖上一大笔钱。周日晚间，他大致往那个方向溜达，走着早晨上班去的路线。这是个和煦干燥的黄昏，街道显得凌乱无序，似乎被好天气打了个措手不及。

他无意约她。他要潜入花园，或躲进针叶树篱，等着她愁容满面地出现在窗口。然后，在瞬息万变的暮色中，他安排了一声哀嚎，吓上她一跳，让她清楚所犯的错。凯瑟琳啊，凯瑟琳。在她张嘴前他便离去，不等她用漂亮话为自己开脱就疾步跑进了月桂丛。他甚至想勒死她的小狗，用她的头巾把它吊在树枝末端晃来晃去。他没走到她那条街就折回来了。你把我当成什么？他不屑一顾。书里一个角色？某个歇斯底里、格格不入的外国佬或者别的？

他住处的左邻右舍都开了电视。刺耳的声音穿过薄薄的围墙,仿佛他们就在隔壁房间。他打开自家电视,调低音量以辨别他们在收看什么节目,最后决定撤到楼上去。他并不吝惜这样所需的额外房租,部分原因是他时而拖欠租金。卡塔曾提出搬进来住,但达乌德没同意。他告诉卡塔,把房间空着,这样就有个地方可以换换环境。有一两次,劳埃德嘀咕着说想找个地方待一两天来躲避父母,可达乌德装聋作哑,因为卡塔有几个留学生朋友想租他的房间偷偷摸摸做爱。

他曾与人合租,对方是个名叫雷伊的尼日利亚学生。找到房子前,他们就是朋友,谈起政治和音乐会好几个钟头。他俩还争论足球,头脑一热便在街头蹦蹦跳跳。两人最后不欢而散,达乌德觉得,他和雷伊同样有错。他无法忍受自己的人生失控:他得询问雷伊想吃什么,在他放唱片、出门去、甚至睡觉前,还得操心雷伊在干啥。有时半夜三更,他会听到雷伊在房里踱着步、自言自语。

雷伊从不冲厕所。达乌德早上去卫生间,便池里总有一坨坨大便。他无法忍受下去,于是问雷伊是否介意冲冲马桶。学年剩下的两个月里,雷伊没有对他说一个字。他甚至不再喃喃自语。屋里静得出奇,只有物件的声响打破这番寂静——楼梯上的脚步声、关门声,以及撂到沥水架上的杯盘碗碟发出的咣当声。雷伊冲了厕所,但分别时,他再会都不说就返回伦敦,自此达乌德再无他的音讯。偶尔几次前往伦敦,他总担心撞见雷伊,害怕一言不发尴尬地擦肩而过。

待雷伊离去,他才接手主教道9号,嗣后便以公认的无上地位统治该处。所过的日子,忘我而邋遢,内心狂乱、默默挣扎:正如其权利与抉择。他思量,他的头脑变成了道德战场、沦为七情六欲的牺牲品及灵魂冲突的受害者，恰在被回绝之后——就像栽在凯瑟琳手里这回。他自甘意志消沉，还是应该咬紧牙关、攥紧双拳，彰显黑人虽逢困厄却尊严不减？他该陷于狂暴，还是唱着灵歌遁入无穷愠怒，和《挣脱锁链》中的西德尼·波蒂埃①一样？他该离职并蓄起头发？还是成为存在主义者，于毁灭一刻达到人生巅峰？她因何不能与他共进晚餐？他希望她明白，要为她的行为负责。

应他要求，某个周一他值晚班，下午一时上岗，晚上九时下班。这样他能过个较长的周末，何况周一夜间从未有事发生，所以他只管干活，心无杂念。周末同样乏善可陈，但那不是重点。达乌德到医院时，手术室督查所罗门先生正坐在桌旁，得意洋洋地盯着轮班表。他用小折刀修理指甲，时而把手指放到嘴里，吮出一点难弄出来的脏东西。

"今天下午你排后面。"所罗门先生突然开口，似笑非笑地把嘴一扭。

达乌德总防着所罗门先生，因为所罗门永远对他不讲情面。他从未看到所罗门先生冒过汗、红过脸，所以望而生畏。所罗门历来我行我素；无论什么挑衅，他都沉着应对。至于达乌德，他甚至懒得说猢狲不配在地球上生存。达乌德走出所罗门办公室，来不及表达对这种危险思想的万分敬

---

① 波蒂埃（Sydney Poitier, 1927-2022）：美国黑人演员、导演。曾获奥斯卡最佳男主角奖（1963）、终身成就奖（2002）。2009年被授予美国"总统自由勋章"。《挣脱锁链》（*The Defiant Ones*）是其1958年主演的影片。

意。英明的所罗门，您身边的人纷纷失去理智、拒绝吃饭的邀请，而您依然故我，真令人宽心。您每次非要派我干洗刷活吗？难道您不能当一回专横的种族主义者，让我去个稍微干净点的地方？难道我不够当您践行少数族裔机会均等的标兵？

名单上，他见迪基·伯德——整形外科驻院医生——正挥着刀子。理查德·伯德先生蛮喜欢别人叫他迪基·伯德，尤其是勤杂人等。他并非善类，喜欢拿咱们的有色人种弟兄寻开心，即他的助理——那个笨手笨脚的巴基斯坦佬。迪基·伯德先生，我就是你的一个有色人种兄弟。你津津乐道的暗语让我腻味。你可曾想过，你们的曾祖——老希波克拉底①本人——其祖上能追溯到一个来自哈勒尔②的豆贩子？就这么回事。

他还欣喜地发现，当天下午负责器械的，是露西·威廉斯护士长。这是位轻言细语、彬彬有礼的女士，常常让他想到简·奥斯丁再世。她黑发稀疏、发型中分。某次，他碰巧听到她和弗洛伦斯·南丁格尔起了争执。隆冬时节，废品通道薄薄的窗玻璃无法抵御寒气，因此他一直蜷缩在消毒柜后取暖。她不停往机子里放器械；某个地方不听使唤，惹恼了她。忽然，她记起了心中的圣人——伟大的弗洛伦斯——但并没意识到让在场的他大吃一惊。这都是你的错，南丁格尔小姐。要不是为了你，我不会待在这里。关于她的私生活，

---

① 希波克拉底（Hippocrates, 460 BC - 370 BC）：古希腊医师，被尊为西方医学奠基人。
② 哈勒尔（Harar）：埃塞俄比亚东部古城，伊斯兰四大圣城之一。

他一无所知。喝咖啡闲聊时,她很少会被提及。他希望她能享受在此的乐趣。也许,她在家中度过漫长的孤独时光,边狂喝滥饮,边梦想一位俄国骑兵军官会跃过花园藩篱,与她共享晚餐。也许,她根本不是在和弗洛伦斯争执,而是在给她写信。

亲爱的凯瑟琳,我在这儿真无聊得要命。倦怠的感觉无休无止,有时真想一死了之。沿着这些空荡荡的长廊,我踱着步、数着数,直到数字在我脑袋里乱作一团。我时而躲进废弃了的镭储藏室,这样我就能对门上的骷髅警示标志说上几句。承认吧。你很高兴我能约你,是不是?不过我想,你拒绝我是对的。你很可能觉得我这想法蛮奇怪的。我比你更清楚你为何不答应。我知道你会义无反顾对此表示抗议。你看,你想不到我对你有多了解,虽然我还留了一手。如果不这样说,你会对我荒唐的体贴失去耐心。你会想:天哪,他们能不折腾了吗?这些混球就唱不出别的调子了?我们不能生活在同一处,彼此分享、互相学习吗?我们就不能做出认为正确的决定,而不被贴上种族或别的标签吗?哦不,你们办不到。我明白这事枯燥乏味,尤其是你付出了那么多的时间、无私的关怀和慷慨的照顾。这还不算你默默抵制卑劣的种族主义,赞许在电视上播出孟加拉民间舞蹈的提议,以及多次公开表达爱慕西德尼·波蒂埃。我自己也喜欢他,甜心。扯了这么多,我可否大胆把你拒绝我这事联系上我失落的社会文化及肤色背景?我该怎么跟你解释,很不幸,我们是不懂感恩的一族?我们只知怨恨与暴力。我们动辄生气,时刻准备出击。所以下次我请你吃饭,你最好一脸开心地答应。不然，我将下定决心，走向毁灭。你听说过我们的方式，对不对？时候一到，我们会擦亮眼睛，出发找寻关押我们愚昧祖辈的腐叶状地牢。只为显示有多不爽，我们岂肯抛却珍贵的生命，好像那只是件摆设？我相信你清楚，我们发怒起来，情绪有多炽烈。自从上次见你，我一直牵肠挂肚。我觉得，和我交往对你有益。

亲爱的父亲，此信早该写了，这我明白。我干这活，唯一的好处，就是能从这儿瞧见栗树大街。眼下，树上挂满树叶。你若看见，定生欢喜。我干的是脏活，地位低贱。我敢打赌，你将毕生积蓄交给我时，绝对想不到我竟会做这种差事。向大家问好。

达乌德最初来手术室上班前，所罗门就放出风声，说他在什么学会或神学院待过。出于达乌德永远不会理解的原因，所罗门宣称，他之前学习，想当一名神父。他多次怀疑这个老暴徒在捉弄他，可他那镇定自若、玩世不恭的态度总是再次赢得了他的信任。温图尔护士长曾在比夫拉①传过教，她是少数几个对他的学业指指点点的人之一。所罗门提到的有趣说法，其他人都没兴致。你们当中出了个神学院来的难民，干一份擦去手术台上脓血的低贱差事。切莫唐突追问、疯狂预测！他对付的，是一伙吃着布丁的像摩洛神②一般的人，对此他深信不疑。这就是英明的所罗门要他明白

---

① 比夫拉（Biafra）：尼日利亚东南部地区名。1960年代该地区曾爆发大规模内战。
② 摩洛神（Moloch）：基督教《圣经·旧约》中的神灵。艾伦·金斯堡在诗作《嚎叫》中用摩洛神喻示冷酷无情的西方现代工业文明。

的？地下墓穴里生发不出想象力，这便是他告知的方式？哦，睿智的化身！

达乌德被差去暂时值一小段夜班那会儿，温图尔护士长已闻知此人。她准备为他接风洗尘。她就是那聆听告解的女修道院院长，正把这浪子召回母教怀抱。查顿护士将扮成困惑的异端，在目睹这一幕感人的心灵团聚场景时，无意间被圣灵光芒击中。护士长对达乌德讲话的口气，仿佛两人有不少共同点：信奉上帝、渴望效力、情系非洲。她告诉他，她能想见将他驱离神学院的疑虑与恐惧。见证了人们在非洲堕落到难以置信的地步，她也能理解他竟开始怀疑上帝的驾驭是否明智。但上帝凭自己的方式做事，常出乎意料地把理解的重任交给我们。她央求，如遇机会在尘世传播基督福音，切勿一口回绝。我是个穆斯林——他声言——这令她完全无法相信。查顿护士咯咯直笑，好心的传教士彻底崩溃。"伊斯兰在非洲净干缺德事，"护士长发动反击，"好像黑人的处境还不够糟糕！"结果也证明了黑人的灵魂正毁于抽烟酗酒；面包跟听装鲭鱼正威胁着他的整个文明。听装鲭鱼？替代了薯类和鳕鱼，她做此解释。

至于比夫拉，她只说战火一起，万般不易。男佣和厨子都跑路投了军。"很可能趁火打劫一票，"她透露，"说实话，谁想得到博尼费斯①和巴拿巴②还端着枪！这意味着，

---

① 博尼费斯（Boniface）：爱尔兰剧作家乔治·法夸尔（George Farquhar, 1678 - 1707）剧本《两个纨绔子弟的计谋》中的旅店主人。
② 巴拿巴（Barnabas）：基督教《圣经》人物，使徒保罗第一次出外传教时的同伴。

布道团得为我们再找一个伺候饮食的男佣。那时候，要找个受过正规训练的可不容易。我们还得另寻厨子。哦，这新来的做的饭菜！荒唐盖世！胡萝卜煮牛肉，洋葱爆肝尖！老天，胡椒汤和山药粉跑哪儿去了？我们就吃非洲食品。可真恼人。"护士长去打盹后，查顿护士同他说悄悄话——她可比看上去聪明许多。他告诉她，钱花完了，因而只能退学。她体谅地一点头。"我也是穆斯林，"她干笑一声，"甭管那个女教士。伊斯兰好得很。"

那一晚，他还首次直击了紧急剖腹产，可谓惊恐万分：几部电话铃声不停，温图尔护士长一路狂奔，查顿护士则歇斯底里。助产士气喘吁吁赶来，镜片上满是雾气。她没空换上手术服，只能穿着病房制服冲了进来。患者——一个名叫阿布巴卡尔太太的尼日利亚妇女——由一个埃及外科大夫陪同，紧随其后。这名妇女显然极度痛苦，毯子一掀，被褥全是血渍。沃林先生在哪儿？护士长猛扯一嗓子。助产士让她小点声，年轻的埃及大夫则更显慌张。他剖开腹部，拽出婴儿，可惜太迟。阿布巴卡尔太太的宝宝没了，她自己也差点丢了性命。大夫不知如何止血，边忙乎边抱怨。沃林——那个主治医师——交代过他要管好患者，因为她是他的病号之一。等沃林赶到——他没有早点知情，对此光火不已——他发现受惊的助理泪流满面。助产士刚刚进来宣布婴儿不治。沃林默默做完手术，唯有年轻大夫的轻声抽泣打破这份死寂。

术后，沃林甚至都不看助理一眼。他以旧世界的客套谢过护士长，又好奇地盯了达乌德很长一阵子。"啊哈！这儿来了个新人,"他喊着朝达乌德走去,边擦拭着他的夹鼻眼镜,"你从哪儿来,小子?印度还是巴基斯坦?黑暗大陆来的!那儿麻烦不断,没错吧伙计?"埃及人紧跟着他离开了手术室,这大夫的事业死定了。他头上还沾着少妇阿布巴卡尔的鲜血——那是他的同族之一。

达乌德寻思着茶歇时间是否到了。但凡所罗门当班,那总是一波危险操作。他最喜欢把护工和各类辅助人员从休息室里赶出来。达乌德脱去鞋罩,溜进手术通道,冒险一番。他瞟了眼接待区,琢磨着凯瑟琳是否有可能坐在那儿,等着交接一位病患。他发现,一名俏丽的见习生正站在一位患者的推车旁,边握着他的手边轻柔地对他说话。一个搬运工靠在对面墙上,用令人发怵的眼神茫然盯着她。他身材高大、一头黑发,留着查巴塔①式的小胡子。他名叫迈克尔,但人人都称他米克,因为他是个搬运工。他以贪恋年轻貌美的见习生出名。达乌德想象,他先用茫然的凝视将猎物催眠,接着再细细品味——他就是这样实现罪恶目的的吧。

这名护士感激地抬头看着达乌德。她应该如此——米克像那样在她身旁占好了位置。但不等她把患者交接给他,他就赶紧撤了。他见迪基·伯德从一间手术室出来,于是溜回洗刷处,因为他知道,一辆脏兮兮的推车马上也会出现。

单子上的病号直到五点才搞定。那时达乌德都无聊得快哭了。他明白,如果凸显他的存在,等大家下班,他的下场便是清理各个手术室。尊敬的亚历山大上校,首先祝贺您得

---

① 查巴塔(Emiliano Zapata, 1879–1919):墨西哥农民革命领袖。

到任命,主持调查困扰"屠宰场"旁住宅区的有害气味。值此艰难岁月,您的好运令人艳羡。我相信您将交出一流答卷。他们没称呼您分文不取的征服者。

最刻板的权威,开明的所罗门,他吟诵着。我再次和天纵英明的您分享我的思绪和叹息。您知道我有多敬重您,因此我祈求您别不屑一顾我的小小恳请,只因为它似乎有点失敬。为何每次您主事,我总得去废品通道干活?您难道看不出那对我造成的影响?您真的不明白那有多无趣?依我看,似乎是时候把手术室护工的职责弄弄清楚。合同上说,我要履行手术室基本职责,在麻醉间当帮手,清理维护器械装备。如果别人不乐意干,还要给患者修剪阴部。我可否恭敬地认为,您待我的方式与待奴隶苦役无异?睿智的化身,您得承认,这和野蛮剥削并无二致。我放弃就学,换来的就是这个?我在您眼里算什么?一只猴子?回复是盼。

其后所罗门给了答复,告知清理手术室是其职责,对此他无可奈何。给昔日英雄写去龌龊信件让他心满意足。九点他们一道下班,所罗门载他一程回家。在车上,所罗门告诉他自己战时充当坦克中士的经历。达乌德简直不敢相信他的好运。此乃又一明证——无心插柳柳成荫——证实了他的普遍理论:一个横扫全球、具有天赋的杀人民族,走到哪儿就杀到哪。必须承认,他们杀戮起来富有效率,还多少讲究一点道义经济。所罗门全无愧色——例如,年纪轻轻坐进一个金属罐将人肢解——达乌德觉得不足为奇。他似乎并不开心,也不算相当成功,没有疯狂地把战败者剁成碎块。他只遵循本性行事。达乌德看清了骇人的真相,不觉微微一颤。

不是战争使人冷酷无情，而是冷酷无情之人发动了战争。为了达到创造活力的巅峰，这个民族是否需要感受和倾听奄奄一息的受难者发出的咯咯声？就像吸血鬼们？这个国度一蹶不振，在板球场上屡受重挫，基本上成了一帮窝囊废，原因就在于此？他请所罗门来一杯，希望多拖一会儿，以便向他请教。不过所罗门一笑谢过，没有答应。"几个小鬼独自在家，"他说，"改天吧。"

"他们多大了？"达乌德随口一问，绝对想不到下文。

"九岁和十三岁，"所罗门边说边在暗处咧了咧嘴。尽管如此，他换了挡准备开走，"我不喜欢让他们单独待着，除非没得选。他们习惯了，但……"

达乌德等着他把开了口的话说完。他无法使所罗门不受痛苦，也不愿阻止他，以免产生误会。

"他们的母亲大约七年前死了。"所罗门说。

"抱歉。"达乌德回应，对自己的轻浮言行感到羞愧。

7

达乌德和其他辅助人员一起排在财务办公室外。心情不错的时候,管薪水的便开门放他们进来。她名叫库普夫人。听她说话的调门,明显瞧不起所服务的人。他们最琐碎的咨询,成了她喘着气无情盘问的借口。抽烟毁了她的胸腔。达乌德领了薪水,懒得看上一眼。库普夫人站在柜台后面拍拍台板,食指一勾命达乌德回去。他朝她咧咧嘴,转身继续往前。

"说你呢!"她一喊,狭小的财务处顿时静了下来。每个星期,库普夫人会特别嫌弃某个家伙,本周轮到他倒霉。他仔细查验,看看是否做错了——这老泼妇可惹不起。她呼吸十分困难。每次喘出几个词,都得呼哧呼哧地深呼吸,让他惊讶地看得入迷。这原始的求生欲常使他不能自拔,乃至她费力吐出的精美言辞成了耳旁风。"你不识字吗?"库普夫人喘着气,手指敲敲台上的标志——所有员工离柜前请核对薪资。

她把白发染成棕红,脖子上绕根细线,吊副玳瑁眼镜。达乌德瞅了瞅她枯瘦衰老的容颜,顺从地对了对酬金。"永远正确,库普夫人。"他想,这么说能拍拍这老妇马屁,给她添几天寿吧。

"哦,下次记牢对账。我可不想你过半个星期再跑回这里,埋怨薪水不对劲。"她大呼小叫,仿佛挣扎着把每个词单独带到这世上,都需额外努力一番。他走出门口,站在办公室外,方才听完最后一个音节。

"蠢婆!"队伍里有个女的发声,"可怕的香烟会要了她的命。"

"希望她能挺过来。"一个穿蓝色工装服的粗壮秃顶男人边嚷嚷边咧咧嘴,承认故意把规劝的话说得模棱两可。达乌德挺感兴趣地看着他。率领部队冲过血迹斑斑的陌生地带,将铁轨铺到山边,给交战的部族下达命令,这男的行吗?男子注意到达乌德的目光,报以灿烂的微笑。"如果我是你,可不会让她那样对我讲话,"说着他朝排队的大伙嬉皮笑脸地看看,表示这只是个玩笑,"我敢打赌,如果你回到丛林,早把她扔锅里了,对不?"

"什么?"这无耻的攻讦令他一怔。

"哈哈,我不过跟你寻开心,哥们儿。"男子油腔滑调地说,装作要让队伍里的窃笑静下来。

"寻开心?"达乌德说,"傻帽肥佬!从你的屁眼没法了解我的大腿,你个杂种。"

"给我站住。"男子边喊边试图拔高嗓门,想盖过排队的女人们幸灾乐祸的哄堂大笑。

"狗屎。"达乌德吼着,尽管他感到已经挣足了面子。

"滚回来再说一遍。"男子咆哮道。

达乌德朝他挥挥两根手指,做了战略撤退。他欣欣然跑去午餐,但不论吃饭还是想到那家伙都无法减少口袋里鼓鼓的薪水带来的狂喜。他见凯瑟琳在前方宽大的弧形楼梯上,往下向医院主入口走去。"你好啊。"他边说边匆匆上前,搭了下她的肩膀。她一回头,脸上慢慢浮现出微笑。

"你去哪儿了?多年不见。"她说。

"什么意思,好几年?十三天……差不多吧。"他说,不想太精确。

"真的?才那么几天?"

"你气色……不错,"他说,"妩媚动人。"他加了句,对自己的拘谨感到可笑。他看一声谢谢快要登上她的芳唇,但她终究没说出口。"不过有些不高兴。想一想,上次见面时,你好像有点儿生气。护士这行可不是闹着玩的,是吧?"

"你铁了心让我讨厌当护士,可我不觉得生气,"那欢快的嗓音暗示,她并不希望讨论该话题,"这阵子躲哪儿了?"

"培尔·金特厅。"他说,然后卖弄地解释起这名称。不过她领他去了护士之家里的公共休息室,声言幽暗的大厅有时使她郁闷。他跟进去时有种闯入的感觉;她从一口大壶倒出喝的,他就贴身站着。休息室满是见习生,他们大多身着制服。他瞧见了罗杰·丘吉尔——一名来自那所精神病院的巴巴多斯见习护理。他正懒散地坐在电视前,看着英格兰板球队惨遭败绩。第三场测试赛打到第二天,迈克尔·霍尔丁[1]的投球令英格兰头疼不已。罗杰·丘吉尔冲达乌德挥挥

---

[1] 迈克尔·霍尔丁(Michael Holding, 1954 -):牙买加著名板球手。

手,高喊比分。他俩不过点头之交,可在这拥挤的房间,需要显得彼此知根知底。罗杰再度全神贯注于板球赛,引得一些人侧目而视。他的中间名是温斯顿;早先他俩畅聊过一次,达乌德眼红得要命——罗杰告诉他,在布里奇顿①时,自己常与西摩护士搭乘同一辆巴士。后来,精神病院将罗杰·温斯顿·丘吉尔开除。在一家商店的橱柜里,他被发现和一个十几岁的女患者一起,正用由来已久的举止抚慰她破碎的心灵。不过,当他歪在电视机前、呼喊着板球比分那会儿,连蛛丝马迹都没有。嗡嗡的聊天声只停了一刹那,低语又几乎立马展开。它围绕着浑然不觉的罗杰,毫不费力实现了妥协。

他俩坐在花园里的一棵栗树下轻松惬意地交谈。园子从公共休息室外发端,一道树篱把它和马路隔开。她向他吐露所在的病房有多可怕。他问她是否愿意逃离医院魔爪,去外面某处。吃顿饭或看场电影?她同意了。好意外!他说会在钟楼旁的巴士站等。

他一下班赶紧回家,洗了身上衣服,再把它们熨干。他发了疯似的手忙脚乱,注视着裤子上升起的蒸汽,担心这电器炸了。他把干净衣物搭在椅子上晾晒,自己到客厅稍站片刻,为下个任务汇聚力量。骂着脏话、做着祷告,仿佛回到了库特②保卫战,赤手空拳击退凶猛进攻的帝国大军,他绝尘而去冲了个淋浴。裸露的脚趾触及黏糊糊的浴室地面,他

---

① 布里奇顿(Bridgetown):巴巴多斯首都。
② 库特(Kut):伊拉克东部城市,瓦西特省省会,位于底格里斯河河畔。

大叫一声，压下恶心的感觉，擦掉身上手术室的气息。完事之后，他把地一拖，让最顽固的泡沫流向厕所区域。朽烂的木材又松又软，忙不迭咽下了污水。卡塔称其为达乌德的贫民窟。形象的描述——达乌德边想边盯着在地板边缘爬行的潮虫。

他神清气爽，穿戴整齐，在巴士站恭候，感觉每个过路人都明白他在等待什么。他想朝她的公寓走去，但又害怕错过，只能通过练习开场白打发时间：你真美，他念念有词。

他之前谈过恋爱，感觉应该像那样对她们说点动听讨好的话。即便实情如此，他也从未说过——总是支支吾吾、含糊其词，拿他的真正想法开玩笑。同他一样，这些女子来自外国，大多在英格兰学习英语。她们凭一种极简的语言相互交流，改动规则以适应她们自己的语法。想避开跟她们说话不难。他曾和思乡的德国互惠生出去；她们的坦率令他惊讶，简直不害臊。她们直言不讳只想和他上床，不想把事搞复杂。有个年轻的叙利亚助产士黏着他，起初像是巴结，但马上变得骇人。他可耻地虐待她，想说服她放手。他是怎么对她的，不提也罢。当地文法学校有位助教，是个特别善良聪慧的瑞士女郎。她试图和他攀谈，表达内心萌发的爱意。他佯装她英文差劲，领会不到个中奥妙，由此引开话题。她们均适时离去，偶尔来函，聊诉亲热爱慕。他认为，这些书信反映她们意欲美化逗留英格兰的日子，杜撰被抛弃于阿尔比恩①荒原的深肤色恋人。

---

① 阿尔比恩（Albion）：英格兰古称。

他有时回信,面无愧色胡诌一气。那位瑞士助教令他妙笔生花。为她,他捏造获邀野餐,与两名徒步环球旅行的波兰学生泛舟河上,又遭一名偏执的法西斯警察施虐,抓捕监禁。他甚至编出一户人家;他们常在节假日请他吃饭。一切那么有声有色,乃至次年夏天她回来了,带着苏查德①巧克力、两瓶酒、外加一篮他无法抗拒的棉花糖。她中断行程来陪他两天,希望见见那些他结识的好人。可惜好人们一个都不在,而且他们不能同床共枕,因为他有些不适。不适?对这部分计划,下身毫不知情,故而被意味深长的一瞥吓得不轻。他突然意识到,自己不想和这女郎发生关系,不能惹麻烦上身,也不愿用虚假的亲昵把他俩贬低。于是她继续前往纽约什么的,临走前为他烤好硕大一个蛋糕。他再无她的音信,也从未告诉她她是个美人,虽然常常感到本应言明。

凯瑟琳匆匆赶来。一见达乌德,她便微笑着放慢了脚步。制服让她更显苗条、富于魅力。秀发从她脸上拂开,散落的几缕撩着太阳穴,暮色中仿佛一轮光环。她奔向他,裙摆蹭着小腿沙沙作响。"你真漂亮。"他说,没料到自己有这般胆量。

她咧咧嘴、摇摇头,对他的唐突感到意外。"谢谢,"她说,"过奖。"

小菜一碟,他想。当然,他务必谨慎,别讨人腻烦,毁了一桩美事。也不能让自己看似晕头转向,因为她的确跟他

---

① 苏查德(Suchard):瑞士著名巧克力品牌,得名于生产商菲利普·苏查德(1797–1884)。

约会。"你来迟了点儿。"他说。

"抱歉。今晚大伙都往外跑,所以只能轮流上洗手间。她们去参加多佛游艇俱乐部的大派对……为本郡板球队准备的烧烤和舞会。"

"游艇俱乐部!你去吗?"

"去过一回,"她说,"就喝了一杯。"达乌德等她稍作停顿后多讲一点,可她看着别处,换了个话题。他颇为失望:她掺和进那些圈子,耽于寻欢作乐,成了花花世界的一分子。医院里的医生谈起过有钱人的享受,聊着他们的朋友——不是农场主,便是赛车手、新闻记者,传着他们的俏皮话和饮酒习惯。有些护士也获准加入。她们幻想觅得如意郎君——阔绰的农场主,或皮肤黝黑的航空公司飞行员——交了入伙费,结果上了当。他告诫自己,假如她是其中一员,她又找他做甚?他自觉信心不足;若她尝过那股刺激,定会觉得他索然乏味。

"你看上去很疲惫。"她说。

"蛮辛苦的,"他说,"整整一天,我巡查后面通道,清洗器械,把脏毛巾放进换洗袋。"

她稍稍走在前头,往后瞟了瞟。阳光投射过来,她眯了眯眼。等他说完,她从人行道移步他身旁,边走边盯着他看。她把他上下打量一番,露出了微笑。

"看上去怎么样?"他问,误以为她在嘲笑他的穿着。他缓缓转身,双臂撑开,但过于局促不安,不敢来个卡塔式的旋转。"我取出了鲨鱼皮、豹子皮、亮片装和皮衣,可拿不定主意。所以最后穿了这身破布头。"

"看上去不错。"她微笑着边说边重新走上人行道,挽起他的胳膊。

他们在圣乔治塔下驻足。他把一处铭文指给她看。铭文曰,这一宏伟建筑的奠基石,乃高级市政官斯宾塞所立。后方,塔楼拱门下,另有一通题刻极不起眼。据其记载,附近曾有基特·马洛①故居。

"为游客着想,他们至少应该把马洛那个弄大些,"凯瑟琳边说边紧拉着他,"再略加一些他的介绍。"

"他们早该把它印上钟面,底端装台投币机。如欲聆听《帖木儿》前一百行,仅需支付五十便士,"他慷慨陈词,感觉她臂膀的压力有些微变化,"朗读者:大卫·高尔——本地人氏,改邪归正。可市民们实在得多。基特·马洛又嫖妓又酗酒,其丑行让父母丢尽了脸。除了几部剧作,别无建树。你能从游客中心找到相关信息。庆祝自己颇为不俗的成就,才是这儿的市民感兴趣的。"

"真庸俗。"她说着就要把他从塔楼拽走。

"跟美女聊天多好!游艇俱乐部的常客。"

她微微一笑,透出朵朵红晕。可他无法克制妒忌。他是谁?那个一直跟我的妞儿搭讪的资产阶级小子是何许人?傍晚时间尚早,虽是周五但相当安静。他提议先去喝一杯,但她说她饿得咕咕叫。他们在剧院门口停步,商量该去哪儿。他们面前是演员们的照片,他就编造他们的故事,逗她开

---

① 基特·马洛(Kit Marlowe,1564-1593):英格兰著名剧作家、诗人。代表作《迦太基女王狄朵》《帖木儿》《浮士德博士》《爱德华二世》等。

心。结果她躲开了,说满耳朵都是叽叽喳喳、叽里呱啦,没法思考,回来后点名要吃中餐。于是他俩从剧院出发;她再次紧紧牵着他的臂膀,靠到了他身上。

"像你这样的聪明人,到底在那个地方干什么?"她柔柔地问,表示同情。

她的胳膊似乎是个沉重负担。他烦躁地稍微挪了挪,向她示意。她抽回胳膊,吃惊地看着他。他把手臂往胸前一挡,好像不让人碰,又好像要约束自己,别乱了方寸。"你大概想建议我当个护士。"他说着朝她一瞪。

"对不起,"她边说边难为情地笑笑,"我不明白你的意思。当什么护士?我哪儿错了?"

此刻他陷入悲伤,没有理睬。那些决心对他友善的人,就是这种口吻:你干吗不试试护理课程?他们肯定会接纳你。在他们眼里,他是个弱者,没有爹娘在电话那头告诉他要坚守,学会耕耘与等待。对此,他愤恨难平。他也厌憎无意义的怜悯:他们对他一无所知,却仍然咄咄逼人。要有所成就。你没有发挥自己的潜能。我们都知道,你的水平远不止这丁点儿。他正尽力挣扎求存,通过幸灾乐祸抵御绝望,以突袭禁区回避文化冲突。为何不让他独自静静反思失败?为何不许他孑然沉湎自怜?

"怎么了?我说了什么?"她问,逼他给出解释。她在人行道上停下,转身向他,生气地盯着他看。"我其实想讨好你,而非责备你。你恼什么恼?"她见他脸上的怒气换做了痛楚。他摇摇头、叹口气,面带愧色朝她微笑。她忍住诱惑,差点想伸手去触摸他、安慰他。好啦好啦。

"不好意思,我有时会歇斯底里。"她的逼问令他讶然,如今他想把她赢回身旁。

"可我还是不明白,"她说,"你干吗那么不高兴?"

"我以为你的话暗含批评……即便你无意挑刺。比如我认命了,待在那个脏地方,一点都没出息。比如我这个样子,就因为一直不想努力上进。"

"没那个意思,"她表示抗议,"全无此意。我只想探究,想了解你的感受。如果你有抱负……或者你对处境有啥打算。"

他缄口不语,感到距离尴尬的真相仅差毫厘,他的敏感也快把她吓跑。"请宽恕我的奇谈怪论。"他说着略一鞠躬,假扮绅士魅力。

她板起脸,然后将手搭在他的胳膊上。她想象着,一个精明强干的女人在晚餐前几分钟就是那样吧。

8

侍者候在猪排旁,问它滋味可好。凯瑟琳正大口嚼着,抬头向这孩子气的男子快活地笑笑。"好吃。"她告诉侍者,一边让达乌德应和。他点了几下头,又"嗯"了一声表示赞赏。侍者腰板一挺,立马露出笑容。笑笑有利生意,其实他就等着听这句呢。

"他过来问'可好'的样子真甜,对不对?"侍者走后她说。

"别装客气,"他说,"如果不急着要你的钞票,他很可能往你吃的里头塞一撮老鼠药。"

"讨厌。我哪有装客气?"

"那些好甜什么的……就因为他是个小个子,古怪地朝你笑了笑。"

"你总这副德行?"她问,"好啦,别那么没好气。说说你的真实志向。"

"离开那地方。"他说着从啃过的骨头那儿抬头往后一仰。

"没了?哪儿去?"

"读大学……大概今年秋天。"他说。

"真的?好呀,"她停下咀嚼,将骨头丢进盘子,"继续说。"

"能先聊聊板球赛比分吗?今早在老特拉福德①,英格兰队以71分被淘汰⋯⋯"

"不,"她厉声说道,"我讨厌板球。跟我谈谈上大学的事。"

过了会儿,她叹口气,以微笑致歉。他觉得,游艇俱乐部又在作祟。他告诉她近期读了夜校,参加了考试。假如成绩过得去,新学期初他就报到。之前他没提,以免有差池。哦,她好开心!夜校!在伦敦时,她试过一阵子,实在跟不上。注意,那是文秘课,枯燥得要命。他打算学什么?历史!还有文学!他开怀大笑,解释为何选这两门,她也陶醉于分享他的喜悦。侍者把其余菜肴送来,他方才打住。

"每道菜都放豆苗。"她说。

"正宗传统中餐风味。我们坐着的软包隔间,灯光昏暗,装饰银色星星的顶篷那么难看。他们瞧不起我们,这就是种神奇的表现。我们很可能坐在林君画的一幅画中间,画名就叫《文化混乱》。"

"你太敏感了,"她说,"朝那个甜小鬼笑一笑。难道你没发觉他对你满脸堆笑?好吧,你打算辞掉那份可怕的工作。但学费呢?会有一笔助学金吗?已经有了!看来好像都解决了。真让我羡慕。嗯⋯⋯可想过寄钱⋯⋯给家里父母?助学金你会怎么用?"

记得他俩一道值班那晚,她问起他为何从所在学院退

---

① 老特拉福德(Old Trafford):曼彻斯特西南的著名板球场。兰开夏郡板球俱乐部主场。

学,而他用谎言搪塞。关于那件事,他骗了每个人。他一般会说,自己被迫出去谋生赚钱,因为父亲罹患脑膜炎什么的,家人需他汇款回去相助。极少有人追问;如果还不罢休,他便主动透露,家中另有难以名状之病号。通常这足以令人知难而退,省得他们没完没了地纠缠家史。

"那钱你打算怎么办?"她问,无意间把他逼进了死胡同。

他把一叉子豆苗塞进嘴里,对坦白多少犹豫不决。他试图挡住诱惑,不去诉苦。他一仍其旧告诉自己,不会感到解脱,只会难堪和悔恨。她举起叉子等着,仿佛知道她很快就会厌倦等待,不得不催他开口。

"还没想好。"他咕哝一句。

"可你以往要寄钱给他们,是吗?那就是你之前辍学的原因,对不?"

这是个孤寂的冬天。灰暗的日子……从未见过。夜间湿冷,况离家万里。长夜漫漫,隐约听见有人欢笑。男男女女越变越大、腰围愈来愈粗;偶然相遇,俯视着你,好生吓人。担惊受怕中,肛门直冒冷汗,却被寒气冻住。狂风将裂缝撕开。冬夜沉沉,痛悔没有尽头。冬夜郁郁,思念家乡故交不绝,恍若折磨。

"不,"他满不在乎地说,突然对她的想法无动于衷,"我从未寄钱去哪里。我没对你说实话。"

她一脸悲哀;他琢磨,也许她早猜中了。

"那破了哪条规矩?"他边问边用悲怨的眼神盯着她。

"也许吧,"她小心翼翼惊讶地回望,但眼里开始流露出焦虑。他愤怒的表情让她困惑,担心弄错了什么、误会了。"我想我也撒过不少谎。"她觉得自己好傻,不过设法找一句鼓励话来讲。

"请原谅,"他沉浸其中,根本没察觉她在主动帮忙。他向她道什么歉?为何对她说对不起?"我伤他们太深……无可救药。我令他们彻底失望。我在信里也写不来低声下气的懊悔,满怀愧疚安慰他们。"

"你父母吗?"她问。

低声下气一点,他们早宽心了,他想。或者至少让他们觉得他还有一二相求。然而,他感受到的,唯有他们的不公和冷落,他只能以伤心沉默回应。他们把他的沉默理解为无所谓,不再担心他们首肯与否。往事历历。要向他们解释万般痛苦的桩桩件件,他毫无头绪,不知从何说起。

她再度发声,重复了一遍问题。他抬眼看她,她发觉他双眼噙着悲伤的泪水,而这悲伤正是他想克制的。他迅即移开视线,并非出于尴尬,而似打算离去。"告诉我,"她说,觉得该碰碰他、挽留他,"我想听。"

对他而言,她什么都不是。他想想心里就得意忘形。对此,她体会不到。为何她要问及无从理解的问题?还逼他讲述不堪回首的往事。他根本没和他的同道提起这个……他们意欲征服世界,结果沦为停车场帮工或会计员。可她依旧认真期待着,等他敞开心扉。她想帮上忙,这看得出来。拉他一把。她想要他证明,他并非仅仅自怜自艾——他神情哀伤、惹人侧目地在乡间游荡,自有其缘故。

"我爸不需要我给钱,"他说,"退学是因为所有考试我全挂科了。"

没错,他想,所有考试。这番耻辱不是由于脑子失灵——他知道原因不在于此——而是因为那两年动摇了他吃苦耐劳、足智多谋的自我认知。他愤懑绝望、一片凌乱,独自在邋遢的家庭旅馆房间里流泪。书本笔记摊开在前,呼唤他去学习。但他哪有心思。可以说,头脑被内心不停的啜泣占据。"为什么?"她眉头一紧,单刀直入,"为什么没及格?"

"啥?"他说。他的嗓音听上去遥远嘶哑,一个无聊问题干扰了机敏的思虑。它意在使聊天者丧气,暗示他没有真的听清问题,也不想再被问一次。

"为什么没通过?"她不兜圈子、持续发问,不过现在的语气柔和且友善。他在椅子上坐得更直了,双手手心向下按着桌面。她一声不吭等他开腔,希望能够保持沉默,只是觉得这和设想的不一样。

系主任霍顿幸灾乐祸地给他家里寄去一份报告单。达乌德故意在注册文书上填错邮寄地址,并非因为害怕报告单会寄给父亲——彼时他没料到要挂科——而是出于已成了他们生活一部分的欺骗心理。革命后的岁月教会他们习惯了恐惧。但他办不到——也从未想过——错报父亲的名字。他胡乱选了个邮箱号码,什么数字都行。他从未想过,只要有人收取此信,自然会穿上外套,将它送往其父住处。他为何不报个错误的地址?一切都隐瞒不了,但这会给邮政审查官们出道难题,让他们有点头疼。

第二学年末,形势一清二楚。系主任询问达乌德,他该把报告单寄往何处。该按他的家庭住址寄送？那是数千英里开外。信函会像致命诅咒般抵达，打消达乌德双亲引以为豪的记忆，昭示他口口声声向他们保证的幸福安适无非谎言而已。或者该把它寄往达乌德的家庭旅馆地址？那么他可以把它撕碎、扔进垃圾筒，转而给父母写去更多谎言。达乌德请他寄给父母，看他是否有种公然施加小心眼的报复。系主任就此照办，给他父亲寄报告单。他给达乌德另去一信，随函附上报告一份，细数其种种不足，可谓沾沾自喜。

达乌德本期盼报告单不要送达：或被革命审查官销毁，或淹留机场、烂在邮袋中。三个多月后父亲来信，不过寥寥数行，表示祝贺并期望未来一切顺遂。你妈没提你的名字。她起誓，直到真主垂怜、指明你走出任性，方才会提。他们就不能说句好话？他们就不能关心下他是否有麻烦，生活是否还能维系？他们就不能对他说：虽不走运，但别太灰心。继续努力。难道他们非要他觉得，好像他掐死了他们的长子？这是什么固执的方式？他好想他们——父母、"老大"、族人、土地。他已濒临绝望边缘……又冷又饿，满怀恨意。

"到最后我没钱了，"他朝她咧咧嘴，"所以也没啥区别。几个月的房租一分没交。我是幸运儿……房东每时每刻都有许多留学生。那是租给学生的家庭旅馆。我老跟他讲，正在等父亲的汇票。他就说：明白！钱到了再付。他热衷种族和睦那一套。他仍是我房东，我也还拖欠着钱。"

"就那么回事？"她面无表情地问道，似乎怀疑他想逃避命中注定的不快。他微笑着看她放下叉子，前臂相交于桌上。眼下是为你好，小伙子。倾诉一番，往后就感到舒服很多。"可那不是你挂科的理由。"她说。

"我肚子常常饿得咕咕叫。这些高大健壮的英国青年一点小事就兴奋地叫唤。他们吃个不停：甜品、薯片、巧克力条。和他们相比，我总觉得孱弱。有时我就不去上课，因为肚子噪音太多。"

"什么！"她大叫一声，瞪大眼睛、不敢相信。

"我真的好傻。"

"那叫愚蠢！"

"我肚皮一响，他们乐得前仰后合，所以我就避开。他们动不动取笑我。听上去……蛮可悲，是不是？传说有些伟人同饥饿寒冷作斗争，出色地完成了学业。如今我常想：莫非他们肚子不叫唤？"

"开玩笑！"她说。他耐心等着她继续说下去；不过，她能看出，他可没打趣。

"午餐时分，我常站在学校食堂外，希望我认识的人走过，问我在那儿干吗。希望有人会说进来，我替你付钱，或者你可以分享我那份。他们的确如此做了，当然，不会有第二次。午间开饭，同学们总这样惴惴不安地瞧着我。他们基本上是群卑劣的傻帽，经常拿什么'黑鸟'、'黑蛋'和臭烘烘的黑鬼寻开心。真被他们狠狠地鄙视。我去城里好好溜达，有时从店里顺点什么——巧克力或一包糖。我给父亲写信要钱。我明白，我头次过来，他已经拿出全部家当。但我还能怎么办？他回信说接济不了……除非我回去喝他的血。"

"你为什么不求助?"她气恼地尖声发问。谁会那样没头没脑。天哪,莫非你有点乐在其中?也许还在找寻借口——她想说的他都懂。

"我不知道去哪儿寻求帮助。我试图向学校导师反映。我过去找他……可他大致弄清来意,立马打断我,打发我找英国文化委员会或学生会问问。结果我去看了医生。"他边说边扮小丑状,仿佛总算发现了讨她欢心的法子。她点头表示认可,参加这个笑话。

"发生了什么事?"她乐呵呵地问。

"他劝我回家多进食,再多喝点牛奶。"他沮丧地说。

"得了,得了,"她突然无法抑制烦躁,不想继续下去,"现在你也无能为力。干吗说给我听?"

他给自己添了杯酒,然后把酒瓶朝她微微一倾。她点点头,于是他斟满她的杯子。她默默说句谢谢。他该有自知之明,他暗暗嘀咕。理应闭嘴。

"看来你觉得这不过是些托词?"他边问边推开盘子,举起酒杯。豆苗算吃厌了,他自言自语。

"不,"她说,"我不知道。"

"或许你认为我活得很痛快,不想给我鼓励。"他说。从她低垂双眼来看,他猜八九不离十。她又马上一抬头,耸了耸肩。

"只是没料到,"她说,"和我想的不同……不知说什么好。为什么不找社会保障部门?"

"不大了解,"他笑了笑,"我真可悲,对不对?"

"不,我想你只让我感到内疚,就像你期待我道歉、承担责任。不管怎样,你没听说过社会保障部门让我惊讶。我以为你们外国人来英国就图个保障。"

"撒谎更简单,不是吗?可怕的悲剧!家父……魅力十足的男子,哲学家,一位绅士……说来惭愧,被迫退休。正值才智盛年……睾丸却象皮肿发作。此病常见于遥远热带。再说,他脑子不太正常。家族史嘛……呃……他姐妹曾入院治疗。除此以外,他年幼时得过伤寒,从未真正康复。所以我只能放弃学业去上班。谁会反对?没人操心打探,你一个手术室护工,哪能省下薪水寄回家。这些人啊,需要比咱们少多了。瞧瞧他们的日子:十六个人挤一间,米饭豌豆就凑合。他们床下都藏着一沓沓钱。撒谎岂不更简单?"

"不,"她说,"我不知道你一直受着哪种伤害,但找个人聊聊会好许多。然后你会发现没什么丢脸。"

"啊,谢谢,"他说,"早该晓得。我能想象,向在派对上遇见的某个匿名受害者倾诉苦衷。整个晚上,她都在聆听一个孤独青年的忏悔,回到家后对自己的这般美德感到诧异。"

侍者缓缓走过,静静的餐厅里,他们这桌的大嗓门把他引了过来。他见他们对正宗传统中国风味仍存疑虑。这也难怪他们。这么恶心的一坨,即便经理给钱,他自己也咽不下去。笑笑有利生意,所以他开心地咧嘴一笑,从他们桌边擦身而过。喜欢正宗中国风味的食客见得越多,他就越发开心。这样赚钱近乎残忍,好像打劫小孩子。女孩挺漂亮……可这男的……咳!她怎么能碰……他一面暗暗发笑,一面绕着空空的餐厅漫步。

"你可以说点鼓劲的,"他提议,"而不是敌意满满。"

"比方说?"她问,装出懊悔状,急于讨好。

"你可以说:'你没有放弃,是吧?那样做事显得很有毅力。'"

她照办了。在银色星星的顶篷下,他俩微笑着,默默喝着酒。侍者再度走过,这次犹犹豫豫。达乌德立刻拿起叉子开吃,不想侍者凑过来,围着他俩团团转。她笑着加入,侍者也笑了起来。笑笑对生意有好处。

"现在可以告诉你测试赛比分了?"他问。"英格兰队第一回合就以 71 分被淘汰。71!你绝对猜不到谁大搞破坏!"

"我不想听什么测试赛,不好意思。"她咬着牙恳请。

"这么讲很自私。为了你好,我权当没听见。赛场上,可怜的老英格兰有机会体面地赢得改变。迈克·塞尔维①一人四次击中整个三柱门,为他们开了个好头。哈哈哈,趴下、趴下、趴下,托尼·格里格②正在说。接着,迈克尔·霍尔丁开始长距离助跑,解说员们爱拿这取笑:投球!扣杀!哎呦!71 分全玩完。"

"谢谢,"她说,"能停了吗?"

他看了她很长一会儿,然后万般不屑地咂咂嘴。"你对这项伟大运动的偏见让人难以置信。解释一下。转念一想,省省吧。还是跟我说点有趣的。你得等多久才能戴上护士

---

① 迈克·塞尔维(Mike Selvey, 1948—):英格兰著名板球手。
② 托尼·格里格(Tony Greig),即安东尼·格里格(Anthony Greig, 1946–2012):英格兰著名板球手、解说员。

帽、拿到资格证,结束培训什么的?"

"不。"她边说边狠狠地盯着他。

"那好。聊聊你的兄弟姐妹、未婚姑姨或当地牧师。你怎么破处的也行。"他问个不停,暗想,在肯特郡这个弱肉强食的地方,这样可没法俘获芳心。激怒他的还是游艇俱乐部情郎那家伙。这厮无疑总在唠叨板球;和达乌德不同,他并没真的领会其精髓。由于某个娇生惯养的英国肥仔,他不能对英格兰的灾难性表现幸灾乐祸、得意忘形。

达乌德真心恐惧递来的账单。他从薄薄一沓钞票里一张接一张数着,惹得侍者微笑连连。他琢磨着,数完之后是否有剩,或者,他是否非得忍受卡塔对他工作的抱怨。他不愿向卡塔说明,另找一份与眼前相似的差事,谈不上改善。如果情形如此,他不如原地不动。他怀疑,他的解释有点不合逻辑,故而有所保留。她盯着他结账,一边狐疑地噘着嘴。

"那些豆苗可真贵。"她说。

"没问题。"他说,另加一张当小费。凯瑟琳表示严重关切,然后猛地移开了视线。达乌德微微一笑,抽回了钞票。

其后,他们在静静的街道上散步。她又一次问起他在英格兰的最初几年,让他谈谈饭桌上描述过的经历。现在他没那么紧张了;他告诉她自己干过哪些聪明事,穿上自家缝的衣服感到多么别扭,以及听懂别人在对他说啥有多不易。他们东游西逛,不时瞥见那大教堂。它庄严雄伟、光彩夺目,与他们漫步其间的中世纪昏暗巷道交会。他试图说服她走进郡中酒店,来上一杯。他熟悉那儿的酒保,一个名叫里卡多的委内瑞拉男子。此君声称，其父乃委内瑞拉首席法官，属屠戮印加人的刽子手弗朗西斯科·皮萨罗①直系后裔。里卡多显然把自己吹成又一个流亡中的异乡人，这对英国佬的自尊多多益善。达乌德想带凯瑟琳进去向她炫耀炫耀。我认识一伙超级怪物。可她本能地回绝了，他还不得要领。酒店外观凸显市民阶层的刻板，令她厌恶。她称其为扶轮社②聚餐处。

夏日长夜，他们邂逅其他闲逛的情侣。他带她沿一条黑暗街道前行，眼前豁然出现一小块空地。原来他们到了西门公园边。这儿的房屋年久失修，有的看上去黑漆漆、空荡荡。路上可见塞满垃圾的废料桶。这地方让他隐约感到不安；他拿人们给自家房子起的名字取乐，将紧张一笑置之。他俩步入另一条漆黑街巷。他听到她疲乏地叹了叹气。

"没事吧？"他问，尽管他猜到，她想对他暗示她走腻了。他们拐进一条树木茂密的幽深弄堂——弄堂一股潮湿的霉味——又在朦胧夜色中经过一处黑黢黢、阴森森的土堆。"那是城里最古老的教堂。"他告诉她。他提议喝上一口，她欣然同意。为避开幽暗街巷，去郡中酒店找里卡多她都会应承。

他领她去了黑犬酒吧，向她解释这是某种朝圣。"刚来

---

① 弗朗西斯科·皮萨罗（Francisco Pizarro，1475-1541）：西班牙冒险家。参加巴尔博亚率领的探险队，发现太平洋。处死印加皇帝，征服秘鲁印加帝国。
② 扶轮社（Rotary Club）：工商业人士的跨国会社"扶轮国际"在各地的分支。成员常开会讨论社会问题，并为慈善事业筹募资金。第一个扶轮社由美国律师保罗·哈里斯于1905年创立。

那阵,"他说,"最吃惊的是无休无止的嘲弄……种族歧视的耻笑似乎占据英伦生活的一大部分,以致我开始把黑犬之类的名称当作存心侮辱人。即便现在,走进一个叫黑犬什么的地方,我还得鼓足勇气。"

"换个去处吧。"她说。

"不。之前去过。我只想说说,因为我们刚在谈论那些日子……"酒吧豪华宁静,出人意料,那氛围似在奚落他的做作。他觉得自己无权落座。他们一直待到打烊时分。明天能再见面吗?他边问边缓步送她回家。她次日上班,但周日得空。那更合适,虽然他没说出口——这就有时间洗床单啦。

抵达公寓后,他笨拙地在她面前站了会儿,然后俯身轻轻地吻了下她的双唇。他再亲了亲,但没再挽留她。回家路上,那些年都涌上心头。他已独自承受了太久,很高兴对她诉了诉苦。他想,坦白就是这般滋味。他希望可以轻松打发一切,但他明白,那永远做不到。其实无关紧要。他太年轻软弱,无力咬紧牙关、低头做人。他早已低三下四,夜里缩在煤气微火旁,琢磨着还能撑多远的路。

他到家松了口气,这一晚总算又摆脱了种族主义猘狲的追踪。他没有徘徊。在卧室里,他动笔给父亲写信。他知道,此信永无结尾;如果确有,也绝不寄出。对他说什么好?何况明天还有活干。

9

周六傍晚,劳埃德带着他的购物袋抵达。达乌德正在观看第三场板球赛的最后阶段。每得一分,他便扬扬得意;每当托尼·格里格一脸困惑地出现在屏幕上,他就咧嘴直笑。趴下,你个布尔人!劳埃德的到来不受欢迎有若干原因。克莱夫·劳埃德①刚刚宣布,西印度群岛队以411分结束第二局,领先达551分。英格兰之花即将遭遇毁灭;达乌德打算全神贯注,不想被一个英国痴汉分心。再者,劳埃德的出现意味着他不能再朝屏幕挤眉弄眼,尽情揶揄英格兰队队长。他不想看上去天真幼稚、斤斤计较,也不希望一个异教徒教训他何谓公平竞赛,怎样才够朋友。

"他们真没用,是吧?"劳埃德说着放下购物袋,自顾自坐上椅子。这袋子表示今晚他要留宿,"他们将被轻易击败。"

"别着急下结论。"达乌德说。他不愿这样无动于衷地打发此事,倒想把痛苦拖久些,再适当分析分析、体会体会。劳埃德就不能至少显出一点爱国情怀?力挺一下他的兄弟?而且允许达乌德愉快地告诉他,托尼·格里格这个领队的有多臭?

达乌德琢磨袋子里装着啥。劳埃德用一桶小玩意儿,或一块浓汁烤肉打点他,令他自惭形秽,发誓日后算账。那只是表面文章：屈尊俯就、良心不安。到头来，涉及体面问题，达乌德仍会愤然难堪。至于眼下，有必要脸皮厚点。他自作多情，豆苗食用过量，本周余下日子只好吃香肠和土豆泥。虽说街角的肉铺售卖优质香肠，达乌德却不奢望——香肠让他消化不良。正是这种东西使他确信，他无意风餐露宿，也无心过清苦生活。他吃菠菜拉肚子，吞奶酪铁定胀气，喝口酸奶想呕吐，吃早餐麦片胃出血，一嚼饼干打喷嚏。这并非天生消化孱弱所致，而是倔强的肠胃拒不接受。它最喜咖喱稍添辣、杂烩炖锅配大碗饭；也爱鼓鼓囊囊肉馅派，单吃或搭点沙拉都行；还有按祖传秘方油煎鲻鱼，搭配大饼和青椒。

达乌德注视着霍尔丁跑过来，将球投向布莱恩·克罗斯②。他控制不住欣喜，欢呼雀跃。他用眼角一扫，劳埃德正盯着他笑。他朝他瞥去；劳埃德弯腰卸货，把买的铺到桌上。他一次一件，放下后朝达乌德笑着瞄上一眼，等着他用目光回应。他像个小孩，做了好事要夸奖。乖孩子，现在走开，只管把东西留那儿。达乌德看见一只鸡、几听啤酒，外加一堆水果蔬菜。

他痛恨招架不住这种施舍。他曾试图说服自己嘲笑劳埃德，将其视为自负无知的家伙。他把这些馈赠当作劳埃德预防吃闭门羹的伎俩。瞧我带来了什么。满意么？一份心意，

---

① 克莱夫·劳埃德（Sir Clive Hubert Lloyd, 1944- ）：西印度群岛队著名板球手。
② 布莱恩·克罗斯（Dennis Brian Close, 1931-2015）：英格兰著名板球手。

也是种手段,以此平复他蹭吃蹭喝的不安。他不敢相信,劳埃德捎来食物,是出于朋友间的无私关照,也没法相信劳埃德十足幼稚,视他为那种哥们儿。吃喝就靠英国佬,哥们儿,卡塔给他出点子。反正他们偷光了我们所有的钱。吸他的血!要他为他们的罪恶历史付出代价。

"我想能说动你搞出一道你拿手的鸡肉炖锅,"劳埃德边说边装作担惊受怕,"希望你别介意。我知道这有点放肆,但你烧得那么美味……"

"这简直吃了豹子胆。"达乌德说,招架不住这句开场。

劳埃德宽心地咧咧嘴,认为达乌德不会当真。"一时情急,"劳埃德大笑道,"管不了了。如果你接受我三番五次的邀请,就会明白。来尝尝我妈的手艺。我爸也真的很想见你。他说,英格兰唯一剩下的知识分子定是你。"看劳埃德嬉皮笑脸的模样,达乌德领会,知识分子一词,既非实情,亦非恭维。他判断,它本想表达,他准是那些巴布①里的一员。算个书呆子,有样学样——人云亦云、愚蠢滑稽;好似某个本森-海伦,效仿英式做派,趾高气扬在世界舞台上炫耀他的英伦范。

"干得好。"劳埃德讥讽地鼓鼓掌,艾德里奇②弓身躲过又一个反弹球。

他每周大约来两三晚,让达乌德有点烦。夜里,达乌德有时听见他在屋外人行道上踱来踱去。他知道是劳埃德,因

---

① 巴布(Babu):印度英语用词,指办公室文员。
② 艾德里奇(John Hugh Edrich, 1937-2020):英格兰著名板球手。

为第一次曾把他吓得半死。他以为那是个一度避开了的种族主义狂人；此君将他认出、尾随而至，眼下想把一只燃烧瓶或盛满粪便的购物袋投进他的信箱。他从楼上窗户小心往外窥探，琢磨着手头几件武器的射程，不料劳埃德正在前门外的人行道上来回昂首阔步。他当时忽视了他，也没把他的深夜登门当回事。这几趟，劳埃德从不叩门，就在那儿等着被发现。想不到在这儿遇见你！快进来喝一口白兰地，再继续绕着镇上空荡荡的街道神游。既然要停几分钟，告诉我，你在忙乎啥？这次是颂歌还是诗篇？或者你创造了全新的体裁？他有时带来一捆纸，随意往桌上一搁，就如一磅苹果或一瓶牛奶，一言不发直到达乌德问他。结果纸上是几首诗歌或一则故事。那么除了问他能否读读，别无他法。劳埃德抗议说，他随身带着这些，因为它们给他安慰。他无意叨扰……

有一次，他把三页故事留在桌上。达乌德把它们单独放置。他什么也没问；待饭菜备好，便随手将其移至一旁。劳埃德离去时忘了这几页；次日夜间，达乌德听见人行道上传来他沉重的脚步声。等第三天晚上一露面，他的目光直奔桌子，发觉油污溅到了纸张，还蒙着一层薄灰。达乌德一度狠心想把劳埃德撵走，结果因无法保持必要的冷酷告吹。

劳埃德喜爱高声读诗，轻言细语谈论诗歌，朗读起来则从不抬头。他在电视里见过巴勃罗·聂鲁达①那么做，钦佩

---

① 巴勃罗·聂鲁达（Pablo Neruda, 1904－1973）：智利诗人。1971年诺贝尔文学奖得主。

他的庄重与谦逊。劳埃德试图摆出的姿势要粗俗得多——畏缩的诗人写了首他劳作技艺的作品,却始终怀疑自己远好于听众可能给他的赞誉。达乌德觉得这些诗枯燥乏味;劳埃德请他评论,也几乎不置一词。不过,他的痛苦还没到头,因为劳埃德会开始一场无休无止的独白:诗风和意象的转变;这儿一语双关、那儿是其本源;原型与记忆符相互碰撞——这些足以说明他在镇上著名公学所受的教育水平。

达乌德盯着布莱恩·克罗斯、约翰·艾德里奇对阵西印度群岛队几名快球手。他们拒不低头,也不避球,仿佛是喀土穆①城墙或敦刻尔克②海滩上最后两个英国佬。他们正向对手展示心理优越感:不列颠人永永远远不把奴隶当。霍尔丁、罗伯茨和丹尼尔——西印度群岛队的投球手们——似乎被这一表现激怒,越发猛烈地抛出反弹球。他们铁了心要把英格兰击球手们打趴下,迫使他们收回队长的话。他们越使狠劲,英格兰击球手们就越骄傲,解说员们的声音也变得越得意。达乌德见小伙子们被这样惹得发狂,感到不是滋味。甚至劳埃德都张嘴坐着;达乌德能觉察到爱国激情在他胸中翻腾。哦,我说,看看这些疯狂的蛮子。没错!没错!

他步入厨房,一来为做饭清理台面,二来劳埃德气喘吁吁一通发作,他见了就想逃避。厨房是间逼仄的前厅,后藏破烂的浴室,一年四季阴冷潮湿。不过一旦烹饪,就变得乌烟瘴气。一扇后门通往花园,里面散落着破碎的铺路石。天

---

① 喀土穆(Khartoum):苏丹首都。
② 敦刻尔克(Dunkirk):法国北部港市。

暖时他敞开此门,给这隔间通风,去除潮湿砖块的霉味。

"真野蛮!"劳埃德在隔壁大呼小叫,"现在跟体育没啥关系。那些投球手杀气腾腾。老天,这个丹尼尔疯了。假设我是其中一个击球手,就沿着赛道走过去,用球棒勒住他的脖子。"达乌德冲一只炖锅开怀大笑。他确定,应付这种挑衅,丹尼尔轻而易举。让我来放他的血!

"你连三柱门都没到,就会嚎啕大哭,"达乌德走进客厅跟他说,"你其实不懂那两位面对着什么……我来告诉你。他们在替残忍的领队受罪。那些狂暴的澳大利亚佬在侮辱西印度群岛队队员的时候,此人忍不住虚张声势。如今他等在更衣室里,而英勇的手下正惨遭败绩。这场比赛已经结束,只剩下对英格兰的羞辱,这就是那两位仁兄所反抗的。即便失利,他们也想捍卫荣誉。那个大嘴巴才是那些投球手要的人。看好了,这一系列结束前,他们会收拾他的。"达乌德说着看见克罗斯转身背对来球,仿佛远方有重炮轰击,球嘭地砸中他的肩膀。镜头拉近,脸上不见一丝畏惧。老手就爱这套,他想。他明白,他已赢下这盘,让他们洋相出尽。就算他们现在杀他出局,他已直视他们道:你们打得太臭,我仍岿然不动。你们满场发疯生气、咆哮怒吼,可我不为所动。虽鼻青脸肿,但依旧朝你们咧着嘴笑。

比赛最后几分钟,卡塔来了;见板球赛还在进行,他扮了个鬼脸。他紧握达乌德的手,往前一拽,半搂半抱的,但根本不瞅劳埃德一眼。他身穿红色紧身裤、灰衬衫,一手拎件拉链夹克,另一只手搭在屁股上,拗了个造型。达乌德按规矩把他上下打量一番。"符合你的通常标准。"他说。卡塔则东扭西扭，展示着他的新装。

卡塔大笑着伸手越过劳埃德，一句都不和他说。他自取啤酒一听，令劳埃德一脸不悦。过了一阵子，卡塔方才弄懂板球场上在发生什么。"干掉那个老白鬼的拦截。"他为怒目而视的罗伯茨助威。

卡塔消灭啤酒的速度让劳埃德揪心。他瞥瞥达乌德、寻求支持，抄起几个啤酒罐送去厨房。卡塔憎恶地盯着他撤了回来。"灭了那个白人！"他大喊着把嘴一咧，劳埃德的后背随之一抽，"菜单上有什么，哥们儿？你看，来这儿吃一顿可是周六晚上最精彩的一刻。这地方我会记住的东西不多，它算一个。"

"来这儿蹭饭吗？"达乌德问，"我想我忘不了。"

"非洲人好客嘛！"卡塔警告他，"你的非洲兄弟情谊呢？别在外国佬面前丢脸。不过我知道，这钱是以发展援助的形式从英国佬那儿弄来的。"

比赛终止，英格兰得 21 分，一分未丢。艾德里奇和克罗斯度过了恐怖的八分钟。不等解说员们总结完当天赛事，劳埃德早就起身换了台。达乌德汇拢鸡肉和蔬菜，开始去厨房做饭。卡塔跟着他去拿最后一罐啤酒。他一揭拉环，劳埃德突然站立起来。

"上哪儿去？"卡塔若无其事地问，这是他对劳埃德说的第一句话。

劳埃德扮个鬼脸，似乎接着想做个下流手势，可胆量不够。"再去弄点啤酒，"他怒语相向，以隐藏此刻的忧虑，"我买四罐，你干掉仨；不准你再碰下一批。"

卡塔一直等到前门砰地关上。"我打算教那家伙懂点规矩，"他说，"你为什么让他来呢？他真是个愚蠢无知的……臭狗屎！让我心神不定。不明白你怎么受得了他在旁边转来转去。"他气得牙痒痒，脸上一副恶心的表情，身子憎恶地一颤。达乌德最初见卡塔演这出闹剧，他一笑置之。很快他发觉卡塔并非做戏，强烈的厌恶使他默不作声。卡塔啧啧发怒，对自己懊恼不已。他扭过头去，想引起达乌德的注意。"他在利用你，难道你看不出来？"他说，微笑着请达乌德加入这个玩笑。

达乌德离开厨房门，回去做饭。他听见卡塔在隔壁嚷嚷，但听之任之。一会儿过后，掌声笑声忽然爆发，原来卡塔换到了一档喜剧节目。他的叫唤盖过了疯狂作乐的声音。"香气扑鼻嘛，兄弟。"

邻居们先前埋怨过噪音。分隔房屋的墙壁薄如蝉翼，内中空空。夜里，有时他觉得似乎听到崩裂的灰泥碎粒一颗颗跌落缝隙。他听见群鼠缘墙上下、沿地板钻行，间或停步吱吱攀谈几句。如其窜进屋来，他便在破烂的家具间猛追不止。他追逐它们，与其说不堪忍受，不如说为了搜捕的乐趣。他在一处老鼠出没的宅子里长大，早已无所畏惧。不知何故，它们从未光顾楼上，唯见于客厅或厨房。他打小知道，鼠类实乃适应力更强，也更顽劣大胆一族。它们四下跑动一路畅通，上下楼梯惧色全无。

厨房墙上开始冒出凝结的水滴。砖块的潮气和木头的霉味轻易阻滞了菜肴的芳香。每个阴暗的角落，潮虫和蠼螋孳生。敞开式架子粗糙开裂，他刷了一层涂料也无济于事。积起污垢的古董烤箱酸臭扑鼻。他从来不用高高的吊柜，因为一块霉菌在那儿蔓延，不可收拾。他魂不守舍，忧心某一天酣睡时，霉块会破柜而出，占据整个屋子。凯瑟琳见了这脏乱的一切，会作何感想？或许激情让她分神，未加留意；又或许——他心里一沉，揣测该版较为可信——她走进他的狗窝，闻上几下，扬长而去。唷！

他所在排屋的一侧住着一对老夫妇。他们从未跟他说过话。每每见他靠近，或看到他在遍地石子的花园，他们就闪进屋内，紧闭房门，唯恐对他避之不及。从他俩互相叫喊的样子，还有看电视的音量，他猜他们耳朵失聪。他极少听见老妇的声音，可老爷子有时光火得很。

另一侧住着对年轻伴侣，一搬过来就对他产生了兴趣。男的学建筑，女的在城里美术馆当助理。他们请他前去做客，他满心羡慕：小小天地被布置得如此巧妙。这儿敲掉一堵墙，那儿新添一扇窗。绘画什物散放各间，厨房窗下绿意盎然。他们向他展示旅行照片，其见识与财富令他自愧弗如。一个周日，他们开着蓝色跑车载他去乡间酒吧。达乌德坐副驾驶而苏珊高踞后排；她一只胳膊抵着他的肩，丰满的乳房紧贴着他。

交往三周，每周他都花数晚和他们碰面。他下了班，前脚进门，后脚苏珊就来相邀。托尼跟他聊聊美酒，或侃侃而谈，说起市政部门新近规划将镇中心改为步行区。有几夜，他们播放唱片；苏珊曾与他共舞一曲，当着托尼的面紧搂着他，也不害臊。她非要看他手相，起先轻抚手掌，然后双手握住，研读个中玄奥。她告诉他，九年之内，梦想必会实现。托尼对此微微一笑，似在分享一个达乌德琢磨不透的玩笑。

他心情豁朗地告诉达乌德，自己曾在南非待过一年，于一处建筑师事务所工作。他乐意回去生活，因为那儿有亲戚，他说；但麻烦将要降临，所以何必冒险？但凡达乌德顺着他，他的叙述就更温情、更详细。黑人大量接触白人……多种族政党，一同玩耍的孩子们，都让他吃惊。

"像钢琴琴键。"达乌德提示。

"对极了。"他表示同意。

"那真好，托尼，是不是？"苏珊问。她边在豆袋沙发上扭来扭去，边朝达乌德笑脸盈盈。

建筑师事务所里最讨人欢心的是黑人信使阿莫斯。他的滑稽举止使众人捧腹不已。"我侄儿的奶妈是个黑女人。"托尼宣称。"老天，你还能忍多久，证明你没任何种族偏见？竟让一个黑女人给你自己孩子哺乳！"

达乌德又要了一客肉末茄饼，可是感到他的答复让他们失望。他们再也不邀请他，怀疑他暗中嘲笑他们。现在见着，他们就不大客气了。他家热闹聚会过后，托尼便登门造访，抱怨搅了他们的清梦。如果没法入睡，苏珊会极度不安、万分不爽。请体谅。一次，卡塔正演示新学的舞步，他怒冲冲而来，气鼓鼓地要求达乌德做人得识趣。彼时达乌德稍觉心绪不佳，告诉他去吮吮黑奶头。有时为了惹火他们，达乌德狠砸墙壁，或对楼上橱柜臭骂一通——他知道，此柜与其卧室相邻。布尔法西斯们，滚回老家去。

劳埃德拿回来一大罐啤酒，在厨房里站着边喝边跟达乌德谈天，撂下卡塔独守电视。"闻上去真香。"他说，对本次救济任务表示满意。他聊起威廉·布莱克①，喜欢牢记并背诵他的诗歌。达乌德心不在焉地听着，不过他明白，吟咏布莱克的诗歌，劳埃德可动了真情。而他关心的是别把米饭烧过了头。

等到落座开吃，他们几个全乐坏了。达乌德为卡塔在桌上摆了瓶辣椒酱，后者出声地舔着嘴唇，夸大他的期待。"你打算几时长大，别吃什么都佐辣酱？"达乌德问他。

他对他的努力感到满意，美滋滋地享用着炖鸡。吃自己烧的饭菜让他适应了好一阵。他退学搬离家庭旅馆后，雷伊揽下了大多做饭的活。不想下厨的时候，他俩就买点炸鱼加薯条。达乌德一提由他掌勺，雷伊就大笑，央求他作罢。雷伊不搭理他后，他改吃罐装食品和三明治。在雷伊敌对的审视下，他过于羞愧，不敢着手学习烹饪。有时他烤烤香肠，因为它们准错不了。及至成为主教道9号唯一的"老爷主子"后，他行事越发无拘无束。一夜，房东上门核对某物，发现他正忙乎炮制新奇玩意。我在尝试，达乌德告诉他。房东心生怜悯，次日捎来一册破旧的烹饪书，借此他了解到羔羊排和煮花菜的奥秘。他所做的没有一款有点菜味，但能填饱肚皮。

他迫不及待地一试身手——有客来也。某晚，一对挪威夫妇突然出现，询问他是否知道托尼与苏珊何在。他们告诉

---

① 威廉·布莱克（William Blake，1757–1827）：英国诗人、美术家。

他,那日早上他们刚刚结婚,旅行了一整天,眼下无处过夜。这名女子还是头一回作客英格兰。达乌德愿意提供床铺和一点吃的。两者他们都接受了。当天下午早些时候,他已购得一只鸡,打算烹制最具雄心的一餐:烤鸡、烤马铃薯和四季豆,还有苹果奶酥和蛋奶沙司。他自命不凡地开工;挪威夫妇上楼铺床,然后又试图把床撞个稀巴烂;对此,他听得一清二楚。一切都以灾难告终。书上没告诉他,烧烤前要先将鸡解冻,也没告诉他拿多大的马铃薯来烤,而他已把它们切了片。他嘱咐过挪威夫妇一个半小时后开饭,此时,他俩看上去衣冠楚楚、心满意足。男的满嘴酒气,女的则带着几分猜疑,环顾他的狗窝。他奉上血淋淋的鸡肉和软绵绵的土豆片。他们一声不吭把食物推开,过了一会儿回楼上去了。他听见他们在笑;他收拾好桌子,坐下吃苹果奶酥。

他们于次日清晨离去,但一周后返回,带他去看新租的房子。房子富丽堂皇,让他讶然;这是常有的事,每个人的富足都令他吃惊。他们没有用烤鸡大餐招待他——他本以为这趟出门,最受辱的必是此刻。参观完毕,他们驱车将他送回,甚至都没请他喝杯咖啡。他觉得多多少少弄清了自己的位置。

他该向卡塔和劳埃德提提凯瑟琳吗?还不用,他拿定主意。他注视着卡塔狼吞虎咽,厨师的成就感油然而生。"听着,哥们儿,"卡塔边说边从盘子上的残羹剩炙中抬头向后一靠,往外套口袋里摸支香烟。"明天亚非协会有个会。你该过来,肯定有意思。"

"亚非协会到底干什么的?"劳埃德边问边傲慢地把卡塔的烟雾煽开,"策划革命?"

"不!"卡塔说着朝劳埃德喷出一股烟,"我们坐在阴暗角落,研究割开英国佬喉咙的办法。我们通常献上一只小鸡或山羊,除非能找到一个英国处女——如今这是稀罕货。然后我们举行秘密仪式、疯狂起舞、恣意淫乐。"

"你们不能文明点?哪怕就一次?"劳埃德气呼呼地问,"你们难道消停过?"

"我敢打赌,某个傻傻的黑人老酋长恳求你的曾祖父,别夺走族人的土地。可他偏不罢手,嗯?"卡塔大叫,"我说的不中听,那就去你妈的!滚蛋!"

"卡塔。"达乌德警告道。

"跟他说!"卡塔直指劳埃德。

"你真让人无语!"劳埃德嚷嚷着转身离开了桌子。

卡塔恼怒地站起来,打开了电视。达乌德把餐具收拢,拿去厨房,赶在蟑螂和老鼠大快朵颐前赶紧清洗。等他回到客厅,啤酒的酒劲已逐渐过去。三人紧张地默默坐着、盯着电视,等待足球赛开始。

达乌德想,他讨厌他们像那样斗嘴。卡塔冷冷地凝视电视,他的脸因受伤而鼓胀发烫。劳埃德呼吸沉重,余怒未消。他该多出去走走,远离他们。如果参加所有许诺去巴厘岛①、

---

① 巴厘岛(Bali):印度尼西亚南部岛屿。

罗德岛①或夏威夷度假的角逐，他准会赢得一次。接着他能躲开两周，痛痛快快地腐化堕落。同时，他该去电影院或加入一个业余剧团。他随卡塔去过一次亚非协会，但那华而不实的浮夸辞令使他麻木厌倦、濒于哭泣的边缘。他该泛舟河上、夏日去乡间野餐，沿朝圣者之路远足。带上凯瑟琳，乐一乐！

这间房真小得可怕，他想。油漆因年代久远而脏污剥裂。"钢琴琴键君"用橙色旅行车运来的家具连废品都不如。桌子满是刻痕和细纹，仿佛它曾充当砧板。达乌德把桌腿漆成黄色以显明亮，可反而让它更显破旧不堪。楼梯下塞着把疙疙瘩瘩的小沙发椅，和他所坐结了痂似的棕色扶手椅为伴。他是唯一一个能安坐其上的；不论劳埃德还是卡塔，抑或瞧见它的任何人，均无法接受其触感。达乌德把它想成触碰一个麻风病人：对他灵魂有益，且让这麻风患者感觉舒适。

不过，事情原本更糟，他宽慰自己。卡塔所提最初几周在学生宿舍里的故事重又让他作呕。卡塔最终搬了出去，因为受不了一大早厕所里的气味。那像是这些英国学生的一种规矩。他们下午晚上不用厕所，非得早上大便。所有门都安装这些弹簧。它们在你身后一闭，把屎味封在了走廊里。结果卡塔跟任何人握手，都不禁联想起他们的臭屁。沐浴时，他自带洗涤粉、自携肥皂块。他绝不凑近喷淋器，担心会碰到一个蛆虫般的身体，毛茸茸的屁股上还粘着一坨坨粪。想

---

① 罗德岛（Rhodes）：爱琴海东南部岛屿，属希腊。

想允许这些软体动物、这些喜闻粪便的蛞蝓统治咱们。那才是奇耻大辱，兄弟。

等到开球，他们又聊上了。每当黑人球员触球，卡塔便欢呼着直跺地。劳埃德觉得不爽，但一言不发。黑人球员进球，卡塔就起身捶墙，让布尔佬长点记性。足球比完，他们换了台。达乌德说他要去睡觉了，不过假如他俩想要，可以继续看电视。他们恰巧赶上新闻，还有一档录像，报道恩德培①营救余波中朵拉·布洛赫②遇害一案。

"他们是蛮子！"劳埃德叫唤着，"完全是野蛮的凶手。瞧瞧那个腆着肚子的怪物！十足是邪恶的化身！那个油头滑脑的恶棍，什么都做得出来。他是个屠夫，不多不少，残忍的杂种！"

劳埃德对卡塔一通报复，而达乌德单手托着下巴注视这一幕，羞愧无言。

---

① 恩德培（Entebbe）：乌干达南部城市。
② 朵拉·布洛赫（Dora Bloch, 1901－1976）：美籍犹太人。1976年，以色列特种部队从恩德培机场成功营救出法航人质后，被乌干达独裁者伊迪·阿明下令杀害。

10

  他们驻足河边,看河水在脚边流过。天色已暗,他们只能看到浑浊的河面闪动着,反射出街灯的光芒。"白天,"他告诉她,"河床上的卵石清晰可见,细长的水草被河流冲弯了腰。可以看到河岸上的污泥,另一端的菜地里,甘蓝发了芽。"

  她点点头,好像从未听说过这些事。他们倚靠桥上的挡墙,就那样站着。

  "我们身后,"他对她说,"你能分辨出老拦水坝上齿轮和水车的影子。看见了?磨坊在水坝后的堤岸上,可如今踪影全无。冲走它的是曾经带动石磨的同一股水流。听见河水奔腾穿过齿轮里的闸门了吗?"

  "没错。"她说。

  "嗯,如果真的竖起耳朵,就能听见远方嘈杂的嗡嗡声,"他边说边在她惊讶的目光下扭捏地笑了笑,"那是新磨坊,日夜不停地碾啊碾,场地里挤满了叉车。夜里静悄悄的,我常听到那嗡嗡声,后来挺偶然地发现了声源。晚上它看着像座战俘营,钢索环绕着泛光灯照明的院子。"

  "我什么也听不见。"她坦言。两名男子朝他们走来,勾起了达乌德往日的恐惧。他往回向河边走,以避开他们冷笑的脸,但绷劲身子做好防备。他听他们换了话题,接着意识到他们已在身后停下了脚步。

"能借个火吗,伙计?"

凯瑟琳瞅瞅他们,折返河岸。达乌德见他俩直勾勾地盯着他。他们俯身向前,宽大的肩膀肌肉如此粗壮,乃至食指一弹,就能送他飞入河对岸的卷心菜田。或者,如果他愿意抓住机会奋起反击,他们会把自己扭入地狱。他可以看到他俩正拼命忍住不笑出声。

"没有。"他说。

说话的男子将手伸进口袋找打火机。他点燃香烟抽了两口,然后噘起嘴模仿庞戈兰①王储的模样。

"亲咱们一口,黑鬼。"他说。两人背对他大笑起来,对自己的力气信心满满。他俩都三十来岁,穿着牛仔裤、针织衫,袖子捋起,露出结实的前臂。

凯瑟琳突然转过身,惊愕地凝视着这两个家伙,仿佛第一次留意他俩:他们的冷笑和粗壮的肌肉。"咱们走。"她轻轻地、害怕地说。两人闻声稍稍挪了挪,拦住去路。

"咱们上哪儿去,宝贝?"

她吃惊地往后一退;达乌德见她蹙着眉头、怒火中烧。不要紧,他们是英国人,他想道。他们不打眼镜男。她挽着他的胳膊在颤抖,而他也能感到自己的下唇开始不由自主地哆嗦。

"叫他们黑崽子没错吧?"喋喋不休的是同一个:两人

---

① 庞戈兰(Pongoland):指从几内亚富塔贾隆高原附近发源,向西注入大西洋的庞戈河的河口地区。也称邦戈兰。

组里更粗犷的那位。另一个的角色似乎是发笑起哄,瞅准时机就趁人之危。"哎呀!"说着他把胳膊肘夹在裤裆里,任由前臂在两腿间晃荡。

"哦,你们干吗不滚开?"凯瑟琳说,"真没劲!"

两人被她的轻蔑口气一震,但随即开始龇牙咧嘴。达乌德想,他们马上会发现一套新把戏:奚落她。不过,他挺欣赏她设法支开俩蛮子的这股子不屑。他轻轻拉了拉她的手臂,于是他们走了。他预计两人会尾随着再羞辱他们一顿,以期恢复优势。可他们杵在桥上,边笑边朝他们飙脏话。一辆汽车缓缓驶过,车里人专心谈话,没注意到人行道上这台好戏。

"蠢瓜!"她说。

他面向星空搂着她,灿烂笑容掠过脸庞。这一幕,他在西德尼·波蒂埃的某部影片里见过。他们在人行道中央紧紧相拥。她开怀大笑,边往后退了退。

"老实说,就像个烂笑话,"她说,"傻帽!"

他吻了她。她双臂紧紧环抱着他、依偎着他。他闻到她发间的香气,将脸埋入芬芳。他们继续前行,而她并未松手。

"法西斯杂种,"她笑道,"荒唐,不是吗?我不知道有人真的会说那种话。原来以为他们至少有点新意。"

"看不出有趣在哪。"说着,他深深吸了吸她芳香的秀发来提振信心,以防刚刚结缘就得忍受短暂分手。

她往后一仰看他一眼,微笑着按了按他的臂膀。挺住,亲爱的。别变得怨怨不平、心态扭曲。那不值。"你不会因为那些白痴生气,对不对?"她问。

"他们哪来的独特脑子?你以为他们是谁?搞笑的喜剧演员?他们玩的是祖祖辈辈的老伎俩。为什么改变获胜方式?这儿他们无处不在。如果你能跟他们的荒唐行为划清界限,那么他们的确滑稽。但他们让我意志消沉……第一次碰到,我站在那儿直视着,目瞪口呆。谁?我吗?一个男的嚷嚷着驱车经过,还竖起两根手指伸出窗外。吮吮吧,该死的黑鬼。新意在哪儿?但谁摊上这事都会震惊,而且没完没了。这不算什么。人们谩骂你,或朝你做鬼脸。孩子们冲你大呼小叫,好像你是个裸体疯子。办公室职员对你恶语相向。坐上巴士,感觉售票员正纠集乘客对付你,看你敢不敢收下错误的找钱,或报出错误的路线。真让人沮丧。而且,没新意我也能行,多谢。让他们按老规矩来吧。这样机会均等一点。"

"我没有想那么仔细。"过了一会,她不情愿地承认。她决意不把那两个家伙当回事。在她看来,他们就是两个瘪三,对他说些蠢话;假设她经过,他们也会这样待她。"也许你太敏感,期望值过高。"她说。

他朝她咧咧嘴。"也许是我敏感。几年前经常这样,"他说,"下回有人告诉我我妈是只猴,或因我踏进一家餐馆而皱眉头,我得提醒自己别过敏喽。我会用有弹性的双唇给他们来个飞吻,继续擦亮我的光环。如果一伙眉飞色舞的混混追着我穿过几乎没人的街道,想要好好瞄准我臭名昭著的下身猛踹几脚,我将借英国人的道义感打动他们。我不想诅咒他们的强盗祖先——他们从世界各地的宝库里搜掠珍宝;

返回时就像幸灾乐祸的窃贼,把受害者嘲笑一番。我期望不高,也不会挨几句骂就生气。嗬嗬,我不干!"

"抱歉,"她说,"没想到……我的话不好笑。"

"你只是不希望我小题大做,"他回应,"要我像个男子汉,承受这一切。鄙视捉弄我的人,举止体现出尊严。勇敢点!"

她为他的挖苦咧咧嘴。"没想到你得一直忍耐。不觉得我父母会辱骂你,尽管他们可能想这么做。如果你走进他们最爱的饭店,他们也会皱眉。搞不懂那说明什么。做受气包不好玩?他们认为理查德犯傻,把才智浪费在要去法庭告地主的孟加拉佃农身上——尤其这地主常是政府当局,连法庭也是它开的。跟你说过我兄弟干哪一行吧?"

"对。"他说。

"也许某个周末你该跟我回家;咱们可以问问我父母,他们是否喜欢谩骂你。立等可见,"她开心大笑,"特别是如果你对他们扯什么强盗祖先。估计我爸会给你倒一杯最好的威士忌,然后在背后臭骂你一顿。"

"可能更糟。"他说。他明白自己还没让她理解,辱骂嘲讽的小动作如何变成持续的压力。他猜,言辞须更惊人,她才能认真对待,而非这些表达憎恨的愚蠢姿态。或许他该使她确信,他们并非都像那两名男子一样粗俗。有些人以为,用淡然一笑伪装,就掩盖了他们对受害者的轻视。早年,当意识到自己激起了深深的厌恶,他体会到如今难以置信的痛苦。这令人不安,让他泄气。但他想,人生非此一途,不能靠苦恼与怨恨过活。只要可能,他便以美好藏起不幸,凭点滴补偿收获的愉悦遮蔽琐事。

他们买了炸鱼加薯条,边走边吃。之前他从未那样沿街逛着,从报纸里取食,不过他没有向她透露。为了速战速决,他狼吞虎咽。他的手指沾满了油,他的皮肤好像冒着油泡,而他的呼吸有股热烘难闻、油腻熏人的味道。他坚决要求他们在黑犬酒吧停步,来杯清凉饮料。

他们不能久留,因次日她又值早班。在她前门,他们恋恋不舍地互道晚安。晚安,晚安!分别是如此忧伤甜蜜①……他在门口转身离去,赶紧回家。那两人把他吓得远超他承认的程度。眼下他步行返回,记忆中的遭遇促使他加快步伐。自从栽在凯瑟琳手里,他们也许追踪着他的一举一动。他们可能从任一垃圾桶后跃起、从任一窨井里爬出。或者,他们会换个新玩法。他走进屋子,欣喜地大喝一声。哈!又叫法西斯怪胎们清楚地见识了他的靓腔。

英格兰队在老特拉福德丢了425分,出尽了洋相。甚至这场超越历史惯性的大胜也没让本周剩下的时光更快消逝。他鲜有牵挂,心中唯有她。劳埃德来访,达乌德想不出话对他讲;半小时后,劳埃德怏怏而去。周四,卡塔登门查看达乌德为何没去酒吧。晚间他在那儿,边看电视边喝汤——达乌德把汤热过,好让卡塔确信他病得没法出门。

他上班时一直留意,但看不见她。他们约好周六聚首,因为她说这星期有太多活要干,但他希望午餐时分或有巧遇。当他见不到她,就开始遐想她是否约了别人。他想起带

---

① 原文脱胎自莎士比亚戏剧《罗密欧与朱丽叶》。

她去游艇俱乐部的那人；关于此人，她始终言语谨慎。他想象，相较于他来，她跟一个年轻阔绰的农场主或趾高气扬的外科大夫有太多共同语言。她也曾谈及其他地方：通往马盖特①路旁的一处著名酒吧、他听说过的一所乡间爵士乐俱乐部。据他所知，还有别的去处她没提到。虽然她没这样说，但跟她去的是同一人：这他有数。他觉得自己能想见两位聊着天分享一个笑话，相处好不轻松。傍上那帮朋友，她在跟他搞什么？也许啥也不算。他不信这是真的。他揣测，她仅仅遵循本能，折服于他的无穷魅力，却没有真正仔细斟酌过。他想，周六就能见分晓。

她该早几年遇到他是什么意思？惹上麻烦了？也许那个开爵士乐俱乐部的农场主的确是个下流坯子，实在令人恶心作呕。假设一名倚重她的失意知识分子，向其寻求精神支持及柏拉图式的友谊。大概那就是她提到爵士乐俱乐部时脸红的原因吧。

他想起她以不可遏制的鄙夷呵斥那些家伙滚开，想起她依偎着他的感觉，还有他俩站在门口时她所说的话。她说，但愿周六不那么遥远。良宵苦短，难舍难分！下个周末她都有空可真棒。

周六早晨，他焦急地在巴士车站等候。她一见他便向他招手，搂搂抱抱了好一阵。我一整个星期都在想你，他对她说。她咧嘴一笑，亲了亲他的双唇。他们找了家咖啡馆，点

---

① 马盖特（Margate）：英格兰肯特郡海滨城镇。T. S. 艾略特曾在此创作《荒原》。

了咖啡和蛋糕——她爱喝咖啡，而他爱吃蛋糕。他们坐在看得见教堂大门的地方，目睹数百名游客拥进拥出、川流不息。他想象，五湖四海的观光者一度纷至沓来，到此圣地寻求帮助。眼看这帮不信教的家伙好奇地在圣所间冷漠地游来荡去，手攥关于殉道圣徒的精美画册，那些朝圣者该有多窝火。

"游客！"他说，"他们根本不成体统，东张西望就像偷窥狂。"

她大吃一惊。"这好像……太刺耳了，"她说，不确定是否该把他当真，"第一次到访某地，每个人不都是游客？你第一次走进大教堂，也是游客呀。"

"我从没进入大教堂过。"他得意地说。

"从来没有？"她边问边怀疑地盯着他。

"从没！"他答得蛮笃定。

"为什么不呢？"过了一会，她饶有兴趣地问。

他耸耸肩。"我不像他们那样，"他说，"这方面，我站在朝圣者一边。"

"然而你不感兴趣？难道你不觉得那座宏伟建筑引人入胜？是个该去走一走、看一看的地方？"她问，对他的解释并不满意。

"我会有所发现，"他说，"正如哥伦布之于玛雅神庙。"忽然他意识到，自己一直想探访大教堂。当然想了！对这主意，他曾嗤之以鼻，因为此乃观光客所为。但这种念头吸引你的注意，驱使你抛头露面，不再销声匿迹。他向她倾诉一番，微笑面对她脸上一语中的的神气表情。

"这借口好傻,"她说,"你应当去一趟,而不该惧怕……你说驱使你抛头露面是什么意思?"她问。

"如果你在某地显得与众不同,就会试着避免让自己惹人注目,对吗?你和别人一样,从一处转到另一处;在各个场所不敢磨蹭,免得使人转身琢磨你在捣什么鬼。"

"举个例子,就像晚上在桥旁闲逛?"她提示,"那就是你没游览过大教堂的真正原因?"

"是啊,"他边说边思量,以弄清这是否属实,"关于这儿的大教堂,每个人都能滔滔不绝地说很久,劲头十足。它已成了一个符号,象征着文化上的赞誉。看看咱们建的这个,瞧瞧咱们有多聪明。我觉得它令人生畏——我是指大教堂。它让我感到自己像个俾格米人①,一个在林地上四处翻找的采集狩猎者。"

"我们应该参观参观。"她坚定地说,那口气恰似护士坚称有必要打一针。

"今天不去。"他说。她讲话时的决绝模样让他担心。他尚未彻底清理过屋子、洗晾过床单、往床垫上洒些檀香精油。最后仅剩下购物……"快了。"他告诉她,"我们不久就去参观。"他提及宏大的消夏计划——泛舟河上、乡间野餐、沿朝圣者之路远足,也许以大教堂为终点。对此她颇具兴致;为了让她静静,他不禁提议再到爵士乐俱乐部过一晚。

---

① 俾格米人(Pygmy):生活在非洲中部、东南亚、大洋洲等地的矮小人种。

"出门前我给妈打了电话,"她突然说,然后转身寻找女招待,试图装着不在意,"加点咖啡?"

"出什么事了?"他问,"你母亲——"

"没事,"她打断他,"一切顺利。我也不明白为啥打给她。"

"怎么会?"他问。

她看看他,仿佛怀疑他话里有话。"料到如此,"她叹了口气,"我当然知道为什么给她电话。是想要把你介绍给她。今早我想:她听了会怎么说?不,那不是真的。我想的是……一连七天我一直思考:我疯了吗,打算跟这个几乎陌生的男人共度周末?还是黑人。而且我发现,她不在此处让我宽心,用不着面对难题。我有些以我们……为羞。跟你交往,好像是种挫败。我内心说,该多了解了解,不该一味沉溺。大家会觉得我不大对劲,找不到更好的对象。所以,我必须打电话告诉她,对不对?必须在电话里说:我知道你不愿听下面这些。现在你怎么看?"

"她怎么看?"他轻轻地问。

"她大为震惊!"她说,语气中仍透出所感到的诧异,"起初她一言不发,接着叫我快别犯傻。过了会儿,她开始说最不可思议的话……我未料她那么想。"

他苦笑几声。"有什么好吃惊的?"他问,"对欧洲人头脑里的种族主义困惑,我毫不惊讶。"

"不对!"她边说边着急地摇摇头,"这我预计到。料她会觉得厌恶,张嘴就来难听的。就我所知,在她的立场,我可能会说同样的话。"她想解释、想表白。她等着看他是否有话说，是否会介意。

他不慌不忙，没显得大惊小怪。他琢磨她是否考虑过，遇见她这样的，他也许问过他自己在干吗。这念头让他不觉莞尔——他知道问题的答案。但他也明白，她带给他的愉悦真实而热切……并非他人觉得他们可以施予他的某种恩惠。他希望她也有同样的感受。

"我只说我要……去见这个刚刚结识的男人。她劝我当心，"凯瑟琳微笑着说，"然后我告诉她你是个黑人。她问我为什么要跟黑人约会，好像我存心这样，好像它是原则问题。我说我喜欢你；你和我之前交往过的都不一样。她沉默不语……接着大发雷霆。她看我恶心，骂我一向不要脸。之前她从没这样说过。后来我想，我肯定没弄明白，误会了。她怎会那么想？我在家时，自始至终只约过一个男孩。她为什么胡扯？"

他意识到，她因母亲的看法而受伤。因为有关他的问题，她已自问自答，他想。她来见面，居然还要给老妈打报告。凯瑟琳又转身寻找女招待。周六早上，咖啡馆挤满顾客，全家老小拥入各处犄角旮旯。达乌德拼命挥手，引得他们和女招待注意。后者匆匆赶来，再接了一单咖啡。"我的意思是，不管约谁，我都不会告诉她了。"她说。

你约了谁？你个令人讨厌的劈腿妞。到底是谁？他想，要谈这些事，可不能挑这地方。

"她觉得烦，你吃惊吗？"他问。

"不，当然不。唉，原以为她会给我惊喜，结果挨她一顿批。"

"或许有些事……"他吞吞吐吐,提防隔墙有耳。

"家里有情况——我那样想的。她不会特意说。发生了可怕的事。这是我第一个念头。"

"再打一通看看。"说着他扭来扭去,想结束交谈。

"要说早说了,"她突然放低音量,自怜起来,"起初她似乎蛮高兴。"

"你该告诉她我是穆斯林,"他提议,"她就安心了。"

她微微一笑。"不知道自己为什么会多嘴。我常想,她爱假装我从未做过那样的事:是她挽救了我。恼人之处可能在于:为了向她隐瞒这些事,不料她把我当成……"

"荡妇!"他津津有味地宣称。

"我真该说,我打算和这个一贫如洗的黑人穆斯林共度周末,"凯瑟琳说着往后靠靠,以便女招待将一壶咖啡放到他俩中间。他心花怒放:她不在乎女招待听见没有。

"按杀死非利士人歌利亚的那位取名。"他边说边用一只拳头轻捶胸膛。

"拂晓前,他们就会赶到这儿,使我摆脱你的掌控,"她大笑,同时胳膊一伸去摸他的手。女招待瞟瞟他们,其后心照不宣、一笑退去。"爸爸认为,我们沉瀣一气,再也不懂自制;眼看自己颓废沉沦,却无计可施。他假定我正陷入深渊,猛冲过来救我。"

"上校大人!真的?"

"他可不是上校,"她说,回想起来笑逐颜开,"但他还挺自以为是。他和我哥暴吵过几架。理查德控诉他是头号法西斯——甭管那词啥意思。我爸说,无法无天总尾随着曲解了的自由主义。昨天，我听到另一种解释。新到了个妇科住院医师。他自称从西非来，但没提具体地点。反正他到病房检查今天要做人流的两个女孩。当着两个女孩的面，他告诉我，她俩就是西方现代社会崩坏的典型。他说，我们人人都过于特立独行，毫无群体观。"

"随后他约你出去？"他询问。

她脸一红，又愧又惊。"没错。不过男人全那样。如果跟他们客气几句，他们就同你勾三搭四。"

"真走运！"说着他咧咧嘴，心里却打翻了七缸八罐醋坛子。你是否乐意来游艇俱乐部，与我体验一番群体观？她看看他，似有话要讲，但摇了摇头。"你怎么答复？"

"对他？我告诉他约了别人。得知你是非洲来的，他忙不迭道歉。"她边说边开始收拾东西，整理包包准备走人。"你在哪儿购物？"她问，两腕交叉放在膝上的手提包上。

11

"到了。"说着他指了指一扇脏兮兮的破门。几处棕褐色的漆面已开裂脱落。她第一次注意到,门框上一大条缝隙正在显现。

"你的住处?"她问,嫌弃的腔调显而易见。她碰碰门玻璃,似乎等着它下坠,又挑剔地用趾尖触了触松软的防水板。不过象征性地一踩,烂木头竟要塌陷,令她警觉。"你就住这儿?"

"哦,临时过渡。"他说,但未能博她一笑。尽管他看着她,为自己的疏忽感到惭愧,但仍有点儿喜不自胜。

他请她进屋,潮气和烂木味几乎扑面而来。他吃不准她会不会被熏得够呛,但她毅然坚持,只在突然猛吸一口气时才露出尴尬。她环顾客厅,脸不屑地一皱。看得出她严肃起来——先小心翼翼地呼吸,再轻轻闻几下来检测空气。早先他清扫过这间,在他眼里相当整洁。他搁下购物袋,邀她入座。纡尊降贵踏入肮脏的城区,她仿佛决意低三下四到底,于是坐进破破烂烂、疙疙瘩瘩的扶手椅。他自行克制,没有趋前将她拽离座椅。他本想说:这大可不必。

"房间小了点,"她说,窘态明显,"我能开扇窗吗?"

"对不起,"他毫无怜悯地说,"窗不能开。"

"什么意思,不能开?"她问,再次四下扫视。

他拉开帘子,给她看窗框上吃钉子的地方。帘子里滚出一团团灰尘,在不通风的房间里悬浮。"如果拔出钉子,窗就掉了。"他说。

她站了起来。他一度认为她要离去。"那么带我瞧瞧屋子其他部分。"她说。

"你无疑想得太舒适,"他双手插袋,立在她跟前,"但也没感觉得那么差,除非你用惯了地毯墙纸那些东西。愿意的话来看看其余地方……"

"好可怕,"她说,此时他们已回到一楼,"又潮又脏、通风不畅。家具看似从废品站回收来的。手指印沿墙而下!厨房和卫生间实在脏得没话说。"

他坐在桌旁,两手叠在膝间,默默惊诧地盯着她大动肝火。他似要申辩,但被她愤怒地一瞪,就不吱声了。

"你怎能过这种日子?"她问。他的脸突然气得一颤。"你至少可以清扫这该死的地方。万事开头难!或者请人修修窗户,就能散去那股腐臭味。"

他带她再走一程,这次在那些异味的源头略停了停:厨房里潮湿的砖块,湿答答的卫生间,以及无所不在的烂地板。他承认,厨房和卫生间尤其需要改进,不过他发誓,会用已知最强力的化学品攻击黑暗角落,根除任何死角里的污物与腐质。她可曾留心卧室?难道还嫌不够大?这间真让人惊喜!当他俩返回客厅,他注意到,她瞥了眼那张害病的椅子,强忍战栗选了另一把座椅。她的目光打量着墙壁;他寻思,她是否正为他做色彩搭配设计。

她问她能否下厨,这让他美梦告吹。他本想卖弄,为她一展厨艺。他出去买瓶酒,她则取出采购的东西。回来后,他发现她正清理灶具。汗涔涔的额头粘着几缕头发,腥龌的污渍溅上了衬衣。

"那橱柜里是什么?"她问。

"一种霉菌,"他带着几分害怕说道,"没法阻止它蔓延。午夜,噩梦有时降临——它从那儿出来了。我不懂梦的意思,但它的确怪诞。我触摸不到……就像几大片白肉,底面有凹凸细纹,一层层生长、不断地繁殖。"

"嗯,我明白。"她说,仿效着他语气里的畏惧。

他打开酒瓶,在开始帮忙前壮壮胆。他清理水槽,而她大战灶具。她用亲吻和表扬激励他。他常惹麻烦,抗议并埋怨他们在做的事徒劳无益,这样她的激励就会持续。其后她折回厨房查看食物;令她失望的是,比起原来,他们的努力并未让那儿看上去焕然一新。他终于清白了。

"你到这儿多久了?"她问,"我是指英格兰。"他们已将盘子洗净收好。达乌德心想,是时候请情欲上场,痛快地来上几个回合。他盯着身材苗条的她优雅老练地坐进凹凸不平的沙发椅,又见她吃惊地眉头一紧。

"五年。"他说。日子可真够长。这似乎是段万分痛苦的时光,即便他回想起带给自己快乐的件件桩桩。记得他曾驻足磨坊,注视着灵魂穿越大小齿轮,浮想着谁会来拯救他。同样在那儿,他吻别了他的瑞士女郎。起程时值寒凉九月,他用薄薄的雨衣将她包裹住,答应每天去信。她狂热地依恋过他。泪珠从脸上簌簌落下,她发誓永远爱他。一名身穿皮夹克,留着比例匀称的非洲发式的男子经过这凌乱的场面，边瞪他边挥起一只拳头——既像致意，又似在斥责。

"好像不太长，"她说，"我本以为更长些。"

同样在那儿，一辆轿车一停，让他下车。那是在一处富丽堂皇的古宅里狂欢滥饮后的早晨。他怎么到那儿的？他们在旧采石场燃起火堆，边吸食大麻边唱着对他毫无意义的民谣，就这样无所顾忌地过了一夜。

"想念家乡吗？"她问。

他坐到让人难受的沙发椅上她的身旁，两手抚摸着她的脸颊。她凑拢过来，重重落入他的臂弯，倚着他、悄悄说着亲热话。她温暖的身体和气息使他轻轻地呻吟，既愉悦又兴奋。她的手伸向他的脸，把他的头往下牵，恣意地热吻他，向他轻言细语。他紧搂住她，她的激情使他惊讶。

"一整个星期都在想你。"她说。

他对她耳语：干净芳香的床单已然铺就。她微微一笑、合上双眼，然后向他伸出一只手，请他领她上楼。他们躺到床上，彼此爱抚。不久，他发现自己独占一对傲人且异常柔软的乳房。他平静下来，开始把玩他的新玩具，仿佛永远不会厌倦。结果她无奈推了推他，坚决要求关注别的地方。他强迫自己停止运动，惹她牢骚，可他不得不等待碎裂了的神经末梢失却剧烈的刺激。她焦急地问他是否……是否那个了。他回答说不，再度上阵；但他知道没法像吹嘘的那样坚持。她抱紧他，由他颤抖着摇来摆去。好一阵之后，她不许他再动，双臂紧紧缠着他的后背。最终她朝他笑笑，推开了他。

"抱歉。"说罢他仰天栽倒。

"下次。"说着她向他翻转过来,蜷入他的臂弯,轻抚着他冒汗的身躯。

"我该先来几个防守型的球,"他昏昏然地说,"沿着边线来回,不像那样直冲。"

他感到自己快要睡着,可她说起话来。他稍稍打了一个盹,直到被她发现,将他摇醒。他逼自己坐直,瞌睡劲才减退了点;他转身看着她、抚摸着她的脸庞:她美得让人无法相信。他们把房间搞得一团糟;她指给他看,他还得意地咧咧嘴。他提示,杂乱证实了他们的浓情蜜意。她垂怜地微微一笑。"你总得表现得更好些。"她边说边起床关灯。回来后,她支起肘部躺到他身旁,用聊天捉弄他,他则乞求她睡觉。到头来她也乏了,往他边上贴了贴。他问她可还好;她嘀咕了几句,但他听不真切。

早晨,他从极度恍惚中突然惊醒。对凯瑟琳的记忆奔腾汹涌,春宵一度历历在目。他沉醉其间,往身侧探寻她的玉体,却一无所获。他的手掠过温热的凹陷处:那是她睡卧的地方;他还看见他们的衣物仍旧散落在地上,一如丢下时那般。他得意一笑,重返梦乡。当他再度醒来,他发现她躺在一旁、看着他。他的双眼注视着她,期待她能微笑或说点什么,但她就卧着、盯着他,一边脸枕着他的右手。他满足地嘟哝了两声,向前用四个吻闭上了她妖冶的眼睛①。

"你在打鼾。"她说。她的嗓音打破了早上惯常的沉

---

① 原文脱胎自济慈诗歌《无情的妖女》(*La Belle Dame Sans Merci*)。

默,就像嘈杂的假日清晨不期而至。他回想起尔德节①时醒来,听见远处父母亲说着话、锅碗瓢盆发出叮叮当当的声音,为快乐的这一天做准备。

"那是装装样子,"他回答,言语中夹着浓浓睡意,"别告诉我你真上了我的当。"

她朝他咧了咧嘴。他向她翻滚过去;她轻轻拢住他、环抱着他。他觉得自己又将睡着,便顺其自然。似乎只过了一小会儿,她就摇醒了他。起初,他像头公牛直扑向她,但她凭缠绵的长吻使他冷静。她让他往后仰,想法子取悦她。他们缓缓做爱,尝试各种偏好,嘲笑数次失败。他仿佛感到已与她相知良久。

"我思念从前认识的人们。昨天你问我是否想家,"他说,"我重温了记住的场景细节,但我无法用别人的回忆来验证它们。如果我误会了什么,有些理解错了,总不能求取宽慰。而且我发现,我只记得特定的几件事。"

"都有哪些?"她问。

"让我愧疚的过往。记得和双亲道别时,我爸怎样牵着我的手,好像不肯放我走;我妈又如何一声不吭盯着我,似乎不敢相信我要离去。这些就是我的记忆。我甚至不清楚她相不相信。然而时光流逝,这一幕幕变得真实,因为我想当时她的感受便是如此。"

他沉默片刻,小心翼翼,掂量着是否该说更多。

---

① 尔德节: 尔德系阿拉伯语"节日"音译。根据不同语境,既可指开斋节,也可指宰牲节。

"我想我懂,"她边说边靠着他上方的一侧肘部,"重要的事却不能用心思考,这我从没想过。也许微渺的相遇会淡忘,因为追忆起来太茫然……明白我的意思?不过,把别人没有的想法硬塞给他们,这我完全能体会。我是说……我辜负了父亲。我能想象,他想到我就扫兴。"

"就因为你不打算学音乐?"他问,想让她相信他在谈论不同的话题。

"是啊,"她皱着眉,对他的概括表示不满,"但还有其他原因。看上去我不会成为他眼里的成功人士……我希望能行,但真的做不到。想想看,他认定我志气不够,我就是……一个傻子。或许他根本不指望。我的话你听懂了?"

"没错。"他说。

"他总让我神经紧绷,"她继续说,"总害怕他会误解我。你能辨认出他那样的……能感觉到他对你的要求。他绝不逼迫,可当你有负于他,你能察觉他的失望。"

"比如学音乐。"他提示道。

她浅浅一笑。"对,但不是全部。"

"你觉得你辜负过……自己吗?"他问,"你说你不愿受人摆布。"

"不清楚,"说着她躺下来,稍稍转过身去,"不清楚那些是否只是借口。我不想当护士,我一来这儿就知道。之前也知道,可当他们问我想干别的哪一行,我竟然语塞。我常说条条大道通罗马,只是还不清楚路在何方。他大失所望,这我明白。但我不想学音乐。付出那么多……收获这么少。"

她翻过身看他一眼,瞧瞧他如何领会她说的内容。"对不起,"她说,"我听上去够没用。但凡我真有胆量,估计早叫他们都滚蛋了,对不对?"

"不,你很勇敢,也很有趣,"他说,"一点儿也不差劲。"

她感激地笑着,抚摸着他的脸。"但我太懦弱,太犯傻!结果情急之下,我打算离家出走。"

"为什么想出走?"他问,注意到泪水开始顺着她的两侧脸颊淌落。

"蠢呗,"说着她再次掉转身,"感觉他们全都针对我。我爸希望我聪慧有悟性;我妈跟他唱反调,把我当成她的某个翻版,纠缠不清;理查德则成天冷嘲热讽。还有休……我真的自责不已。"

"谁是休?"他问得太生硬,以至于她猛地回头、眉头一皱。"休是谁?"他换上油滑巴结的腔调,为自己赢得一记亲吻:这一吻既像宽恕,又似感恩。

"他是我约会的第一个男孩,差不多也是最后一个,"她说,接着她定了定神,开怀大笑,"我怎么谈起他来了?你为什么不阻止我?"

"因为我想知道休是谁,"他说,"他已经惹我讨厌。一听这名字,就怒火中烧、两耳生疼。"

"哦,不不,他不重要。"她拼命想驱散他的浓浓醋意,却与她的言辞相矛盾。

"你为何那么着急甩了他呢?"

"他鼓励我,"她说,"努力帮我。他告诉我,闲下来音

...... 124

乐可以照玩不误。再说护理是门好差事，因为生完孩子，我还能回去上班。他希望我去利兹①培训——他读的大学就在那儿。他以为我们会结婚，共度余生。我拒绝随他同往。于是去了伦敦，又南下到了这儿。"

"你为啥不想去利兹？"

"那个夏天我们开始同居，"她说，仿佛没听见他的问题，"我是第一次。平常他是温柔的，近乎腼腆，但做爱时他冲我发脾气。他想要我追随，可我不答应。所以他惩罚我、羞辱我，因为我对他失去了敬畏心。哦，当年他是我的偶像！"

"你在撒谎，"他说，"你从没崇拜过任何人。你犟得要命，牢骚怪话一大堆。"

"挺好，"说着她向他莞尔一笑，春风满面，"他挑中了我，我常引以为傲。"她注视着他从床上起来，腰间裹上一块厚花布。"你去哪儿？"她问。

"我真不想再聊这家伙，"说着他朝门口走去，"而且……是时候起床了。那是圣亚斐奇②教堂的钟声在宣告正午来临。下午我从不睡觉。他听上去蛮了不起。"

"还凑合。"她边说边坐起身盯着他。

"你该去利兹的。"他单手扶门说道。

她点点头。"建立家庭、干着粗活，为他提供家的一切舒适。感觉我陷入了某种定式，大家开始都那样看待我们。

---

① 利兹（Leeds）：英格兰西约克郡城市。
② 圣亚斐奇（St Alphege, 953–1012）：基督教殉道者，曾任坎特伯雷大主教。英格兰多地建有以其命名的教堂。

起先我想要自己的一个窝——我始终有这愿望。好吧,至少一个心愿:拥有属于自己的公寓。我一人独住,来去自由。不谈永远……我想住多久就多久。"

"听着比实际有意思多了,"说着他把门拉开,"结果你企盼有人闯进你的房间,问你隐私,将你的注意力从辨识痛苦的回忆中转移。最终你怀念一些人;你意识不到自己甚至还记得他们。"

她坐着凝视了他好一会儿。"之前你讲起过你父母,"她说,"我可绝没有让你不往下说。"

"真不害臊!"说完他跑下楼,玩命去冲个澡。最初他便觉得遭到误解,那是她开始聊起家人之时。他从不跟任何人提及父母;他羞愧难当、万分煎熬,根本无意谈论他们。他努力回避,她却粗暴地不管不顾,让他伤神。他理解她所说的不自信——从一开头就有所察觉;如今她让他一睹真容,他不由得高兴。

"跟我讲实话,"她等他回来了说,"刚才那样对不起。你说你唯独记得让你感觉糟糕的往事。和我说说你父母。我介绍了我这边情况,所以轮到你了。"

"以后再告诉你,"他说,"眼下你最好起床,否则圣亚斐奇教堂铃铛强大的祖祖法术①会叫你的屁股疼得起泡。关于它们有个传说:如果下午你在床上听到钟声,褥疮会长上身。"

"别瞒我,"吃了香肠加蛋的丰盛早餐后,她说,"不然

---

① 祖祖法术(juju):非洲巫医施展的传统法术。

我会以为你在惩罚我,因为早先我话太多。"

他摇摇头,不知从何说起,该不该启齿全无把握。"我觉得不会和他们再相逢。"他说,欲言又止。他默默坐着,自责和挫败压倒了他。她刚想开口,他便阻止了她。他摇摇头,抱歉要她安静。她起立趋步向他,但他又摇了摇头,强硬地示警。她坐回到椅子上,注视他沉浸于苦痛中。过了一阵,他叹了叹,再喘了几口粗气,为悲伤的消逝卖个傻。恰在彼时,门上一记重击:这戏剧性的一幕令他俩都不禁微笑起来。

"是卡塔。"说着他前去应门。

凯瑟琳的美令卡塔羞怯。关于她,达乌德只字未提。因此他直视着她,目瞪口呆。她笑盈盈地,无拘无束地同他握手,对自己产生的影响并不知情。达乌德觉得他能理解卡塔的心绪。他们结交的女性看似受过伤,就像他们本人——总是过于紧张,似乎有所掩饰,自身惴惴难安,惶惶力恐不及。正如一个异乡客到了某地。凯瑟琳握手时无所顾虑,对社交礼仪信心满满,无论有何疑惑浮上她的笑脸。

"你好吗?"卡塔以严肃的语气询问。他蹑手蹑脚地去橱柜取只玻璃杯;达乌德紧盯着,焦躁难耐。卡塔拿着饮用水从厨房返回,此刻他明显已从诧异中脱身。他聊起昨晚在大学观看的一部影片。"你爱看电影吗?"他问凯瑟琳。

"对,我喜欢,"她说,"虽然我不了解你在谈的这部。"

"这个土包子厌恶它们,"卡塔指着达乌德说,"他认为,读书差的才爱看电影。那就是他这类人的问题。他们喝了两三口墨水,发觉自己无知,就臆测人人都是那样。所以他们坚称我们须服同样的药品。那就是你的毛病,哥们儿。"

起初,这番抨击使达乌德略略吃惊。不过他没有自我辩解,反驳不公的言辞。他觉得,卡塔只是在自吹自擂,对他其实并无恶意。他面不改色地听着,任卡塔大谈他的若干硕士头衔,以及游历伦敦等地云云。他的话大多是说给凯瑟琳听,但他时不时鬼鬼祟祟地朝达乌德瞟上一眼。

"好啦,我该走了,"没过多久卡塔说道,一边将杯子置于地上,"只是顺路问候一声。改天再见,我的哥们儿。希望也会碰到你。"这最后一句专门献给凯瑟琳,还配着深情款款的凝视,令达乌德一阵心悸。

我要宰了你,该死的狒狒,达乌德心想。他见凯瑟琳朝他微笑,又听她说遇着他真是美事。他迅即起立,送卡塔出门。卡塔站在前门外,向达乌德欠了欠身,耳语一句"祝好运"。达乌德强忍着,否则非当他的面砸了这道门。

夜里迟些时候,他们出去喝一杯。绕过战争纪念碑四周带刺的铁链时,他想起瓢泼大雨中,曾见一名女郎站在那儿。那是阵亡将士纪念日,她在大教堂的阴暗处兜售罂粟花。雨衣的带子在她腰间束紧;她腾出一只手,向他招呼示意。她告诉他,只要谈妥价格,就能让他快活快活。这种亵渎吓得他直往后退,而她解开衣服顶端的扣子,朝他稍稍倾了倾。他问她在干的营生是否违法;她自称拥有许可,喜滋滋等他上钩。他告诉她,这事为他的宗教不容;她说那也有违她的教义,可她需要这笔钱。他说阮囊羞涩,她问能掏几何。印象里她身材苗条、肤色偏深,乍一看觉得楚楚动人。她微笑时面目丑陋,雨水已将她的头发浇得乱七八糟。他透露自己身染性病,一逃了之。他对凯瑟琳提起过她,可她怀疑此地竟会发生这般事。

他俩在酒吧的一处凸窗寻到位子。这扇窗的弧线几乎完全贴近他们,使其感觉正坐在玻璃柜内,攀谈情形被所有来客看在眼里。一群学生,刻意弄得破衣烂衫、脏兮兮的,正在酒吧中央争论某个观点。其中一员气咻咻地走开,去玩厕所门边的几台角子机。她琢磨着,如果他再当学生,会不会跟他们一个样,但这荒唐的念头让她暗自发笑。肘部支在桌上、两手垫着下巴,他也关注着这帮学生,对其旁若无人感到纳闷。邻桌,一名无聊时尚青年冲对面老汉嚷嚷他来自荷兰。我是荷兰人,先生。他脖子上箍着象革,跟白坎肩相衬。

"我曾和一个马来西亚女孩同住一间,"凯瑟琳突然说,"咱们静静坐在这儿的样子让我想起了她。还有今天下午……她总唠里唠叨。一旦开讲,她就刹不住车。可她的说话方式有点不对劲。并非口音或英文出问题;尽管脸上挂笑、嗓音轻快,她却濒临崩溃。她痛苦万状。每隔一天,她都会收到家中来信,然后念给我听。逐字逐句!她常解释这个什么意思,那个什么意思。我们在马来西亚有这,我们在马来西亚有那。信里全部人物一一说明:他是谁的叔叔,相貌又是如何。然后取出照片,接着泪水涟涟。她夜夜哭泣。起先我同情她。她在她的病区麻烦不停。她那么娇小,看着柔弱,而同病区的护士长人高马大,吓着她了。"

"一个矮墩墩的下人。"达乌德暗示,对她可能要告诉他的事不以为意。

"最后她让我讨厌,"凯瑟琳用羞惭的口吻说,"我常向其他见习生抱怨,说她在利用我。"

他心疼这名马来西亚姑娘。他一言不发,心想自己是否那样奚落过他人。

"我对她太刻薄,"她满脸沮丧地说,"我申请调换……因为受不了听她啰嗦。今早我在想,几时你愿意和我聊聊陈年往事,而我也会说个不停。这就是那马来西亚女孩跟我的交集。"

"两码子事,"说着他轻松地哈哈大笑,"我可不要换人。"他原本想象她会说他一通,责备让她操心他的不幸,纯属有病的话痨。然而他发现她在求他宽宏大度,安慰一声她无私得过分。他从桌上握起她的一只手,亲了一口。他想到卡塔的举止,意欲为他美言几句。他不希望她把卡塔看作沉闷无趣,也恨自己待他的态度,匆匆将其撵走。结果他不言不语;他实际怎样,她自有评判,等着就是。卡塔无需他帮什么忙。

邻桌的荷兰人在谈板球。那老汉神情满足地听着。像平常一样,他的助听器音量被调低,但他喜欢交往,而这小伙貌似挺好。总之没必要调高音量。他操某种外语无疑。荷兰人重复几次板球一词,最后起立,马马虎虎展示了左侧一击得分。荷兰自一九〇三年就一直有板球赛,他嚷嚷着,仿佛觉得老汉不相信他的说法。

凯瑟琳与达乌德默默相对。她往后靠着安乐椅,他端坐于带垫子的凳子。在他背后，白坎肩荷兰人再三告辞；老汉没有回应，叫他丧气。学生们已解决了分歧，轻轻交谈着，时而傲慢自负地狂笑几声。邻桌老汉——如今被荷兰人所弃——将注意力转向他们。达乌德在这家酒吧见过他无数次。他走近他们这桌，犹豫片刻，讨巧地给他们来了个英式露齿微笑。达乌德瞅了瞅老汉的双手，看看它们是否还滴着他在全球各地所杀黑鬼的鲜血。老汉问了声好。

"你俩哪儿来？香港，嗯？"他边落座边欢快地发问。他朝他俩面露红光，对凯瑟琳多瞅了一眼。"我在香港日子很久。实际上满世界跑。开普敦、德班、亚历山大①、西印度群岛，你只管说。为国王和国家，在缅甸跟阿比西尼亚②打过仗……"

达乌德留意老汉的双手因记忆中的杀戮而如早前般颤抖，不禁倒吸冷气。他瞥了眼凯瑟琳，可她顺着老汉，脸上仅有客气的淡淡笑容。这家伙杀过人，他想对她叫喊。瞧瞧他！瞧瞧那双握着啤酒杯、若无其事抖动的手！真主知道全世界有多少无辜黑鬼被同一双手掐住了喉咙！

"我对你们黑鬼没成见，"老汉说着转向达乌德，嘴巴故意惊恐地一张，"我常讲，该去当地了解他们。快快乐乐配合你，一个劲儿巴结你。只是到了这儿，他们才变得讨人嫌，因为名声被几个害群之马搞坏。哦，我对你们这帮人真

---

① 开普敦（Cape Town）及德班（Durban）均为南非城市。亚历山大（Alexandria）系埃及北部港口城市。
② 阿比西尼亚（Abyssinia）：今埃塞俄比亚与厄立特里亚两国的前身。

没偏见。但这儿冷啊,是不是?天气觉得怎样?冬天扛得住吗,嗯?"

他们走过教堂大门,沿着店铺林立的巷子回家。中途,为了劝她更严肃地对待那骇人老汉,他把查尔斯·狄更斯待过的客栈指给她看。她努力效仿老汉说话的模样,还将颤抖的双手伸到身前。达乌德让她别出声;他环视四周,查看老汉是否在跟踪他俩。我跟你说那是个杀手。你听他亲口说了吧。

狭窄的人行道上,迎面走来一伙青年——肩膀宽阔、留着短发、一闪一闪地呲着牙。达乌德叹了口气,把两眼遮了一会儿。他们将满满一纸袋的薯条传来递去;达乌德如今想起为何他讨厌在街上吃薯条了。他感到凯瑟琳的手牢牢揪着他的胳膊。

"我不喜欢巴基斯坦佬。"粗壮的头领说。

"他妈的滚出我们国家,黑鬼。"

"你付了她多少钱,他娘的下流坏子?"

"你泰山,我简。"①

他们往两旁一让,凯瑟琳和达乌德溜了过去。

他们经过时,有人呸了一声,另一人挠挠他的腋窝。啧啧。

"看到刚才他们从中间分开的样子?"达乌德问。侥幸脱险,使他跟往常一样欣欣然。"他们认识到对手道义上的

---

① 泰山系列长篇小说及有关电影中的男女主人公。泰山英语蹩脚,对女友简说过一句"我泰山,你简"('Me Tarzan, you Jane')。

优越,于是后退。去死吧异教徒!见识了我可靠的锋刃砍瓜切菜,从乌合之众劈出一条路来①?"

他们步履匆匆,沿安睡中的宫殿街而下。在那儿教会寡头们曾统治国教上层数个世纪。如今此乃一处没有窗户的燧石墙古迹。高高拱起的灯柱嵌入路面,顶端悬挂样式古雅、昏黄幽暗的街灯。墙后耸立寄宿学校的几栋宿舍;该校声名卓著,于亨利八世②时期由大教堂修道院改办而成。往南到国王巷,经五金店及乔治一世③塑像。达乌德有次走过,一堆雪滑落,差点没了命。是不是意外很难说——他喜欢这样结束故事。左拐路遇汽修厂,大门紧闭,润滑油油污外溢到了街上。再左拐便踏进主教道。几条道上的房舍一度全归教会所有,他对她说。告诉过你不?

他引她进屋,木头潮湿腐烂的气味又扑鼻而来。他打算永远这样活下去?他把她丢在客厅,仓皇奔向厕所。回来发现她正候着,极其厌恶的表情写在脸上。他在门边停下,注视着她。隐约传来磨坊声音。

"你怎能这样过日子?"她边问边摆动胳膊,在空中划出一道小小弧线。

他步入房间,坐到棕色扶手椅上,两臂抱在胸前。"过惯了嘛。"他说。

---

① 原文脱胎自刘易斯·卡罗尔所著《爱丽斯镜中奇遇记》里的一首诗《颠三倒四》。
② 亨利八世(Henry VIII, 1491-1547):英格兰国王(1509-1547年在位)。
③ 乔治一世(George I, 1660-1727):大不列颠及爱尔兰国王(1714-1727年在位)。

"没话了？就一句习惯了？还是混混也蛮好？住这种狗窝，你还能有啥抱负；流氓阿飞当街骂你，还图个啥？挨骂也挨惯了吗？"

他觍着笑脸起立，朝她移去。"你根本不明白这叫大胜特胜。你以为习惯了就是认输？习惯是为了打败他们，让他们没法为害，任他们变成区区一层层泥、一团团灰。你不懂到那个境界有多难。"

"你他妈怎么知道？你咋晓得我懂不懂？收回你那高高在上的笑容。"她大喊。

"遵命，遵命，"他说，"但浑浑噩噩等于没梦想。"她勉强允许他抱了抱，懊恼地嘀咕着，被他怂恿上楼去。

12

次日早上不赶时间,所以他醒得晚。阳光透过飞蛾咬噬的窗帘,将缕缕尘埃投进卧室。晨光熹微,凯瑟琳已离去,说需及时换早班。他留在床上,回味着周末,盯着一束束光线悄无声息地向他倾洒下来。结果是饥饿撵他下了床。到了楼下,他朝前门扫了眼,无所期待。一封蓝色的航空信恰巧落在门内。他急忙转身,脸痛苦地扭曲起来。

过了片刻,他回转过身小心翼翼地绕着信转,终于捡起它来翻看。看到并非父母家书,他才如释重负地松了口气。信皱巴巴、脏兮兮的,闻上去夹杂着热烘烘、潮乎乎的土味和手上的汗味。信纸背面注明卡里姆——一个朋友——的名字与地址,其余所有空间均被新年快乐的祝福占据。这才七月中旬。似乎像是卡里姆的风格:很可能书竣之后,信就随身塞进衬衣口袋。他逢人便说给达乌德写了一纸信,接着激愤地咒骂着将信抽出,以平息吹牛引发的质疑。带着一丝盼头,达乌德坐到桌旁读信。卡里姆总能讲一两个笑话;天天讲不完的玩笑使他差不多成了讨人嫌的小丑。可到头来,他清楚,卡里姆会变得和别人一样,信里牢骚满腹、埋怨他疏于理会,在信尾处提个方案,要求达乌德放弃工资,或者放弃随心所欲生活的自由。他烦躁地把信展开,想赶紧看完,然后就能淋浴，继续过他的日子。

1975 年 12 月 31 日

亲爱的哈吉①：

（哦，去乐土朝觐的人）

我正坐在咱们的办公室里。确切地说——我总爱精准——咱们的储藏室里，开心地跟机器声做伴：有锯床、刨床、磨光机和钻孔机。加上榔头有节奏地锤击着钉子，所有这些在岁末汇聚成独特的杰作。嘈杂的环境毫不影响我给你写信。我意识到距离阻碍了交流——我的嗓门没那么响——可我诚心希望别断了联系。大伙儿都牵挂你、问候你。

好了，让我汇报消息。目前，一个叫拉赫曼的独眼巨人收我为徒，这件木工活就是他的巢穴。（没有辛巴达②或奥德修斯③来救咱们！你还记得那些一直让我们心驰神往的神话和故事吗？）我猜，要是告诉你我还和他女儿同居，你定会吃惊。你是这方面专家。只要喜结连理、我起誓忠贞不渝，她就保证爱我。真走运！

也许你还会惊讶地获悉，我正庆祝青年闯西部一周年④纪念日。仅仅西行二十英里，但那段路可真长！这阵子大伙

---

① 哈吉（Haji）：曾去圣地麦加朝觐的伊斯兰教徒所获尊称。
② 辛巴达（Sindbad）：古代阿拉伯民间故事集《天方夜谭》中的巴格达富商。
③ 奥德修斯（Odysseus）：古希腊史诗《奥德赛》中的主人公。
④ 原文脱胎自贺拉斯·格里利（Horace Greeley, 1811－1872）在美国西进运动时期提出的口号"到西部去，年轻人，和这个国家一起成长"（'Go west, young man, and grow up with the country'）。

都必须打起精神,尤其是当中的朝圣者,免得某天发现这二十英里累垮了咱们。就像魏尔伦①说的:"假如那些往日行将吞噬我们美妙的将来?"整整一年前的今天,十二月里常见的炎热干燥的周日下午,我跟其他几个热爱自由的人正准备行动,追随那位伟大天才——"船长和发电机"、此次远征的组织者和领航员——总司令贾比尔·艾哈迈德。(相信你清晰记得,他曾在他父亲那辆奥斯丁1100后座演过精彩的《哈姆雷特》,相信你回忆起来犹在眼前。)其实船帆才刚升起,我就明白了这位领导的身份,但退出为时已晚。然而还没深情挥别我们四季青翠葱茏的家园,一员游荡的民兵——国家的那帮卫士——便将我们拿下。摆平他需要一笔可观贿赂,这卫兵真不赖。行程一路危险,显然咱们的哈姆雷特分不清南风和手锯②。神奇的是,我们在距目的地坦噶③仅八十英里的一处海滩登陆。说不准又回到了天堂岛④。上岸后,路途就顺畅轻松了,只剩烦人的总司令。关于不可预测的大海,他觉得有必要好好说说。水是个奇怪的东西,他不停唠叨。一句话,咱们抵达时烦得够呛,但安然无恙。这趟无奈的探险就聊到这儿。

过去一年怎么样?好像大家都没你的消息。你还活着

---

① 魏尔伦(Paul Verlaine, 1844-1896):法国象征主义诗人。文中诗句引自其《智慧集》。
② 原文脱胎自莎士比亚戏剧《哈姆雷特》第二幕第二场。哈姆雷特说:"当南风起来的时候,我能分清猎鹰和手锯。"手锯英文发音与苍鹭幼鸟相近,意谓能辨明真伪善恶。
③ 坦噶(Tanga):坦桑尼亚东北部港市。
④ 天堂岛(the Island of Paradise):桑给巴尔岛(Zanzibar)的别称。

吗？你上次来信就一行。这可爱的一行提到一座水磨坊，我想，但有点儿新闻就好啦，老兄。还是你干脆把咱们忘了？无论如何，一定写信告诉我你的近况，伙计。你还在读书吗？让我认识一下所有那些让你忙得晕头转向的女郎。方便的话照片来一张。

我夜校的课一直没断。晚上基本从工厂去学校，挺累的。也许你料到了，我成绩不大好。你不明白，你在那儿有多幸运。不过，没有耕耘就什么来着，所以我在这里用功着呢。我对法国象征主义诗人的诗歌产生了浓厚兴趣，可你知道，这儿图书不容易到手。如果碰到类似这方面的，麻烦寄给我。十分感谢①。钱托信鸽还你。

怀念过去我俩的闲谈。这儿，人们只想对政治说三道四。谁被发现骗取政府资金，谁又锒铛入狱诸如此类。那被当作严肃的讨论。好比着了魔，但凡一见面，他们便议论新出炉的某件琐事，似乎它是自基尔瓦②被毁后最严重的暴行。

家乡来的许多朋友眼下都在这儿。哈桑被逮着试图跟些果阿③女孩驾渔船④出逃。他称他正带她们捕鱼去。不清楚他搞什么名堂（我是指果阿女孩们）。果阿女孩们没啥事……反正我们听说如此。刚从监狱获释，哈桑就另寻路子逃了。他不愿透露细节。丹如今是秘密警察组织冉冉上升的

---

① 原文为斯瓦希里语。
② 基尔瓦（Kilwa）：坦桑尼亚南部港口城市。
③ 果阿（Goa）：印度西南部港口城市。
④ 原文为斯瓦希里语。

明星。有人说咱们在学校的时候他就领工资了。苏巴斯去了波士顿一所大学攻读"意向化学"。别问我,那是他哥哥说的。最近在这儿遇着他哥哥;他告诉我,美国政府拨给咱们苏巴斯大笔美元。想不到他读起化学来了,他一直心心念念要当大律师的。总之,我正考虑向山姆大叔申请进修核医学,哈哈。

圣诞开心吗?我们这儿现在也过圣诞节。以前可冷清了,除非巴楚喝醉酒,开始叫咱们岛的头头儿"火腿脖子"①。他老给别人编名字,是吧?顺带一句,还记得阿米娜吗——逝者拉希德的妹妹?你走的时候,她想必才十二岁上下,而今操着皮肉生意。写不下了。速速回信。照片别忘啦。

大伙儿问你好。

你的,

卡里姆

他把信往桌上一搁,思绪随着卡里姆的消息奔涌。最先想到的是拉希德,以及卡里姆加在他名字前的尊称——逝者②。读到这个,拉希德的名字跃入眼帘,好似背叛的痛苦向他袭来,甚至都来不及理会阿米娜骇人的厄运。他感觉仿佛也忽略了他,错失了因追忆而哀思、将悲伤铭刻心间。愿真主怜悯你,拉希德。他从未见过"已故"一词写在他名字前面。"已故老大"。他品了品这个词,连同他用来指他朋友的诨号。似乎招摇了点;他听说这词只有杰出的死者才

---

① "火腿脖子"('ham-neck')系哈姆雷特(Hamlet)之讹。
② 原文为斯瓦希里语。

配。而不是"老大"。亲爱的故人,我们昔日的一位朋友,从可爱的家乡捎来了一堆新闻。他告诉我你妹妹是个娼妓……因为你没在那儿管好她。他不清楚"老大"的母亲是否健在,什么样的艰辛会让她们落到这般田地?难道邻居们不能施以援手?她走过街道,孩童们的窃笑及大笑,他试着掩耳不闻。我们会干同样的事。当一个邻居沦为乞丐、为了鲨鱼肉出售女儿,我们也会冷嘲热讽,朝这个女孩指指点点。我们的长辈会从经文里寻章摘句来佐证我们残忍得在理。长辈们!他们教给我们的全部就是怎样乖乖听话,怎样顺从打杂,又怎样显得恭敬。而我们学会的一切恰是如何对别人的伤痛为所欲为。她就像个注脚——没人为她落一滴泪——出现在流水账的末尾,上面幸灾乐祸地记录着我们过去的种种不端。想起往日时光,我们又怎样用淡漠的自私将它终结。他称你为"逝者":愿真主怜悯你。最糟糕的你没碰上,我的"老大"。最糟糕的你没碰上。可怕又可耻的事降临到了我们头上。

他把信一折、推到一边,然后在桌旁坐了良久,感到对拉希德的回忆在手里变得温暖起来,像一只挨冻的动物正从昏迷中苏醒。他根本没忘了他,但每每念及,常常伴着害怕。这些年,他已学会了躲避,不去回忆他对拉希德的爱。当英格兰的天气冰冷难熬,孤苦伶仃将他吞没,他仍为他哭泣、依旧怀想着他。可他思念他太深,为他洒下何其伤心的泪水,结果学会了避而不提。现今想到"老大",让他记起自己如何退缩,仿佛他的懦弱使他多少背弃了共同的岁月。

很久以前,坐在长满藤壶的码头上,我们的腿在空中晃荡。午后,在长长的日影里,玛格丽特公主码头注视着我们下方的海水泛起泡沫;人们拍击着手臂和腿部,牙齿闪闪发亮。我跟他讲了个漫长的故事——这是通从容且睿智的叙述,由谎言织成——并注意到他的疑心换做了痴迷。我告诉他有个人伫立海边,对悲伤浑然不觉,等着季节性的雨水。他撒起尿来,小便没完没了。那时见他开怀大笑,就像看到一只小鸟飞向天空,像看到一匹马儿缓缓跑下碧绿的山坡。在玛格丽特公主码头,我信口开河、向他扯谎;这些谎话很可能被误认为了智慧。我们盯着法拉吉像条鲨鱼喝完了水;法拉吉的罗圈腿使得生活于他而言就是折磨。他赢得校际锦标赛的日子,海面波浪起伏、阳光明媚。一九五六年的一天,好心的公主莅临咱们这方贱土,凭亲善的风格令我们世世代代倍感荣幸。玛格丽特公主①码头由此得名。我们朝她挥舞着欢迎的旗帜。这几面小小的旗帜引发了我们的争执。结果我被迫挥"米字旗",而别人分到了咱们受保护的苏丹的红旗。码头另一侧有四尊大炮。它们面朝大海,用水泥牢牢固定,发射礼炮向公主致意。炮声隆隆表示欢迎,我们舞动旗帜,头戴羽饰的专员迎接皇家驳船。后来这些大炮派上了其他用处。

  他起身洗漱;十二月的早晨刚拉开帷幕,他便失去了拉希德。他不想再想起那一天。他知道,即使挣脱了,回忆也会涌来……但也许还没。

---

① 玛格丽特公主(Princess Margaret,1930-2002):英国女王伊丽莎白二世胞妹、乔治六世次女。

他上班迟了,抵达时绷着微笑,准备好闹上一票。途中经过凯瑟琳的公寓,他希望能上门见她,跟她谈谈"老大",哭诉他的不幸。他想一头朝她扑去,沉浸在失去故人家园的伤痛中,求取她的安慰与温存。可他清楚她在忙乎。他转而背了背应对所罗门的话,以防他训斥自己姗姗来迟。

他溜进常规手术室,向卫斯理护士长狠毒地扫了几眼:这丑老婆子。她抬头看看他、又瞧瞧钟,下午其余时候都不理不睬。一小队护士围着外科大夫,听他解释他要怎么做。下午正忙得焦头烂额,有人给达乌德传话,说所罗门找他。他咧嘴狞笑了下,不等卫斯理护士长批准就离开了手术室,边走边想这一切全是鸡零狗碎。他先来到更衣室,停下脚步想了想,是否最好换身衣服、一跑了之。他的苦痛与内疚并非所罗门的错,也不关他的事。

最终他还是进门求见,愉快地设想着将默诵过的致谢函呈给圣明的所罗门。督查怪笑着抽了抽脸,请达乌德坐下。亲爱的所罗门爸爸,他开讲。感谢您过去一百万年来的折磨,诸如此类。它们对我的性格起了奇效。我只想让您明白,在这处庇护所,唯一值钱的就是这副垮掉的身躯。倘若没有您给予我稳固的支持,我终归一无是处。它不是您的错,但那对我算个啥。达乌德憎恶地看了看所罗门粗糙的脸,注视着这位手术室督查摘下眼镜、开始擦拭。他两眼红肿、从脸上鼓出,神情疲惫而不悦。在架回眼镜前,他朝达乌德又抽了下脸。

达乌德紧张得直冒火,就等所罗门抱怨他迟到;他巴不得他冷酷无情、飞扬跋扈,那样他便能对他发飙。他想把桌子推翻到皮包骨头的老杂种身上,把轮班表从墙上扯下,将比彻姆①挂历撕成碎片,塞进所罗门的屁股。"一切都好?"达乌德没法忽视对方脸上的不快,结果问了声。"你看上去有点儿精疲力竭。"

"有个男孩不大好,"所罗门说着,脸再抽了抽,这次添了几分感激,"昨晚睡眠不足。科林也是,小可怜虫。只能早点下班。走之前想跟你聊聊。"

所罗门的难过令达乌德一惊。他把他当成絮絮叨叨的典型:假如他是小店主,会给计量用具装上假的底座;假如他在医院上班,则会偷走橡胶管子和塑料罐子用于酿酒。自那晚提到两个儿子,他就习惯了聊天时把他俩挂在嘴上,对达乌德出人意表地坦诚。亲爱的手术室霸主,它与我何干?我也有自个儿的烦心事。

"听说你要离职。"所罗门说着瞅了眼达乌德,等着回应。达乌德忍不住笑了笑。"显然你一直有此盘算。毫无疑问,干这活儿太委屈了你。说实在的,佩服你这么久耐得住性子。"

达乌德也抽了抽脸,效仿所罗门的假笑。

"你学过神学?"所罗门问。达乌德没回答。他耸耸肩,让所罗门败兴,又满意地盯着所罗门的脸上掠过一抹惊奇。有屁就放,老浑球,他想。他寻思着,所罗门竟然认为现在说几句好话就能让他心软。这三年,他差他去外边肮脏

---

① 比彻姆(Tom Beecham, 1926–2000):美国画家。其野生动物画作常用于挂历等配图。

的通道清洗器械，害他东一划痕西一刀，没完没了躲不开。

"你要走，我们蛮遗憾，"所罗门继续讲，话里带着些失望；不过达乌德猜，也隐约夹杂着他的真情实感，"你的贡献弥足珍贵；据我所知，其他高级职员和我意见一致。我只想告诉你……表达我们的谢意，祝你好运。希望这次一帆风顺。"

所罗门点点头，强调一下他所说的。达乌德轻柔地笑笑，毫不掩饰他的嘲讽；一面想表露他满不在乎所罗门的赞赏，一面想替他的谢忱捏个新词。他宁肯一贯对着干。亲爱的督查，区区感谢来得太迟，您不提也罢。您的善意是为了让您自己受伤的内心好过，与我毫无关系。没错，善意就是善意，赋予了我们生存的尊严。然而我了解你。今天动动嘴皮子，明天来几个黑鬼段子。你可认错了人！

"卫斯理护士长的手术室人手太多，"过了一会儿，所罗门说，"今天下午剩余时间，我想把你派去废品通道，在单子最后清理各个手术室。如果有空，把麻醉间的东西补补齐。"

他又点了点头，接着抽了抽嘴唇，让他走人。达乌德朝他瞪了眼，希望自己放胆大闹一场、发一通脾气，诅咒一帮子鸡毛蒜皮的当权派见鬼去。下午余下的时光，他在脏兮兮的通道里闷闷不乐，想着回家路上会一会凯瑟琳。对卡里姆的信和那个十二月日子的记忆，他都尽力逃避。不过，白班职员一走，就只剩他一人打扫三间污秽的手术室了。

那是十二月里一个美妙的早晨，又燥又热。学校假期最初几周的兴奋已告消失；他们感受到那段时间的担子，以及他们手握的自由。他们在博物馆内徜徉，在海滩上信步，无休无止地踢球打牌，熬夜直到次日凌晨，外出野餐并骑车巡游。然后他们厌倦了。那天早晨，他们坐在鲨鱼码头①鱼干仓库后面的防波堤上，看渔夫们清理渔船。港湾另一端的中国佬将一尾尾鱼翅晾到他店铺后院的绳索上。港口警局船库的立柱间，小男孩们正玩耍嬉戏，和他们小时候一样。拉希德提议他们借条船出海去。他朝这头，达乌德往那头找。他搞到一条，达乌德却空手而归——结果历来如此。拉希德忍不住要指挥。他很适合发号施令，但对于达乌德赠予的称号，他仍然敏感。他们把它当作玩笑，不过达乌德知道，他在努力确保"老大"这个头衔并不恰当。他们谈到这趟航行能召集的朋友，但决心就这样下了。达乌德笑着回想起尤尼斯现身海堤，而他跟拉希德已登上边架艇、解开了缆绳，担心被迫携他同往。尤尼斯绰号"缺根筋"，因为他脑子明显有些短路。

亲爱的凯瑟琳，但愿你陪着我，使我能在你怀里啜泣，感受你身体的温度，减缓我的痛楚。但愿你伴着我，让我向你倾诉，过这种不同的生活何其不易。我愿和你聊聊"缺根筋"，望着他站在马腾戈半岛②上朝咱们的方向边看边茫然微笑，我自责不已。他习惯了别人见他就躲，你瞧他天生疯疯癫癫，到老便在街头荡来荡去，一把胡须三尺长，夜里两眼直放光。有一阵子我俩倒成了朋友。那时我莫名病重，一

---

① 原文为斯瓦希里语。
② 原文为斯瓦希里语。

波波发烧几乎丧命,吃不准是普通流感还是霍乱,康复起来很耗时。等病痊愈,所有朋友各忙各的,没了踪影。于是"缺根筋"和我一起打发了不少时光。他计划造艘船自行驾驶。船舶管理处的人认得他,呼他"舰长"寻他开心。他只能聊船只及印度。假如你跟他讲任何别的,他就两眼黯然,不肯多听。因为知道他是疯子,人人都欺负他。有一回他在树荫下熟睡,我撞见一个六岁小男孩竟往他嘴里撒尿。"缺根筋"站起来,一言不发地走开,脸上隐隐挂着笑。在场的大人们笑哈哈地拍拍男孩的背,预料他会长成真正的男子汉。"缺根筋"孑然无助、惊恐万状;他吓得口吐白沫,硬着头皮走过一群起哄的青年。但在码头边的那排树下,几乎没人干扰咱俩。我向他吹嘘自己在学校表现多棒,他心满意足地听着,不时爆串兵豆屁。他对我撒谎,说他爸在印度有些地产。

  这些地产非常重要,也是他造船的原因,因为这家子负担不起返乡的旅程。"缺根筋"会讲一大堆难以置信的故事,他总将此归功于某位印度哲人。你知道吗,一人假使站在海边小便,并且鼓足勇气,那么就能永远尿下去?印度贤哲们已经证实。你明白吗,人的灵魂就在咽喉?所以要消灭灵魂,就得把他掐死。这是他在一本宗教书里读到的。他的祖父在印度养过几头象,有次逮着他的饲养员要跟一头公牛交媾。你晓得吗,为了弄清晚上减了多少体重,老阿迦汗[①]每

[①] 阿迦汗(Aga Khan):印度穆斯林领袖、伊斯兰教伊斯玛仪派伊玛目。

天都差人称他大便?他爱谈天,谈的大多是他爸在印度的地产。

　　没错,我知道他是疯子,宝贝。所以我跟那样的怪物瞎混个啥?这也是我爸妈想弄懂的。他父亲也是疯子,其实更不正常。按说他是个小店主,但他铺子里全是一盒盒生锈的钉子,还有放着旧鱼钩和麻绳的展示柜。如果有人停下来跟他寒暄几句,或问候一声早上好,他就伸手要钱。他天天去清真寺,祷告之后向人乞讨。只要店里来个顾客,对面剃头师傅——也是印度人——便会高声警告:盯牢钱包、盯牢钱包。他要跟你讨钱。你干吗不滚回印度,脏兮兮的孟买①人渣?干吗来这儿搅得我们不安宁?大伙儿哄堂大笑,在剃头师傅背后彼此挤眉弄眼,两个印度佬②互相对骂,用的是大家骂他俩的话:孟买人渣、搅屎棍、嚼兵豆的、丧门星③、吃咖喱的吸血鬼。老头子似乎不为所动。他去了福利办,填了数不清的表,却一无所获。他乐呵呵地同办事员们聊天;他们叫他回印度去,他也不理会。带着一成不变的微笑,他经受辱骂与拳脚,向各色人等讨要钞票。他是疯了,但也有几分胆色和不懈。我有一次在这儿的街上见过那样的人——一个老汉,胡须精心修过,头上戴顶脏乎乎的救世军④帽子。他一手拎个深深的皮制旅行袋,顶端插捧鲜花。

---

① 孟买(Bombay,1995 年后称 Mumbai):印度西部港市,马哈拉施特拉邦首府。
② 原文为斯瓦希里语。
③ 原文为古吉拉特语。
④ 救世军(the Salvation Army):基督教组织,主要从事慈善工作。成员穿军队制服,并拥有军衔。

他是个小个子，有点驼背，可走起路来把一根手杖高高转过肩头，使前方人行道畅通无阻，枯瘦的脸上流露出倔强的韧性。"缺根筋"的父亲也是这般模样，又瘦又小、下颌凹陷，牙齿一颗不剩。他一脸木然，单单言语和拳脚永远改变不了他。"缺根筋"以他自己的方式，已经获得那副表情的几分真传。所以尽管看着苍老无力——好像是活在地底下的某种东西——他最终顽强地说服了捉弄他的人放手。而你知道他的结局——孤独而沮丧、疯得要命。

望着他站在马腾戈半岛岸边，当时我压根儿没这么想。如今回首，我逐渐有些理解，在那种地方，尤尼斯准会感到多么疯狂。滚回印度去，搅屎棍！而印度呢，天才精英层出不穷，脑子坏了的更比比皆是，和那个地方一样对他兴致缺缺。在那岛上遇到海难，他试图讨到回程费用；他儿子则计划造船，载上全家航行返乡。他俩各疯各的，却都在街头瞎转，在异乡人中无依无靠、遭人唾弃。

拉希德笑话"缺根筋"。达乌德与这白痴的友谊令他不齿。他在船上模仿"缺根筋"疯癫癫的样子，也不搭理达乌德递给他的反感眼色。拉希德剥掉衬衫、往后一靠，伸伸懒腰准备开工。阳光暴晒着他裸露的胸膛，照亮了他的双眼。"老大"果真如鱼得水。他算得上靠海为生，几乎自蹒跚学步起便随父亲和别的渔民出海。达乌德对舟楫一窍不通，只能听令而行；这番情形为拉希德所用，大肆取笑个没完。

这样谈论你真叫人伤心，好像发生过就当没发生。我能看见你在阳光下那样舒展身姿，两眼放出光芒。晚饭前去岛上走个来回，你说。没法理解你为啥要我跟你交朋友。拉希德在沙里夫学院头一年就得了奖，常被老师们当作未来男生校代表提及，而这些老师却数落达乌德不专心致志。拉希德是游泳冠军、四百四十码游泳比赛全国纪录保持者。他是雄心勃勃、球艺高超的足球运动员，也是很棒的左臂慢速投球手。他肤色白皙、容貌英俊，戴一块配银表带的腕表。该表系英格兰俱乐部相赠，纪念他七度攻破他们的三柱门、斩获 23 分。达乌德理解不了这样一位完人为何要与他结对子。

卫斯理护士长已盯了他一阵子，通过手术室门上的烟灰色玻璃窗向内窥探。她突然闯入，达乌德不及从占着的麻醉椅上起立，或将下巴从托着的拖把头上抬起。刹那间他惊慌失措，吃不准身处何地。记忆不断回涌，清理一半的手术室似乎变得不同，较之前更亮堂宽敞。护士长恰恰站在手术室门口，讨厌地注视着达乌德。她是个高个子，黑色短发剪个刘海。首次相遇，达乌德便感觉她相当黑，让他略想到老家一些妇女的外貌，虽然她的肤色明显属欧洲人。她一见他就嫌憎；在不跟一个护工发生口角的情况下，她尽可能体面地挖苦他。相应地，排到在她手下当班，达乌德就偷偷不配合。他散播谣言，说某人有点儿黑鬼血统，发动小小回击。他告诉查顿护士：卫斯理她娘是个嫁入雇主家的孟加拉女佣。他高兴地发现，故事的某一版本很快便流传开了。

"在休息？"她问，带着拖腔和高高在上的口气，"手术室清理完，你就好走了。我想，剩下的事务你恐怕难以胜任。"

"好咧。"说着他慢吞吞地起身。

"你好走了，"她拔高嗓门重复一遍，仿佛不想冒险被误解，"不妨快点！我们会尽力应付，用不着你的专业协助。"

"遵命！"他大喊一声，垂着眼，拖着脚。他想表示下畏缩，但怕她误会他的态度。"我走就是，大姐！"

"跟你说过，我不是你哪门子大姐。"她火冒三丈地离去。

"算你走运，丑婆子。"他在她背后嚷嚷。她那么讨厌他，会给他的班次减两小时？他拎着湿拖把绕手术室跑，心想时间还早，能劝凯瑟琳出来喝一杯。

13

凯瑟琳的住所两面临街,一条小径穿过遍地玫瑰盛开的花园中间。两格台阶通向上方巨大的前门,门嵌进门廊里面。他知道她与人合住楼下一处套间,就瞥了眼敞开的框格窗,有笛音自窗里飘来。他揿响门铃,乐声都没中断,于是他认为她住窗帘紧闭的那间。

来应门的女子饶有兴致地打量他,却未邀他入内。她身材高挑、略显笨拙;相貌瘦削,张着红红的鼻孔,制服上褶皱清晰可见。他猜她正准备上夜班。松弛的肢体及姿态软化了她的外表,使她貌似闲散亲切,而非棱角分明的面容暗示的那样尖酸。她细小的动作好像含有无意识的情欲;她倚靠门边,说不上冷淡。他反倒怯场,支支吾吾找话说。她的眼睛显出多年的玩世不恭与无聊厌倦。她肯定才刚起床,他自言自语,所以睡眼惺忪、眼睛湿润。

"凯茜不在。"她说。

"去哪儿了?"他边问边为这消息犯愁,同时扑灭了心中渐渐苏醒的记忆。他意识到自己时刻准备对她诉苦,像乞丐般向她揭开伤口。

女子没有即刻回答,但嘴角浮现笑容。"她知道你要来?"她问,眼里直乐,"她跟男友出门了。"

"去爵士乐俱乐部。"他不假思索立马说道,感觉人生崩溃。

"是的，"女子说，蛮高兴他知情，"你刚巧错过。如果你车停得不远，很快就能追上他俩。"

"没错。"他朝她咧咧嘴，后退一步。

"要我告诉她你来过？"她边问边扫了眼下面的马路，看看他把车停在了何处。

他耸耸肩往回走，请她自便。他捶捶额头，夸张一下他的苦恼。女子大笑起来，达乌德也咧嘴笑笑，仿佛有意博她欢心。她往前靠靠，等着瞧下一幕。待他从小径尽头挥手，她才失望地把肩一耸，不愿目睹他离去。

"嗨，你叫什么名字？"她高声大喊，可他只挥挥手，没有应答。"我叫宝拉。"她朝他呼唤，他随之匆匆走远。

亲爱的凯瑟琳，不碍事。我一直在猜，现在也不奇怪，像你这样的美少女，竟会结交一帮富家纨绔，在此地将你支来使去。他们是你的同类。说实话，过去我真不知道。不过我纳闷……今晚找你，想聊一个朋友。我称他"老大"；眼下这已无关紧要。十二月的一个早晨，我失去了他，那时我俩十七岁。今天，一封来信使他复活。不，我未曾忘却，可我习惯了和他的死讯、他的亡故相处，把他想成一名过客，一次意外被另一次意外取代。如今他清楚想要什么：投入她温情的怀抱、哭诉伤怀的往事。他生命中无法承受的痛苦令她倒吸冷气，而他刚毅地掌控这般艰险困厄，又让她惊叹。你瞧这平和惬意的家伙——他断言——虽在静谧的街道溜达，却已瞄见献祭的刀刃闪闪发亮，朝他纤细的喉咙疾速袭来。冷眼旁观他坚定的目光和舒展平静的眉宇，你很难猜中他所受的磨难。

他惊讶自己能区分对她的相思之苦和对"老大"的缅怀。他原本预计这一切从同一个杯子里溢出，汇成伤害他、令他不安的同一杯毒酒。亲爱的"老大"，她是我在这儿中的头彩。我有感觉；不过我不认为她也有。你为啥说我该有所行动？约她出去的这家伙很可能穿着夹克、拥有农场、汽车及乘用马之类。不明白她在跟我搞什么。她会回到她熟悉自在的路子上去，结局总归如此。能怪她吗？我的房子气味难闻，而我浑身散发着无精打采、顾影自怜的气息。你觉得我能掩盖那些？你干吗对这些感兴趣？那个无情的地方已将你化作一抔尘土。

他到家往椅子上一靠，两腿往前一伸、两眼一闭。粮厂低沉的嗡嗡声与奔涌过邻近废弃磨坊闸门的水流声相交织。回家没多久卡塔就上门来，砸门声响得似要震醒死人。卡塔两眼往信箱一瞄，就像地道里的一双亮光。"穿上裤子让我进去，哥们儿！"他大吼。

达乌德让他进来，然后上楼躺到床上。他忍住了再读一遍卡里姆的信的诱惑，感到不急于向卡塔提起这封信或者"老大"。他们互相了解，用不着那些复杂的过去，也无需残忍迫害的细节疏远彼此。过了一会儿，他起身下楼。卡塔懒洋洋地陷在一把椅子里，一条腿优雅地跷在扶手上。他正摆弄一包香烟，紧盯着它，仿佛全神贯注地注视着内心。达乌德明白他生气了；他能理解卡塔因无人欢迎、遭他怠慢而愤愤不平。突然，卡塔把香烟盒弹起，划出一道宽阔的弧线，看着它掉落桌上。他胜利地一笑，侧脸瞟了瞟达乌德。

"她在哪里？那天我发现跟你一起的美女呢？"卡塔问，"有个问题我一直想请教，你怎么把那个美女引诱到这儿的？无意冒犯，哥们儿，但那么个干干净净的中产阶级小姐在你的狗窝干啥？"他慢悠悠地，似乎还没说出口，就对这问题厌烦窝火。他在椅子里移来扭去，转身瞅瞅达乌德，他所期待的微笑并未出现。卡塔咧咧嘴，两臂一抬假装投降。"好啦，她人呢？"

"在爵士乐俱乐部。"达乌德说着去橱柜取了罐汤。

"你看上去病了，"卡塔沉默一阵后说，"你面容憔悴、愁眉苦脸；如果没看走眼，你碰到麻烦、疲惫不堪。我料她约了别人？"

"是的。"达乌德勉强说。手伸进橱柜时，他看到针织衫袖子上汗渍与油腻亮闪闪的，突然间，这似乎成了他愚蠢人生的悲惨象征。他脱掉针织衫，将其甩入棕色扶手椅，乐滋滋地瞧着卡塔一哆嗦。

"犯不着发脾气，"卡塔满不在乎，就事论事发议论，"女人都两副面孔。你根本不能信任她们，尤其这些干净利落的英国娘们儿。只有一件事她们有求于黑人男性。"

达乌德的耳朵直嗡嗡。他一条腿静脉发炎，阵阵作痛。他去医生那儿看过这条腿，毕恭毕敬听了场血栓危害的讲座。医生说明怎样放松腿部，达乌德点头示意。叫佣工们包干一切，他说。这句话改变了啥？也许不久后的某一天，他们会发现他一命呜呼，巨大的血栓将二尖瓣死死堵住。

"你就为这发愁？别让我失望，哥们儿。你显得那么苍老，就为了个两面三刀的荡妇？她太整洁拘束，反正不适合,"卡塔说,"我来教教你,乡巴佬。听仔细喽,向智慧源泉好好学两手。不管一个女的怎么甜言蜜语,或者朝你暗送秋波,记牢一件事:甭信她一丝一毫。我成年后我妈对我说的;还没找到质疑她那席话的理由。我差点栽了,摇摇欲坠,幸好我妈的教诲飞过脑际挽救了我。女人爱耍两面派,一无是处;记住这点,小子。最好把它也当作你的教义。因为迷魂汤一旦灌饱,媚眼一旦抛完,她就会那样甩了你,再给自己找一个你一样的二百五。"

达乌德步入厨房,希望卡塔打开电视,可卡塔偏黏着他,站在门口看达乌德热汤。

"尤其是英国婆娘,"卡塔顿了顿说,语带苦涩,"警告你,年轻人,她们全是蛇蝎。"

"你在瞎扯个啥?就是这种思想让你听着像是脑子灌满了屎,"达乌德突然懊恼地说,"什么两面派?你以为你是谁?芝加哥贫民窟来的帅哥?引述非洲式智慧的滑头邦戈兰酋长?"

"什么!"卡塔边说边对这出乎意料的攻击吃了一惊,"你说什么?"

"我说你对女人的评论挺刺耳,似乎她们都是毒蛇跟蜥蜴。这让你听上去很无知,就像嘲笑其他狒狒屁股红的那只狒狒,没意识到自己有只特大号的。"

卡塔闪到一边,让达乌德端着汤锅走过。"得了,"他说,"你继续扯淡。你会记起我今天说的,告诉自己卡塔大叔到底没错。而且你不该搞这些种族侮辱。那句芝加哥贫民窟究竟什么意思?"

达乌德从锅里抿了口汤,一面从低垂的眉头下抬眼看看卡塔。"你不打算把汤舀到碗里?"卡塔问。他盯着达乌德的汤勺从锅子移到嘴边,不禁也咽了咽口水。

"你不介意当邦戈兰的滑头酋长?"达乌德问。

"还凑合,"卡塔高傲地说,"邦戈兰靠近富塔贾隆①,从弗里敦一路走就到。但我不懂芝加哥什么的。"

"因为你说话的模样像来自贫民窟,穿着佐特装②的皮条客。"

"这我介意,"卡塔咂了咂嘴说,"总之我没谈女人;我谈的是英国女人。告诉你件事,那完全不一样。"

"英国女人你了解多少?"达乌德问。他越发喜欢这锅汤,因为他知道要给卡塔尝尝。

"你估计不到,兄弟,"卡塔边说边摇着根手指,他拿走锅子——既不抱怨,也不感谢——一气喝完,"她们都是蛇蝎。你不反对,是吧?看看你碰到的!那天来这儿,你俩一个劲儿眉来眼去,我想最好别碍手碍脚。这就是恋情,我心想。现在瞧瞧你!一脚踢开、说断就断,傍上了开跑车的大款。"

"别替我操心,"达乌德说,不理会什么跑车,"英国女人你了解多少?"卡塔坐到桌旁,片刻之后垂下双眼大笑起来。这使达乌德警惕: 他已察觉卡塔有些不对劲。"我了解英国娘们儿,因为我搞了我的一个导师。四周前开始的,讨厌得很。"他的嗓门儿小得就像他受伤的自尊。

---

① 富塔贾隆(the Futa Djallon): 指几内亚境内的富塔贾隆高原。
② 佐特装(zoot suit): 流行于 20 世纪 40 年代的一种男式套装。

达乌德等着他继续。"讲完了？"他边问边微笑着看看他朋友厌恶的表情，"惨在哪儿？又不是第一次。"

"我可不是！我尊敬老师。她打了很久的暗号，但我没睬她。可笑的是，有时候我以为她嫌弃我。她说话冷冰冰、没好气……他们觉得你不敢顶嘴，就这副德行。几星期前，我请她提些迎考建议。我想我是个一心巴结她的好小伙。她懂。但我想这不要紧，她横竖都心花怒放。重点不是思前想后，而是付诸行动。她邀我上她家去。周日早晨，十一点钟。她那样微笑……我是说她心里有底。只怪我没想到。"

"你真走运！后来呢？你有何……不爽？"达乌德问。

"她留短发、年纪不轻。她只管开扯，边放音乐边做午饭。她胸中有谱；我能瞧见她眼里的笑意。"

"你也肯定想要，否则你早一口回绝走掉了。"

"没得选！"卡塔大喊。

"她把你两腿往椅子一绑，接着一跃而上，是吧？"达乌德问，"于是你尖叫连连，可没人听见。"

"考试啊！她能定我生死。"

"嗯，"达乌德点点头，难以相信，"总之，我还是看不懂这出苦情戏。你跟她上了床，又怎么样？莫非趁你睡着，她偷了你的脑子？"

"她好丑！又丑又老，哥们儿。真恶心。"卡塔说，脸上浮现深恶痛绝的神情。达乌德惊愕地注视着卡塔尽力克制自己。难看的人——他听过卡塔声称——令他浑身不适。有时候，他们被迫离开一家酒吧，因为遇见了某个让他难受的人。达乌德从来不大相信这份厌恶是真的，把它当成卡塔的另一种癖好。某天他们上伦敦游玩,去了摄政公园①里的动物园。动物们引得卡塔开心激动,直到他俩到了猿猴区。他停止欢笑,横竖要立马走人,说他受不了它们如此丑陋。"这事还没完,"卡塔边说边克制自己,"她不罢休。"

"你不能罢手?"达乌德问。

"我猜我是无聊。考试结束,我就闲得慌。"

"难道你一点儿都不喜欢和她在一起?"卡塔充分利用了他对英国女人——胖婊子们——的排斥,所以达乌德能理解他现在反对怜悯她们中的任何一个。

"她跟别人住一块儿,你懂的。我告诉她必须了断,但她不听。他不在的时候,她给我电话,我就过去。我忍不住,我是个男人。我喜欢女人,但这位叫我恶心。当她看到我,当我在她门口现身,她就那副表情微笑着。像条毒蛇。接下去……我们完事后,我暗自思量,我在这儿干吗呢?我不觉得这个黑人小伙有意搭上这些白人婆娘。"

"你还没摊上事。他们能拿你怎么样?压扁你的睾丸?她们面颊内有毒腺;因此亲你的工夫就窃取了你的意志力,把你变成了一只毛茸茸的泰迪?"

卡塔哈哈大笑,拍了拍朋友的大腿。"别废话了,哥们儿。你知道真正让我生气的是什么?每次差点儿下定决心,结果又陷了进去。再拖三个礼拜,然后就洗手不干,回到生活正轨。你只管取笑,可我拿这女人没辙。我不信任她;她

---

① 摄政公园(Regent's Park):位于伦敦中部。约翰·纳什为摄政王设计,1828年竣工。伦敦动物园位于其北侧。

不过玩玩我而已。"

"那就分手!"

"眼前无所谓,"卡塔说,"再几个星期我就撤了。只是咽不下被这样玩弄的恶气。"

达乌德等了等,看看卡塔会不会听出他的话在控诉他自己,然后起身去沏些茶。他在厨房暗暗发笑,想到卡塔算是自食其果。

"知道吗?"卡塔说着跟他到了厨房,"头一次我和她上床……她干巴巴的。从没见过这样子。"

"干巴巴?"说着达乌德感到聊天开始变了味儿。

"干透了,"卡塔回答,一面点点头确认惊人之语,"没见识过。果真是英国娘们儿,对不?她们骨子里冰冰冷。我用黑人男子的天然润滑剂给她上了点油,她才像话点。让她得到鲜活世界里绿色原浆的滋润。但这也是无可奈何。"卡塔瞅瞅达乌德脸上将信将疑的神色,咧了咧嘴。"那就是我说黑人男子无意和这些白人婆娘有任何瓜葛的原因。瞎折腾。我们给她们活力与力量,她们什么也给不了我们。她们从中取乐,我们一无所获。她们只会利用我们。我是指,看看你。看看你那德行。"

他们在电视机前饮茶。过了一小会儿,达乌德渐渐觉得饿得不行;但他不敢拿出任何吃的,害怕卡塔的胃是个无底洞。食物所剩无几,还需苦撑四日。当肚子开始叫唤,他便往床上去。无论如何,他感到倦怠莫名。"想看就继续看,"他告诉卡塔,"只要记住走之前关掉就成。"

卡塔从电视那儿抬抬眼,送给达乌德一记飞吻。

14

瞧瞧我——在餐厅寻找凯瑟琳无果后,他自言自语。厅里满是闹哄哄的哈比①,都在偷偷渴望他的天然润滑剂,而他心仪的梦淫妖②却了无踪迹。他琢磨着回家路上该不该再登门,但他怀疑这么做是否合适。毕竟她随男友出去了。假如她感到烦恼,那么获悉他曾来过,她会给他捎信儿。当她来访,他会宽宏大量、不予计较,任她考验他。眼前,他知足地感谢真主,静候时机。

她工作的病区靠近餐厅;他考虑唤她进来,刷一刷存在感。你好啊,凯茜,这儿超酷吧?扮受伤骑士,他算老几?对他有什么好处?他不想让她凭他自尊破灭如此无力的借口摆脱他。一派胡言!他会上门见她,或从手术室给她电话。等一切和好如初,她会深情地依偎着他、给他安慰。他们把差点儿发生的愚蠢误会付之一笑,他也承诺绝不再让住处变脏。这位男友是谁?他了解几分?对她讲述那些抛在身后的地方时,达乌德想博她欢笑、和她谈心,使她倾听。漫步街巷,他需要她陪在身旁,就像昔日那些朝圣者,得救在望。可他最后转念一想,如果她有意打消他的焦虑,早递口信了。

瞧瞧我,他自言自语。我应密谋策划、布下罗网,诱使该男友犯错,这样就能悄悄溜入,把野餐篮偷到手。我可以寄他一本突尼斯度假手册。谁能拒绝呢？他在那儿会得胃病，回到乡间庄园后痛苦地死去。

在去新配楼的长长过道里，他和一名女子擦肩而过。她穿着普通；虽然他瞥了眼，但经过时没有立即认出来。他最先想起的是那一双眼：昏昏沉沉、略微肿些，似乎缺乏睡眠。一张嘴也稍显奇怪，仿佛正吮着颗硕大的糖果。

"宝拉！"他唤了声，立马回头。

遇见他，她似乎挺开心。"你记得我的名字！"她说，"还以为你认不出我了。原来你在这儿上班。那天你来，我就知道在哪儿见到过你来着。"

"你像换了个人。"他边说边尽力咧嘴笑笑。

"我看是的，"她脸一红，朝他微微一笑，"那些护士长的制服绝对丑死人。"

"太对了，但那晚我看你穿上很潇洒。凯瑟琳怎么样？"他紧插一句，省得她打探他所在部门、他的车停在了哪儿，或者今晚他有何安排。她卖弄风情的笑容使他料定，她将他当成了什么体面人物——起码是理疗师，要不就是医师。有些医师破衣烂衫出门。达乌德亲眼所见。

"凯瑟琳？两三天没见了。你瞧，这周我值晚班，她基本上值深夜班。她蛮好的，对不对？"

"上次我去找她后见过吗？"达乌德问，他突然因希望过头而一抖。回答我，迷糊的母牛！以你伟大上帝的名义，

---

① 哈比（harpy）：希腊、罗马神话中头及身躯似女人，翼、爪等似鸟的怪物，性贪婪残忍。
② 梦淫妖：传说中与熟睡男女交合的妖魔。

说话呀！不过他强忍住，没有抓着她的外套翻领摇晃她。

"没。"她说。她的嘴起初有点下垂，但后来会意地开口微笑。

"所以她不知道我来过？"他问。

她眉头一皱。"我问过你要不要传话给她。"她说。

"现在你能告诉她了吗？"他得意洋洋地咧着嘴说。

"没问题，"她弄明白了一些情况，不免觉得搞笑，"这回最好告诉我你的尊姓大名。"

午后稍晚时分，待自己平静下来，他才意识到凯瑟琳无视他登门造访，不必为此大惊小怪。相较他臭烘烘的贫民窟，她很可能更青睐男友的蓝色跑车。他愿给她一两天；如果仍无消息，就过去施展一二祖祖法术。他一展现雄风与活力——她偷偷渴求的东西——她所有的抵御都会化作泡影。

回到家中，他绕邋遢的房间兜了一圈，看看能否动手提升外观，迅速从根本上为其形象增光。这样彻底改头换面，她怎能招架得住？他把想法写到一张纸上，可东看西看总觉得无力办到。他最终敲定了较为实际的改造方案，坐到桌旁思考重新刷墙所用的颜色。敲门声让他心脏怦怦跳，但他知道不可能是她。等到信箱格格作响，他清楚只能是卡塔——真不明白喜欢他什么。

"电视在放啥？"卡塔边问边舒舒服服地坐下。

他想，他能设想卡塔若干年后的模样——充当政府的技术官僚，得体地运营着他的部门。他会在国际性报刊上为政府买下几版广告，邀请五湖四海的游客来远离污秽市区十余英里的滨海新镇纵情享乐。该镇为非洲统一组织部长会议而建，如今能改做海滩棚屋及度假房，以充实政府里掠夺成性的主子们的钱袋子。同时，他能想见他用令人惊愕且虚伪的花言巧语呵斥世态炎凉，而老百姓绝望地等着领取一袋袋的救济粮。

达乌德讶异于自己的愤懑，但并无悔意；他盯着卡塔，见他一条腿跷在椅子上，人往后仰，恼怒地噘着嘴、发着脾气。"你最好警告警告隔壁那个粉色皮肤的老疯子，别每次我来这儿都干瞪着我。我没开玩笑……隔壁那个老不开眼的瘸腿。每次一敲门，他就在窗口出现。甭以为他年纪大，我就让他几分。这帮老浑蛋休想糊弄我。五十年前，他会一枪崩了我，没啥良心不安。"

"你搞什么？"达乌德问。这股戾气令他吃惊，即便他欣慰地注意到，卡塔总算认清了这伙退休屠夫杀戮黑人的可怕潜能。"又跟你导师搭上了？"

"没，"说着他起身打开电视，"我被困在家里，无聊死了。"

另一记敲门声宣告劳埃德到来。达乌德知道今晚剩下的时间要报销了。劳埃德朝他咧咧嘴，走过去的时候还在他肩上拍了拍。达乌德随他进屋，一边诅咒他跟卡塔，一边断定按他眼前的心绪，卡塔的举止准会像个包着脏尿布的婴儿。劳埃德站到桌边，将一磅重的苹果大礼置于其上。

"能把你难看的英格兰屁股移出我的视线不？"卡塔下令，"你让我分心。我正坐在椅子上看节目，你却过来，当着老子的面把臭腚一撅，放起你的板油布丁拌胡萝卜屁。快滚，别扫老子的兴。"

"对——不起,"劳埃德说,不过还是闪开了,"我看大酋长有点儿不高兴。"

卡塔厌恶地瞪着他,两眼紧盯,直到他果断地转身面对。"如果你不小心点,今晚就叫你屁股开花。"卡塔边说边向劳埃德晃了晃僵硬的食指。

仿佛他俩仅在互致问候,劳埃德鞠了一躬,转身背对卡塔。他从夹克口袋里摸出一本书,把它放到那包苹果边上。他瞟瞟达乌德,看看他有没有留心他的厚礼,确认后露出了微笑。达乌德闷声不响,任劳埃德拿起写有他配色设计与装修计划的纸张。

"这是?"劳埃德边问边冲达乌德挥舞着纸,笑逐颜开。"厨房:淡蓝色墙。天花板:刷白。这是啥?"

达乌德感到卡塔在转身看他;过了一会儿,见他起来拿走了劳埃德手中的纸。"是那女孩,"说着他开心地一扇大腿,"回她身旁了,是吧?跟你说,那张纸会让她嫁给你!我有数!"

"别犯傻。"达乌德说。他平静地回视他俩,但觉得自己蠢透了。

"是谁呀?谁给你这道指示?"劳埃德边问边大笑着把纸抢了回去,"周三晚上洗衣裳;每天早上俯卧撑二十五下;清理炉子。这是什么?"

"告诉你,"卡塔继续说,他笑得合不拢嘴,当着达乌德的面色眯眯地往前倾,"你上了她的钩,小伙子。我敢打赌,她一直跷着二郎腿,直到你开口求婚。一英里开外我都能给她归类。太爱干净!你很快就要在冰箱门上存听装啤酒了。酒吧不准逛,亲爱的。你只能待在家里做账,把月度预算算清楚。"

"加上生小孩计划!"劳埃德喜形于色地补了句。

卡塔转身向他,仿佛惊讶于他仍赖在那儿。突然一阵沉寂;他俩彼此嫌弃,就像过了一招。劳埃德头一抬,挑衅地绷着脸。卡塔匆匆鄙视地瞧了他一眼,怒目看着劳埃德从包里拣出一只苹果握在他眼前,好似一件护身符,能庇护他免遭毒邪。他一口咬出声,打了个嗝,再咬了一口,用自己的粗野行为跟卡塔的憎恨对着干。达乌德则一直低着头。

"你真讨厌,"卡塔大喊,气得直哆嗦,"你这头丑陋、恶心的英国猪。"

"太过分了,"劳埃德回怼,气得面色惨白。他将啃过的苹果扔到桌上,直面卡塔,两手快要攥成拳头。那张纸从他手中滑脱,飘落于地。达乌德能觉察他的惧怕,能听见他紧张的呼吸。卡塔朝达乌德耸耸肩,请他明鉴这不是他的错。他返回座椅,重又看起电视。劳埃德也坐下来,拉出一把椅子,靠到桌边把苹果吃完。

达乌德走到外面厨房泡点茶。窗开着,他从外面听到令人泄气的一声闷响,像一只足球弹在水泥地上。也许是个男孩,在夏末变幻莫测的暮色中从操场溜达回家。这唤醒了他的童年记忆,黄昏回家路上孤独地拍着球,无法弄懂的阵阵疼痛吓坏了他。他趴到窗口,想听得更清楚些。一道黑影划过空中;鸟群移动如此之快,他拿不准是否的确看见了什么。他还不想回屋里去。弹球声让他想起的,正是那个出人意料退烧康复的小男孩——虚弱得还不能和别的男孩玩耍,病得甚至无法返校;除了"缺根筋",人人都不理睬他。那个疯疯癫癫的孩子与他结伴,因为他也饱尝孤寂;预料被拒斥谩骂,他也曾盘桓畏怯。在那个十二月的早晨,眼看"老大"讥讽他发疯的举止,弃他而去。

亲爱的凯瑟琳,那一刻你该目睹我们驶向大海!可不是这个躲在发霉贫民窟里低声下气的家伙。你真该瞧一眼我的"老大"!晨光下,蔚蓝大海一派宁静,炽热阳光洒落我俩肩头。边架艇上的船帆迎着微风,我们在海面上东倒西滑,上过油的龙骨嘶嘶作响,劈波斩浪。模仿肯尼亚歌手亚辛,"老大"开嗓歌唱。他唱得非常难听,那么做不过引人发笑罢了。我们年轻、精力旺盛,于是刺耳地欢笑起来,昂首对天长啸。记得他站起来回望陆地,然后转身对我说,从这儿看它可真美。出海确实惬意,就像逃离闷热的房间,在空旷处自由跑动,肺里吸入清新空气。海水清凉,如你所想,可不像龙头里出来的温水。看着虚幻的倒是城镇。从远处看,那片著名的滨水区有着粉刷过的房屋及尖塔,恰似开发商办公室中古朴典雅的模型般整洁有序,遮掩了嘈杂污秽的窄巷。游客谈及我们的魅力,不外乎逼仄的街巷,陡峭的屋舍,以及空气里辛辣的香料气息。他们最初从海上眺望我们,隔着一段助长自欺心理的距离。从海上看,紧闭的魅惑窗户封上了人满为患的房间,将妇女隔开,不让好色男子凝视——这些都不要紧。无需走过臭烘烘的巷道,无需跨越滑溜溜的沟渠,也没有狂热的长者侮辱你。从海上看,此镇似是宜人的天堂中心。凑近些,对脏污的阴沟和改作露天便池的宅墙,你只能视而不见。凑近些,让我们看清你们肌黑还是肤白，是友还是敌。

可拉希德没有离开我去"天堂"享乐很久。他倚在艇身一侧，一只胳膊在舵柄上，另一只在水里拖曳。开始我以为他只是无聊，就换了话题。我停止谈论那镇子，转而请教他航海事宜。那也令他不快——他沮丧而恼怒地捶击着水面。可怜的"老大"，自去年他父亲死后，就一直心系他的家人。他渴望远行，但一直牵挂他妈和他妹妹阿米娜。咳，得了①——他会说——她俩靠什么谋生？

水壶在身后呜呜响，于是他转身沏茶。卡塔突然在厨房门口出现。"你没往心里去，是吧？"他压低嗓门儿跟达乌德说，不让劳埃德听，"关于那女孩……我别无他意。你懂的，对不？只是玩笑，别想多了。"

卡塔在厨房多待了一分钟，短暂热络过后，如今不尴不尬。达乌德端着茶随他进屋。劳埃德一见他进来，就在桌上腾出空间，然后开始忙着倒茶递水。他把苹果也传了一圈，撑开袋子让卡塔挑一个。他们仨于是坐定看起电视来。等歌舞女郎登台，达乌德就想走开。

"后头还有一部惊险片。"说着卡塔伸出一只胳膊挽留他。

达乌德微微一笑，躲开了这胳膊。他在厕所里似乎蹲了很久，回避无趣的电视。他原本宁肯甩开他们上楼，但给个解释的念头令他止步。亲爱的凯瑟琳，这个虚弱的农场主能提供你什么？你宁愿要辆跑车，也不要我诚挚的关爱？

---

① 原文为阿拉伯语。

"刚刚好!"他一回来,卡塔就打招呼,"我以为你把自己冲走了呢。准在那儿拉了不少屎。英国佬,咱们换个台。"

劳埃德看看他,想不出卡塔准备逼他到什么地步。他怒目相向,可卡塔大笑着起立,顾自换了频道。广告一播完,开枪跟急刹车的声音登时大作。

"惊险片!"劳埃德嚷嚷着嘲讽卡塔的热衷之物。

"那么着你得啥好处了?"他边问边回到座椅。

"这只是逃避现实。"劳埃德说,一面拿起书本。

卡塔突然尖声讥笑起来。"像你这样的白痴真该闭嘴。你要几时才学得会?"

又来了,达乌德预计。

"至少那是这个国家的法律起誓保护的,"劳埃德正气凛然地说,"也是一份我们不容许被剥夺的自由,即使担着让你们不悦的风险。没错,你笑个够吧!"

"你个傲慢的杂种。"卡塔边说边盯着电视,龇牙咧嘴地。

"也许我是傲慢,但说心里话,没人能阻止我说出想法。"劳埃德大喊,脸气得通红。

"得了,"卡塔边说边挥手示意劳埃德停下,两眼仍牢牢盯着电视,"别再宣讲《大宪章》①啦。我低三下四求学那会儿,你的同胞已经说透了。"

---

① 大宪章(the Magna Carta):1215 年英格兰国王约翰迫于压力签署的一份文件。它限定了王权,赋予贵族和百姓新的权利。

"你可能听人讲过，但是一知半解，"劳埃德说，他懊恼厌恨的嗓门儿拔得越发高了，"瞧瞧你那非洲……"

"闭嘴，行吗？"卡塔吼了声，终于把目光转而瞪向劳埃德。

"你看，假如你不喜欢某人说的话，你的反应就是叫他们闭嘴，"劳埃德回嘴，"无能的独裁者都这样开口的。就像你们的非洲祖先！就像法老们！"

"再这样，就赏你的臭嘴……"

劳埃德从椅子上蹦起来，面对着卡塔，眼里闪动着惧怕与兴奋。他就像一只巨大笨拙的野兽，准备保卫自己至死。卡塔惊得愣了愣。他瞅瞅达乌德，但达乌德没有表示。"你想干架，"卡塔说，这半是发问、半是狐疑，不过他还是站了起来，不想被对方一个猛扑逮着了，"行啊，来吧。憋了很久了。放马过来吧，丑恶的英国臭虫。我要整死你。我要好好揍你，送你进医院。等着瞧！"

劳埃德的嘴又张大了一点点。他紧张地转移了重心，两只拳头攥得更紧了。他低下头，就等着卡塔发起进攻。电视里传来一声猛烈的枪响，伴随着歇斯底里的尖叫。看到屏幕上突发的戏剧性一幕，卡塔忍不住咧嘴一笑。他再度坐下，往后一靠，盘起两腿。劳埃德一动不动，但不由自主地长舒了一口气。

"对，算你走运，英国臭虫，"卡塔边说边摇动一根指头警告，"下次想打架，找个和你块头一样的，嗯？跟你一样的窝囊废。因为如果你再惹我，老子就拧断你的狗脖子。"

劳埃德有一阵举棋不定，接着扭头关了电视。突然一片诡异的死寂。卡塔朝天花板扬了扬眉毛，又瞥了眼达乌德，等着他说点什么。达乌德依旧不露声色，希望他俩相处融洽，了结恩怨。卡塔站起来指了指电视。

"重新打开，"他说，镇静而严肃，"如果你不打开，我就揍扁你。"

劳埃德不安地咬着牙，但没有退让。"你总是为所欲为，对不对？"他说，声音发抖。他咳了咳，想遮掩软弱的语气，但此时他浑身哆嗦，脸上、胳膊上汗出如浆。达乌德觉得，如果卡塔给个台阶下，他似乎快让步了。他双拳缓缓松开，等着卡塔走下一步。卡塔忽然往前，狠狠赏了劳埃德左右脸几记响亮的耳光。没等劳埃德回过神来，他已经退出了反击距离。卡塔又指了指电视。劳埃德瞟了眼达乌德，然后快速紧张地四下张望。他的目光落在一截煤气铜管上，管子靠着桌后的那面墙。达乌德把它放在那儿，以防再生事端；数月前，三个恶棍冒充圣歌歌手，妄图强行入室。劳埃德深吸一口气，向前拎起管子。他把它在身前一亮，得意地笑看新式武器。他的双臂还在发颤，管子也握得歪斜无力。他见卡塔乐呵呵的，于是跨出一步，哼哼着抡起管子在空中挥舞。劳埃德往前一倾，蓄势再次甩动这根金属棍。他两腿迈开站立，有点儿神气活现，仿佛这辈子他一直是个凶恶老到的街头霸王。他朝卡塔又虚晃一枪，咧着嘴看他往后一跃。

"现在笑不出了？"劳埃德轻轻发笑，"我以为你们这帮人会永远笑个不停。"

"早该把你这头英国猪揍得屁滚尿流。"卡塔说。

"行,为时不晚嘛。我只是个窝囊废,只管过来取命!加油,你他妈的狒狒!"劳埃德叫唤着,享受着每一个词,"你打算把谁的屁股揍得稀巴烂?得了吧,你个黑杂种!你娘的笨蛋!大爷在这儿!来宰我吧!"劳埃德将双臂张开,右手捏着管子。铜管甩过空中,跟裸露的电灯泡差了几英寸;劳埃德扫了眼灯泡,方又两手抓牢管子。卡塔愤怒地露出牙龈,知道本应朝他冲去。"你这个傲慢的黑狗屎。"劳埃德边闹边两脚交换重心,想煽动自己陷入疯狂。他的脸一直在动,时而扮鬼脸,时而缩成一团,说话间两片嘴唇抽抽搭搭,嘴角开始出现小小的唾沫星子。"我喜欢砸开你那漂亮的脑袋壳,该死的猢狲。尽管试试,黑鬼!看看我敢不敢把这玩意儿插进你的黑腔。"

"这下你死定了。"卡塔淡淡地说。

达乌德明白卡塔正等着劳埃德骂完后又惧怕起来。

"这下你死定了,"劳埃德一边模仿,一边嘲笑卡塔的威胁,"你甚至不懂怎么说话。瞧,你不过是个……是个蛮子,只会吓唬人。你就那点本事,卡特·本森-煞白脸,一个恰当的奴隶名字……"

卡塔咆哮一声挪向前。

"老天!行了!我要打瘪你的脑瓜子。马上!只管来试。让你这样的牲畜当奴隶就是施恩,杂种。丑陋的黑鬼,狒狒!"

卡塔看看达乌德。"听到了吗?我怎么跟你说的?抓破一个英国佬的皮,你发现底下是那种畜生。知道他现在想干吗？赏黑鬼一拳，然后去死。你引狼入室，他就每晚坐在这儿，眼下是东一句黑狒狒西一句黑鬼。"

"不对！"劳埃德朝达乌德大喊，"没说你！我没那个意思！"他试图说些别的，但他的嗓音在喉咙里打滚，出来的仅有模模糊糊、时断时续的声响。他再度尝试，一道口水作一道弧线飞过眼前。他羞惭地垂下双眼。卡塔上前一步，从他手里夺过管子。劳埃德哭丧着脸，两眼泪盈盈的。

"上一秒饰泰山，下一秒扮简。"卡塔说。他将管子扔到身后，迅速扫了眼达乌德，看看他是否会干预。他上前捶劳埃德的腹部，疼得他弯下了腰。他把他拽直，向他微笑，幸灾乐祸地看着那张肿胀的、淌着泪痕的脸。他反复痛击劳埃德，绝不手下留情，追着他在房间打转——时而栽进家具，时而和达乌德撞个满怀。劳埃德最终栽倒在地，又怕又疼地直流口水，脸上挂了彩。"起来！"卡塔咬牙切齿地说，他脚跨劳埃德之上，绷紧铁拳。"那一拳替我的奴隶爷爷，"他边说边盯着劳埃德的脸浮起红肿，"这一记算我账上。"他转身拣起金属管。劳埃德瞅瞅他，向达乌德尖叫。卡塔挥动这根棍棒，重重地落在劳埃德肩上。劳埃德一声尖叫，再向达乌德求救。卡塔瞄了眼，观察达乌德会不会让他俩罢手。他见达乌德不表态，于是瞄准劳埃德的臀部又挥起棍子。劳埃德痛哭着，疼得厉害却没人搭理。

"他会没命的。"达乌德说。

卡塔拎起劳埃德，把他顶到墙上。"黑狒狒的日子到头了，"他告诉他，"现在给我滚！"

"停下！"达乌德说，"如果你完事了，那就放手。"

卡塔停了停,等达乌德解释一番。达乌德默默起立,等他离去。在那个小房间里,他们互相挨得很近;达乌德看到卡塔的得意劲儿被惊讶取代。

"你动过手了,现在饶了他!"达乌德生气地说。

卡塔难以相信地注视着达乌德;他猛地回头,最后揍了劳埃德的肚皮一拳。劳埃德抽泣地呻吟着,又顺着墙滑倒了。卡塔怨恨地看看达乌德,收拾东西走人。达乌德一直等着,直到听见人行道上卡塔的脚步声在夏日渐浓的夜色里越来越轻。接着他搀劳埃德来到厨房,在水龙头下把他弄干净了点。洗去最脏的血污后,他劝他坐椅子上,给了他杯喝的。

"对不起。"劳埃德说,缓了口气。

"等感觉好点儿了……能正常走路了,你最好回家歇歇。"

趁劳埃德靠着椅子恢复,达乌德把家具重新摆好。他发现了装修清单,小心翼翼地折拢,放入衬衫口袋。似乎过了一年,但其实才刚九点。他见劳埃德打起瞌睡。他觉得暂时离开为佳,虽然他情愿他走。他会给他半小时,然后唤醒他。争斗之苦令他愕然。他现在对自己的缄默心生反感,可决意听任他俩彼此厌恶。因此他通常干预阻止动手斗殴。他意识到自己并非真的期待他们打架,并不理解他俩的宿怨濒临一触即发。他根本没指望劳埃德取胜,但也没料到卡塔的狠劲。就因为一个胆小鬼奚落了两声他是狒狒?为这个用金属棍将人击昏?

半小时后,他把劳埃德叫醒。他希望他走,为此已忍了好几回。他想独处,在头脑中写几封错乱的信,用孤寂把自己逼疯。

劳埃德勉强恢复了知觉;疼痛重现,他喘着气哀号连连。"抱歉。"劳埃德说,一面揪着达乌德的胳膊。

"走吧。"达乌德轻轻挣脱他的胳膊,但还是拒绝了劳埃德的请求。达乌德的手摸着劳埃德发烫的额头,好像他发烧了。达乌德帮他穿上夹克,引他走向门口。"你自己走回家还是要我送?"

劳埃德摇摇头,颤颤巍巍地挨着墙走。达乌德稳住他,琢磨着是否真该陪他去医院。卡塔有几拳貌似果真击中了要害。一连串叫唤呻吟后,他可不愿邻居们报警称目睹有个鼻青脸肿的人踉踉跄跄走出他家门。

"我为我所说的道歉。"劳埃德说,一边又抓住了达乌德的胳膊。

达乌德点点头。"嗯,我明白,不过你现在最好回家去,"说着替他开了门,"你觉得走路没问题吧?要陪你去医院不?"

劳埃德摇摇头,默默离开。

15

他把灯一关,步入通往上方卧室的通道。楼梯上积了灰的地毯散出酸腐的气息——一股廉租房的味道。他摸索向上,预料在室内徘徊的汗臭味会钻进鼻孔。他躺到床上,翻了个身,就觉得鼻孔里断了根筋,鼻子开始出血。他用根指头捂住鼻孔,一边找块手绢。他能感到整只手变得湿热起来;当他将手移开,他知道上面全都是血。

他静卧着,让血流出。他自认为坚忍不拔;管他呢,他想,身子里血还多的是。他笑看这些事一股脑儿地降临:就像蚊蝇,厄运常常接踵而至。过了片刻,他挪到床沿,在地上摸来摸去,寻找寒夜里睡觉时穿的衬衣。他用它抹了把脸,接着把它盖到身上,闻着那熟悉的麝香味。血有些顺着脖子流到了枕头上;他擦了擦,扔了脏枕头,这才再次躺下。

同样的事先前发生过一次。当时他们正排队购买肯尼亚对阵乌干达的戈萨奇杯①球赛门票;定是激动或拥挤所致。前一分钟他还站在队列里跟朋友们谈笑风生,后一分钟大家就惊恐地纷纷躲开,直指他流血的脸。"老大"将他拉到一旁的高坡上,给他买了份冰镇罗望子汁。随后"老大"开路,他俩轧回了原队,还朝抗议他推推搡搡占位的人们高声叫骂。

他真有点儿像他爸,达乌德想。他有时过火了,和飞扬跋扈差不多。他像在角色扮演,忙碌地似生父般给予他所企望的多余慈爱。父亲死后,他得体地悼念,但不肯表现出肝肠寸断的儿子的悲恸。他拒绝男子服丧时嚎啕大哭——仅哭丧本身便能证明家长去世带来的无尽忧伤。在小清真寺②举行的葬礼上,他镇定地履行遗属义务,仿佛在纪念一位远亲逝世。他伫立在清真寺的一根立柱旁,待吊唁者上前致以慰问。一个老汉朝他走来,悲痛万分,哽咽得直哆嗦。他久久握住拉希德的手,对他说了几句,又伤心地摇摇头。拉希德始终没有回应,几乎有些腻烦;他死死盯着老汉,眼露猜疑。老汉失望而去,一边还摇着头,不明白发生了什么,使年轻人如此冷漠。他像个渔民,也许和拉希德父亲交情不一般,对他有所亏欠。拉希德已转过头,没多瞧一眼,等着跟下一位吊唁者握手。其他那些吊唁者不过走走过场,握握拉希德的手,安抚耳语一二。也许他们内心无比哀愁,但出于礼节忍住了。比死者的遗属更显悲苦自然不妥。

祷告期间,我真希望他掉几滴泪,如不为他自己,也为那些听闻其父死讯而忧心颤抖之人——并非因为他们哀悼一位完人故去,而是因为一想到也踏上了这条不归路,他们不寒而栗。可拉希德脸色生硬倔犟,带着份誓不退让的冷静。一个十六岁孩子参加父亲葬礼,怎能面无表情?后来他说,

---

① 戈萨奇杯(Gossage Cup):1926至1966年间肯尼亚、乌干达、坦噶尼喀与桑给巴尔四队进行的足球锦标赛,由联合利华旗下的肥皂生产商戈萨奇赞助。
② 原文为斯瓦希里语。

那个同他握手的老汉只是个常到他们家蹭吃蹭喝的懒汉，因获赠他们也浪费不起的残羹剩炙而感激涕零。至于不为父亲落泪，他说因为无所触动。他也想哀思一番，也想啜泣时有邻人双臂抓牢他的胳膊；可他未感悲伤，仅觉一份恼人的责任。如今他一肩挑起穷人家的重担。他说父亲对他们都很严苛，一时兴起便无缘无故打骂他们。他竭力阻止拉希德上学，讲他只会学到基督徒的教义。六岁时，父亲按老传统让一个小店主收他为徒。店主是个老汉，老态龙钟却放任他的色胆。他让拉希德共用他那恶心的床，抚摸他，还试图说服他张开双腿，露出他想塞进肛门的那玩意。拉希德不肯答应，抽噎着将老变态击退。老汉把他关在黢黑的储藏室里两天，时而来门外低语，狎昵讨好几声。拉希德曾坦然提起此事，一边耐心听我惊呼，好像就等我喊完。他总以为我无知得很。

他父亲周五下午来接他，带他去清真寺参加礼拜五①祈祷，却发现他躺在污物中，虚弱得又饥又累。父亲立马操起棍子去找老汉，但拉希德不肯原谅那恐怖的一星期。所以他说，老杂种死了他真的很高兴，即使这话听着冷酷无情。我说的确如此。他听上去似乎缺乏怜悯，好像他父亲不值得宽宥。我说你不能对一名死者耿耿于怀，毕竟这事已经过去了。他该找谁理论？他问我，扮成微笑宽容的老大哥。有时候我不明白为何喜欢你，我朝他叫嚷，被其举止激怒。你该为他祈祷。一名死者——尤其是一位父亲——需要我们的祷

---

① 原文为斯瓦希里语。

告。敬重父辈,真主这般告诫。但拉希德只微笑着摇了摇头。他说祷告根本帮不了老混蛋。料他抵达在望,地狱天使准会开心地直搓手,他说。我告诉他,不能那样说他父亲。他觉得我不理解,因为我自己父亲对我们关怀备至。他是位慈父,我说,可如果你向他讨一个先令去看电影,他会变得非常小气。这本是句玩笑,拉希德一笑而过,但我却突然对自己背信弃义感到阵阵愧疚。总之——我飞快地说,不愿去想我诋毁父亲的样子——希望你父亲下地狱似乎还是欠妥。被烈焰与无尽的煎熬吞噬,那可不是闹着玩的。他沉默了好一会儿,貌似不愿为那无穷的痛苦操心。但我知道他只是拒绝回答,随我的便。

父亲的死突然把责任压到了他肩上,这并不真的属实。母亲和小阿米娜始终是他的牵挂。只要说起离别、谈到将来,我们的计划总因为担忧他家人而泡汤。那天在船上,惹恼他的正是这点,虽然起初我以为他听厌了我扯镇上的事。

"她们该怎么办?"沉默半晌后,他问,"一想起来我就害怕。千真万确!每次想到我就觉得在做一件可怕的事。有几晚我睡不着,只要开始……我妈还没吭声,但我知道她忧心忡忡。可这儿有什么?我能在这儿干吗?"

"你不会一去不返。"我说,努力宽慰他和我自己。突然,船帆被风刮断,小艇为之一晃。"老大"轻松地重新控制了它;他看看风帆,检查是否受损。他皱皱眉,有点懊恼它存心添乱。

"怎么了?"我问。

"旱季①开始了,"他说,笑看我惊恐的模样,"起了季风②。风会这样刮上几日,然后逐渐平静。你可真蠢。每年十二月它如约而至,你竟浑然不知。潮水涨得更高,海风更加清新,海浪越发起伏不定……直到大海习惯了季风。别担心。"

"没担心,"我说,"反正你不像是要一走了之,你会回来照顾她们的。"

"你太轻信。"他望着远方说。

我讨厌他那一点:每当他觉得我的话幼稚,就那样调转身子。我也能分辨时节标志,也能看清威胁我们的风险,只是吃不准它们有多迫近。

"随着独立,这儿要出乱子。我已经听见一些可怕的议论,"他说,"总之我妈在老去……"

"你是指骚乱什么的?"我问,像往常一样害怕再三预言的暴力。

"不清楚,"他说,佯装漠不关心地耸耸肩,"但假设我不在时有事发生。"

"什么意思?"我问,想要他说明白。

他翻翻白眼,企求耐心。"杀戮呗!这儿会有杀戮!瞧瞧局势。阿拉伯人和印度人占有一切土地跟生意。黑人则充当奴仆和苦力。我和你两边都沾一点,置身事外。你以为这能维持多久?别像那帮民族主义分子一样糊弄自己。日子一

---

① 原文为斯瓦希里语。
② 原文为斯瓦希里语。

到,我们奴役了几个世纪的这伙人将起来割断压迫者的喉咙。于是印度人回印度,阿拉伯人回阿拉伯,你我又何去何从?"

"我们怎么办?"

"我们会送命,"他说,"我们自以为在这儿比他们待得更久,有谁在乎?他们会告诉我们这是非洲,属于他们的非洲,不管我们在这儿的日子比他们长多少。有些生而为奴的人依然健在;他们的父母活活跟故乡分离,套上锁链押到这里。我们如何是好?下场就是没命。"

我听他说着,一边能感到泪水刺痛了双眼;不是为我自己,而是为我们的家园和百姓忧伤。"老大"朝我投来警告的眼神,要我挺住,不用悲悲戚戚,接着一拍我的大腿,让我安心。他探身向前,和我双手紧握。"我一走五六年,当个林务官,不料回来发现母亲已故,妹妹成了妓女,又有啥意思?"

达乌德撑着一只胳膊肘坐直,抬起头侧向一边。他突然意识到一阵脚步声来到他的窗下。准是劳埃德折返,在他家人行道上来回踱步。他等啊等,但始终一片寂静,乃至于他开始琢磨最初是不是错觉。天色尚早,他的卧室还亮着灯,恭候劳埃德叩门。他能想象,他回返只为了避免不得不对父母解释。敲门声一响,达乌德做了个怪相,但他的身体已做好了起床准备。

凯瑟琳站在人行道上。他默默注视了一会儿,随后松了口气。他敞开门请她入内,出乎意料的喜事让他合不拢嘴。她对这欢迎微微一笑,脸上显出尴尬。她移步向前,方见他胸口血痕和手中血迹斑斑的破布。他忘得一干二净。她眉头一皱盯着他。

"流鼻血。"他说。

她脸上故作恐惧——她可是每天都给断腿残肢抹消毒剂的。她进到屋内，搂住他。"疼不疼？"她侬偎着喃喃私语。

"一点儿不疼。"他说。她的声音隆隆穿过他的身子，令他激动。

"好勇敢！"她说。

最后他将她轻轻推开，担心她的衣服留下血迹。她挨着桌子坐下，累得直叹气。

"才刚下班？"他问。

她点点头。"宝拉给我留了个便条。她说有天晚上你来过，而我不在。没事吧？你还好吗？"

她叹了叹，仿佛希望自己演一场不同的戏。一出不太复杂的，他猜。从她扫视他的样子，他料想她期待他成熟且令人宽心，别高声诅咒谩骂那些男友。"好不好？"他问，几乎要为超级健康鼓掌。"我当然好啦。没事！就这么点血。我给你弄点茶。"

"我不要什么茶，"她皱皱眉，"你为什么来找我？出了什么事？"

她的犀利起初让他费解。也许她只是疲劳，他想。也许她劝他本周别来，他却又上门，让她恼火。他见她的视线重返他胸前的血滴。"我来找你，因为想和你谈谈。我想见你一面。"他说。

"谈什么？"她问。

"你为啥这么心烦？"他微笑着问，因为她希望他假装伤心。那便是她发火的原因，他想，生着被看作小滑头的气。"我只来瞧你一眼。家乡有人来信，带回往事一堆。我想如果你能抽空出来喝一杯……我们也好聊聊天。"

她叹了声，又点了点头。"我听着。"她说。他发现她不再努力克制自己。

"没想到你把事情复杂化了。"他说。

"你有什么要告诉我？"她问，泪水开始流出双眼，"哦，女人为什么非得这么伤感！"她从脸上抹去泪珠，用力抽抽鼻子，试图恢复自控。他急忙过去，跪在她旁边。她的头垂到他肩上，含混不清的嗓音在他耳畔回响。他还是沏了些茶；等她从洗手间回来的工夫，他喝了自己的，还喝了她那杯。

"抱歉我当时不在。"她回来后说。

"他是谁？"他问，不想一直带着隐隐的伤痛等下去。

她叹口气，面朝他坐在桌旁。"你不想跟我聊聊你的信吗？我总是自说自话，不给你机会。"他一言不发，面露苦笑等着她说下去。"他名叫马尔科姆。我们已经认识大概六七个月。我打算告诉你的。"

"你没提起过。我一点儿都不……"

"我打算跟你说的，但定不了时间。"她笑呵呵地说。

"有什么好笑？"

"今晚他会来找我，"她说，"我们约好出去喝一杯。很可能去黑犬那家。我们是那儿的常客。这个我也没跟你说。

我们计划八月初一起外出，开车环游法国及露营。"他的蔑视已令她不安。她茫然看着他，等他把丑话说到底。

"他有辆蓝色跑车？"他问，想要揭晓最不堪的真相。

"白色迷你①。"她说，眉头一皱。

"他是个农场主？"他边问边微笑起来，"你提到游艇俱乐部的时候，我想象他是个开辆蓝色跑车、年轻有钱的农场主。"

"那儿我只去过一次。"她说。她眉头一紧，不过他觉得那只是吃惊。他已经可以看见她双眸深处闪动着愉悦。"他是这家医院的医生，年轻有钱，又是帅哥——每个年轻护士的梦中人。他百里挑一看上了我，我怎好拒绝？"她沉默良久后再次开口。"说点什么。"她说。

"克罗斯和艾德里奇落选了。他们让他俩站在那儿，迎战最后一轮猛攻，然后就开了两人。那个布尔佬可真行。他懂什么叫喀土穆精神？第四场测试赛本周开打。"他见她一脸困惑，便解释一番。"他还会在你家等着？你想去找他吗？"

她朝他靠拢，牵着他的手。过了好一阵她才回应，对自己踌躇不决又气又恼。"我不知道，"她说，"一切都来得太快了。"

他点点头，被她的迷惘鼓舞。

"你叫我怎么办？"她问，请他拿个主意。

"待着，"他说，"明天他就回来。先别动。"

---

① 迷你（Mini）：宝马集团旗下豪华小型汽车品牌。

"对,"她点点头。

我们望见远方有艘汽轮,他告诉她,从镇上开来。甚至间隔那么远,它都显得老旧笨拙。我们注视着它前来,但它似乎横过我们向北驶去。随着它抵近,我们看到船的四周有女子走动。她们太远了,我们认不清,但瞧穿戴显然是富家女。轮机咯噔一声,吓得这群女子闪到一边,令拉希德暗暗发笑。船上站出来几个男的,穿着蓝色天鹅绒背心,戴着深绿色金边墨镜。他们从古老的测距仪那儿朝我们挥手;我们将手贴紧耳朵,想听清他们在冲我们呼喊什么。他们身后有一小队破衣烂衫的孩童干端糖果倒咖啡的活儿。离开陆地那般远,这些女子居然还披着布侬布侬①。这天出游有健壮的侍从和按动相机的兄弟姊妹作陪。

我们继续静静地航行,鲜有言语,轮流寻找船帆的阴凉以躲避日光。最终拉希德又开始歌唱,把斯瓦希里语和英语曲子混在了一块儿。他勉强来了段《统治吧,不列颠尼亚》,直到我一瓢海水泼得他住嘴。

抵达岛上。灌木丛中即兴一蹲,脊椎暂时前凸,双膝弯曲——"老大"要求,玩起了我们喜欢的背词典游戏。他已经查过这些词,为此次荒野之行做足了功课。咕哝着喘着气,他设法比我更快获得极乐境界。在隐患重重、筑起沙坝的海滩上匆匆一浸,洗去细屑,接着朝昔日帝国摇摇欲坠的堡垒进发。

---

① 布侬布侬(buibui):东非穆斯林妇女的穿戴。由黑长袍和只露出脸或眼睛的黑头巾组成。

"帝国名义上烟消云散,""老大"慷慨陈词,装模作样地颤抖着,"我们是新殖民主义可悲的牺牲品,以后将长期如此。这一天早晚会来到:野蛮的统治民族将再度离开烟雾缭绕的北方诸岛,到这些海岸重掌命运。"

我们回想起那名传奇的皇家海军军官。他完全一边倒地无端炮轰我们以海滨著称的城镇,把姓名载入了史册。被这一勇敢举动弄得筋疲力尽,他漫步于这座地图上没有标注的苍翠离岛,试图抚慰他崩溃的情绪。我们如今踏足的是同一座岛,可他是第一个意外发现它的欧洲人。由海军陆战队严密护卫,他徜徉于青山之间。该岛充当监狱的潜质立刻引起他的注意。他自认为懂点儿考古,在岛上的短期研究使他确信,此地于远古时代就被用作关押场所。有关这个主题,后来他撰写过一部极薄的专著,由驻中非大学布道团①出版,在皇家地理学会的阅览室引发了关注。

出于这名海军军官的残梦,"老大"读起了《人生颂》②,他意味深长地流连于"你本是尘土,必归于尘土"一行,又情绪激动地哽咽着唱了另一段《统治吧,不列颠尼亚》。距我们一直围绕站立的土丘右侧若干码是一根坚固的杆子或木桩;它牢牢插进地里,高达七英尺两英寸。"老大"推断,罪犯在受刑前,均被缚于此柱。他似乎并不知晓

---

① 驻中非大学布道团(the Universities' Mission to Central Africa):牛津、剑桥等大学中的英国国教成员创办的传教组织。曾在桑给巴尔、尼亚萨兰(今马拉维)等地传教。
② 《人生颂》(*the Psalm of Life*):美国诗人朗费罗(Henry Wadsworth Longfellow, 1807 - 1882)的诗作。

布伦特在这一领域的发现。用蛊惑人心的方式——右手紧扣胸膛，左手轻轻放在柱上——他详加阐释。粗制器具残余的废料常被用来惩罚反抗北方某岛殖民地总督独裁统治的轻微罪行。他拒绝进一步说明，但乐于猜测这可能是短暂占领非洲大部的英国帮的分支。再次迅速左右移动，并一度仰卧几秒，他力图证明这根惩戒桩或图腾柱可能是蛮族重要仪式的一部分。一声令下——他非要我发令——他的脸颊被一阵齐射击裂。"那将教会这个黑鬼浑球下次交税。"他总结道。

我不敢苟同。我承认这柱子明显是残余废料，但倾向于认为它更容易让人联想到印尼茅草木柱子的风格。这有个好处，能和布伦特的发现一致。在往日一片泽国的平原、如今为大型动物猎手钟爱的干燥高原上，一架悦耳的里拉琴于一九二九年被英国驻东非沿海考古远征队发现——队伍由二等圣迈克尔与圣乔治爵士①布伦特率领——以确认印尼曾大规模侵入非洲这一学说。该乐器非本地器物无疑。那一时期占据此高原的原始土著，无人具备制造如此精妙手工艺品的本领。在同一岛屿的溪谷口，布伦特爵士找到的头骨碎片表明混沌之初便有人类活动，可从公元前八千年算起；那之前并无涉及。

我们轻松找到了布伦特溪谷；"老大"又蹲了下来，差点儿被这气味呛住。我询问了几句他的饮食，简单警告了他一声卫生标准不可马虎。我照搬我妈在这方面的一贯言辞。

---

① 二等圣迈克尔与圣乔治爵士（Knight Commander of the Order of St. Michael & St. George）：英国的一种勋位，一般授予功勋外交官。受勋者可将缩写 KCMG 附于名后。

在一个野草与野番茄蔓生的棕榈园里,我们发现了一座地下城镇。我们驻足研究该聚落的规模及其定居者的职业。我们本打算擒获一小撮野人,自在地折磨并将其解剖,不料不受欢迎,被青面獠牙的蛮子猛追,直到被疲乏跟饥饿拖垮,栽倒在一棵芒果树下。地面有刺鼻的腐叶土、腐烂的腐殖质和恣意渗着汁液的熟芒果。我们将此地命名为"芒果园"。厚靴子"老大"被选去高处,为挨饿的教化民族充当先锋骗取赏金。地上的芒果懒洋洋的、心满意足的,在一大群苍蝇底下散播着痢疾。船长回来时眼里还有鸟粪——一只聒噪的杂色乌鸦给的奖赏。我们跪倒在地,不光彩地悔过,跟苍蝇争夺芒果。真主在我们这边。

"老大"将战利品上的灰尘掸去,而我满脑子想着卫生。我把饥饿搁置一旁,警告贪婪会毁了他。"哦,妈妈在我心中,"我祈祷,"现在就需要你。实话对我说,卫生的源泉哪,转眼我会饿死,还是得痢疾死掉?帮我擦屁股的人哪,我通常排除万难听你的话,可如今有个声音在心中响起,诱惑我把小心二字当耳旁风。会不会是撒旦——阴毒的恶魔——拼命撺掇我不听你劝只管吃?"我偷偷溜进树丛,愧疚地贸然狼吞虎咽起禁果。大地雷霆震动,可我不管不顾,满意地尽情享用。

我跪下来等待霹雳;"老大"旁观着,一副异教徒的惊愕。"我看清了自己的错误行为,"我低声耳语,"我知错犯错。我所做的一切招来你的愤怒,没有资格求你高抬贵手。原谅我吧,就原谅一次,卫生之母。我犯了罪过。"卫生之母手下留情。我们离开了那个险恶的果园;我自己克制而懊悔,"老大"则饱餐一顿,兴高采烈。

瀑布到了。作为进步的标志和悠久印尼文化的证据,似乎应该有座磨坊。两脚泡进小瀑布底端的池塘,少年开心地踢起水花。我们喝了口脚下的水,走向池塘中央湿滑的礁石。礁石半没于水,好似沾满黏液的甲壳动物。我们单手叉腰摆好姿势合个影,给家乡列位瞧瞧。此岩我们取名为"去他个鬼"。

坐在起伏的瀑布下,我们凝视着昔日航海家必定见过的景象。在这同一场地,一位印尼苏丹曾经站立,凭人类凝视的力量洞穿大自然令人费解的面纱。振作些,"老大",相信你那果敢凝视的力量。多少人曾站在你我所立之处,对我们所见却熟视无睹。我们获真主垂爱——我无比谦卑地这么说。天命如此。我们坐在满盈的池塘边,遥望浩瀚无穷的世界,或虚心思索,或愚蠢地假装白日做梦。已故大师们的预言在耳畔如铁砧般叮当作响,一则证明我们民族的命运,二则在审判时坚定我们的自尊。我等不可盲目自我肯定,亦不可贪恋俗世。我们的任务比我们所有人都要紧。

不久,时候到了,得离开瀑布营地那片避风港,继续我们最后一程旅行。"老大"探路我殿后,因为遭遇突袭的念头仍使我们忧心,袭击者恐来自先前我们搅扰过的地下城镇。看着咱们的船长从树丛中劈开道路,我又琢磨起万能的真主为我们安排的天意。但不管怎样,我知道在实现我们的民族重任方面,我们都出了一份力。

我们来到留下边架艇的海滩,下去游了个泳。按规矩行沐浴礼,"老大"提议,接着像个发狂的祭司在水中四处扑打。他朝天上呼喊着奇言怪语，以一种离奇脆弱的姿势高举双臂。灵魂已得净化，他在海滩外轻轻划水，而我站在齐腰深的水里，洗去身上的污垢。"老大"无缘无故加快了划水的节奏，开始全速游动。

"别显摆。"我叫道。

他挥挥手，大大的笑脸浅浅投到海面。他朝海滩转向，踩了踩水，然后往近岸冲刺。我又对他高喊，让他别卖弄，但他可能听不见。他奋力出水，心满意足、沾沾自喜地咧着嘴。

"你喜欢那样子？我佩服得很，"我说，"也许有一天你长大了，会意识到炫耀好幼稚。"

他一头倒在海滩上，仍旧嬉皮笑脸。我们在阳光下坐了会儿，一声不吭。突然他咯咯发笑。"我能游到镇上，比你驾船还快，"他说，脸上容光焕发，"如果不信，打赌好了。"

"我信。"我说。他经常那样吹牛，所以我没在意。等我们把船推回水中，我先跳进去，再帮身后的"老大"上来。船立刻吃住了风；一旦航行安全无虞，咱们稳稳前进，"老大"便一声再会、跃入海里。

"镇上见。"他在水中边笑边嚷嚷。

我叫他别傻，可他已经出发。我站在艇上呼唤他，焦急地大喊他的名字，越来越生气。忽然，一阵狂飚将帆张开，逼我吃力地掌舵。风暴之猛烈出人意料。帆往前鼓出，把船吹过岛屿，逆城镇而去。我努力操控舵柄，差点儿翻船。我恐惧地坐着，船载着我加速，如同一只狂暴的野兽。我想过把帆降低，可我一松开舵柄，帆就猛地摆动，于是我只能又抓牢舵柄将船稳住。我诅咒这个傻瓜和他的卖弄。本来他知道怎么办。我们仍沿着岛屿前行；我能预见自己正被吹到海里，将惨死于鲨鱼之口。我努力镇定。别慌张，别慌张。我试图想象自己牢牢掌着舵，坚定不移地挺住，脸转向浩瀚的海洋。我们正开始把岛屿甩在身后，仍然飘往远离城镇的方向。接着，风暴突然平息，就像突然起风了一样。我冲向船帆，把它降下来。

我找不到他。我呼唤着、喊叫着，声嘶力竭。我试着调转船头，重返海岛，但我一升帆，风就把它张开，带我反方向而去。我一筹莫展。

你甩了我，"老大"。那一刻我明白你离去了。你故伎重演耍把戏，眨眼间抛下了我。无缘挥别，道声珍重。我站在那儿呼喊着你，唤你回来，可我知道你已不在。"老大"，你怎么了？哦"老大"我的"老大"，我坐在那艘船上，双膝抱在胸前，束手无策，深知有负于你。我坐在那艘船上，怕得要命，担心你遇上麻烦，而我什么也帮不上。对我来说，这船太大，这水太深，而你却不见踪影，"老大"。我一直呼唤你，却正在离你远去。"老大"啊"老大"我的"老大"，你游向陆地，想让我出丑；我觉得自己真蠢，可你去了哪里，"老大"？你甩了我。你甩了我，我迷了路，"老大"。我绞尽脑汁，但无法朝你调转船头。你会赞美它的力量，"老大"；你会赞美它的力量——甚至当你嘲笑我的时候，你也会赞美的。还有什么好说？我尽力了。

接着我想也许我就是个傻瓜：你平平安安，在去镇子的路上。转念一想自己永远回不了家,你的行径让我火冒三丈。"幼稚的杂种!回头找你算账!"我站在船上痛骂,但我始终清楚你已一去不返。如今想起你,我仍为你落泪;困难时记起你,我还为你哭泣。还有什么话讲?我总算到了陆地,不知怎么回事。海风和潮汐送我绕过北面的岬角,拖我上了岸。

你错过了最糟糕的,"老大"。

登陆时是晚上。我知道在姆布韦尼①附近某地,因为开始靠岸时天色还亮,我认出了悬崖上的印度教火葬场,四周环绕植被的阴影。上岸时夜幕降临。我顺着海滩走,好像一英里接着又一英里,为泊船处是否安全担着心。我正匆匆赶路,想弄清你来了没有。我没能通过高尔夫球场。几名男子用棍棒和石块打我。他们告诉我日子已经到了。他们扬言这一天所有阿拉伯人都会遭报应。当时肯定有六七个家伙。我能看见进城的路横贯高尔夫球场,街灯把它照得亮如白昼。我疼得难以形容。他们先用棍棒揍我。我以为就头几下疼,不料他们越打越凶,就疼得受不了……最后他们把我抬起,头朝上架着,逼我看站在跟前的那个人。他说了些什么,但我没法理解。他不慌不忙地用棍棒瞄准,轻松地把它晃来晃去,就像高尔夫球手在练击球一样。我合上双眼,全神贯注于骨骼的疼痛和满耳的惊慌失措的嚎叫声,我的脑壳里全是那人的仇恨。

我以为我死了。我在海滩上醒来。也许他们把我拽到那儿,想淹死我。一侧身下,沙砾和血块凝结在一起。我挣扎

---

① 姆布韦尼(Mbweni):桑给巴尔岛中西部沿海城镇。

着坐直，黏稠的血从脸上滑下，滴落到胳膊上。空中传来枪响。起初我没辨出，听上去像是儿童玩的玩具枪。一辆汽车沿马路向镇上飞驰。我挨着海滩艰难前行，时而停步用海水清洗伤口。我怕极了，不敢上路求助。我知道我能回家，只需一路顺着海滩，绕到镇子的另一头。一直走到尚加尼①，我才被一大群扛着砍刀和枪支、凶神恶煞的男子拦下。他们从哪儿搞到的枪？我无力逃跑。他们说我是兵营的一名卫兵，要毙了我。他们声称已攻占兵营，总理已投降，被他们打得半死。这一天已经来了，他们说。苏丹已逃到港口附近的船上，他们说，如果逮着他，他们会扒掉他的衣服狠狠教训他，再给他的屁股填满炸药。天亮前，所有混账王八蛋都得死翘翘。他们告诉我，我活该跟其他人一块儿死。坏种②！他们说，如果我不是兵营的人，那些伤口哪儿来的？宰了他！他们说宰了这混球！他们说，等他们完事了，我们一个活口不留，我那样子抖个不停干吗？他们说这家伙是个同性恋③。干他，再补他一颗枪子儿。他们说咱们没时间了，现在就崩了他，别等豪宅都落到别人手中。他们说如果咱们不加紧，好东西就全没了，美女就全糟蹋了。他们说别在他身上浪费子弹。来吧，让我用枪解决他。嘿，他们说，抬起头……可我太累太虚。他们揍我、朝我撒尿，留我倒在海滩上，昏了过去。

---

① 尚加尼（Shangani）：桑给巴尔岛西海岸中部一半岛。
② 原文为斯瓦希里语。
③ 原文为斯瓦希里语。

16

瞧他哭得像个伤心的孩子,凯瑟琳左右轻轻摇了摇他。她才真的是个孩子,她想,但他想看见她脸上有泪可不容易。似乎没有注意到她,他呜咽着,急促地、痛苦地喘息,就像临终之人最后倒上几口气,孩子一般埋怨冷漠的世界。他终于不哭了,在黑暗中默默躺在她身旁,久久不说话。她感到他开始打盹,自己也渐渐入眠。待她醒来,天已放亮;他正端坐一边,等着她睡醒。是她先开的口——她心里惦着大海中的那个男孩。

"你找着他了?"她问,"告诉我你怎么找到的。"

他没回答,但转头看了看她,表示他听见了。他猛然发现她有多迷人;她的身子闪着健康的光泽,熠熠生辉。相反,他疲惫不堪,一脸病容。她清爽快活,而他灰头土脸,浑身作痛。

"实在难以置信,"她边说边支起一只胳膊,又往前挤了挤,贴紧他,"把听来的联系上本尊。你看见某人,你把他当作一个男人,一个女人,或要小心应对的随便什么人。你永远料不到他的过去,或有什么不幸令他心碎。也许甚至那种设想都过分了。为什么非要有内情?你把人想成那样,倒不是说你没事。一切都乱七八糟、四分五裂。但你认识他们。他们脸上带疤,眼神怪异,神秘兮兮。"

"你还想象他们住在又黑又脏的房间里,不堪入目地虐待自己和心上人,"他替她说完。她想抗议,但他举手微笑着阻止,"你有什么过去和不幸?"

"它们太平淡了,好像不大真实。"她说。

他心存怀疑,但不觉得他想要让她相信她的人生不乏悲哀。悲与喜只在旁观者眼里——如果他有意写信,可能如此起笔。不过他钻回床上,挪上来倚着她,随着她的回应满意地呻吟。

"你怎么样?"过了会儿,她问,"后来……"

他等她把问题问完,可她没有。"我试着回家。边跑边躲……在那个小地方!我被抓获……拘留,来不及到家。没什么区别。我父母已被扣押。所有人都被赶到一块儿……有的再也没从那些拘留营出来,但我们大多数只遭到羞辱和虐待。逮我的两个人捆牢我,逼我看他们强暴一个印度姑娘。"

"哦不,我不要听。"说着她转过身去。

"好吧。我没打算跟你说。"两个男的手里拿枪,一人抓住姑娘,另一人用枪托砸她母亲。母亲无言地在地上翻滚,躲不开击打。

"告诉我。"她说,还是背着脸。

"你为什么想知道?"

"说呀!"她大喊着突然转身,猛捶他的胸膛。

"你只听见枪托敲到女人头部和胸部的闷响。那个姑娘——十四岁上下——正试图挣脱手腕。我刚巧转了个弯撞见他们。不知道我为啥没跑。没法相信一个男的能那样。女人痛苦挣扎；那男的跟着她，每次仔细瞄准后再下手。他接着大笑，跟另一个家伙分享乐趣。女孩见我便尖声求援。男子歇下活儿，抬起头目露凶光，显出罪恶的天性，就像亚当从树上偷吃、黄鼠狼劫掠鸟窝一样。这下我逃了，但为时已晚。巷道太长。他们在身后开枪，但我不真的认为会命中。记得我'砰！砰！'地高呼，哇①，打偏了。这是我们小时候玩警察捉强盗时常说的。但枪声吓得我撞上了一辆手推车。我惊慌失措，正好没看见。"

"他们把我押回两名女性所在的老地方，女孩跪在母亲身边。关上的百叶窗后肯定有人偷看。他们用母亲的纱丽绑住我，然后强暴了年轻姑娘。她知道准会有这一刻；时辰一到，她站在他俩前头，双臂紧按在身体两侧；一头长发、黑眸闪亮。他们将她推倒在地，轮奸了她。一股新的疼痛使她透不过气；姑娘哭声暂歇，继而痛得直叫唤。他们待她可够狠。"

他叹口气，默不作声。"他们见我哭泣，怒不可遏，"他说，"有人在看，这我明白。他们丢下她俩。姑娘手脚摊开横在路上，一股鲜血流出体外，近旁倒卧着她的妈妈。"

凯瑟琳躺着，脸埋入他的臂弯，头向下低垂，没有朝他看。"你弄清'老大'的情况了？告诉我你怎么找着的。"她终于说道。

他摇摇头。"尸体太多了。"

"不，"她看着他，扮了个厌恶的怪相，"你肯定发现他

---

① 原文为斯瓦希里语。

了。太多尸体是什么意思?你真的去找过,不是吗?他母亲肯定找过他。她有什么法子?她一定去寻过人。"

"法子?你说法子啥意思?上千人好多天关在拘留营里。杀人在继续;恩怨一笔勾销,误会就此化解。整整放纵了三日;你的梦再疯狂,也想象不到那有多肮脏可耻。宵禁时他们准我们出去,到空荡荡的街上。到处都是打劫的痕迹,但没有打斗的迹象。没有烧毁的房屋,也没有必须砸烂的门。没人挺身而出,说你们不能对我们这样。我们已接受自己被当作冷酷可鄙的寄生虫,好像的确不属于那儿一样被打发。"

"可是'老大'!'老大'怎么样?"她非要知道,仿佛这对她很重要。

"等到允许我们寻找死者,不少已难以辨认。那些还能找得到的。我们找过他。只要可以我们都看一眼……只要够胆我们都问一声。"

"他母亲呢?"

他耸耸肩。"她就祈祷。没有消息,一切都无法确定真实性。谣传高尔夫球场边一具尸体被冲上岸。发胀的尸体已在水中有些日子,被海浪弄得残缺不全,腕部戴一块配银表带的手表。那阵子各种谣言满天飞。一具赤裸的尸体被冲上海滩,那就是他的全部。她过去打探,却被告知高尔夫球场边没有尸体被冲上来。如果还有点理智,她就该走开,别问那么多尸体的问题。我们几乎真假难辨。死亡似乎离我们也不遥远;多一条人命、多一句威胁,好像也没那么要紧。"

她带着几分震惊看着他,没法相信。"她后来如何?"

她问。

"很可能死了,"他说。他憎恨自己玩世不恭,但也不想再度崩溃,"即便还活着,估计她也对我们的生活状态感到羞愧厌倦。在那儿,他们不是死了就是垂死,而我在这里日复一日地挣扎,仿佛这般拼命具有目的,好像待在此地富有意义。她总说有朝一日我会娶阿米娜为妻。这没什么,只不过讨好一下一个男孩,再让他有点儿不好意思。给你未婚夫端杯水——她常对阿米娜说;见我局促不安,便大笑起来。如今估计她已过世,而阿米娜成了妓女。本该守护她俩的'老大'成了逝者,而我却在这里,想不出有什么真的对得住这位死去的兄弟。"

他看看她,心想她也许正在成为答案的一部分。他朝她微笑,懊丧地承认他让人绝望的话实在夸张。他们慢慢地温存做爱,彼此享受着这份欢愉。之后他要上班,她和他一道起身。他给自己倒些茶;她碰碰他、挨着他,有些困乏。她随他坐到桌旁;他吃着黄油面包,她有点儿瞌睡,但舍不得离开。

"我该走了,"说着他抬起她的手腕对对表,"迟点你会来吗?"他问。

她缓缓摇头。"我不知道。"

他点点头,俯身亲了下她。他原以为她会答应。他想他也会干同样的事,如果这位马尔科姆还过得去。"你在犯可怕的错误。"他说。

她耸耸肩,对他的求爱方式咧咧嘴。"我不知道,"她回应,"我得见他,跟他谈谈清楚。眼下我要回床上去,而你最好赶紧走,免得上班迟到。"

他果然迟了,所罗门正窜进窜出更衣室查他的岗。"你说什么时辰了?"他问,犀利的目光忍着怒气。"这儿都乱套了,孩子。两名员工生病,而你现在才到。加把劲,行不?耳鼻喉科手术室找谢尔顿护士长。"

"明天是个大日子。"所罗门快要从更衣室门口消失时,达乌德大喊出声。

所罗门返回来,看上去比之前越发恼火。"什么?"他问,"你说什么?"

"明天是个大日子,"达乌德磨磨蹭蹭地说,"测试赛首日!"

所罗门貌似要气炸了。"该死的快去。"他嚷嚷着,几乎跑着出了房间。

他溜达进手术室,威廉敏娜·谢尔顿护士长已穿好罩衣,等着第一个病人。她松开戴着手套的双手,象征性地一叉腰:让手悬在臀部之上,不接触她的外罩。"不清楚你以为你在敷衍什么,伙计。你这是大驾光临什么教友联谊会?拉奥医生一直在等着接诊,但他只能候您,陛下,从您的梦中清醒。"

达乌德向护士长深鞠一躬,仅仅漫不经心地朝拉奥医生屈了屈膝。"不必从梦中清醒,因为我根本没睡,"他对护士长说,"昨晚熬了个通宵。"

她猛然仰头,哈哈大笑。她喜欢把他当作一头不安分的狼崽,总是怂恿他对自己的奇遇扯谎。"好吧,如果你坦白发生了什么,我就免了你一份真正的苦差。"

"明天是个大日子。"达乌德说话时,第一位病人被推了进来。拉奥医生也热爱这项运动。等病人就位、显微镜竖起、医生舒适地坐到操作椅上,麻醉师打起盹,他们安心谈论板球,早晨忙碌而有意义。下午也过得蛮不错;达乌德庆祝自己那么开心地打发了一天,本来他会很难受。

他急忙回家。他告诉自己不要有所期待。面对现实吧,弟兄。她搭上了一个年轻帅气的医生,一个英格兰人的儿子。他有钱,他爸爸是富翁。两三个礼拜之后,他们开车去环游法国。明年他们飞佛罗伦萨。就算结果他也打老婆,她也没选错。现在看另一边,瞧瞧有啥竞争。不管怎么说,都是一回事。一个外国佬,通体可怕的伤疤,一个邋遢汉,盛年已过,风光不再。他住发霉的贫民窟,身无分文。仅有的朋友是一对互相厌恨的白痴。为了生存,他在一家医院打扫卫生,很可能也一直在清理停车场的厕所。连父亲都嫌弃他!所以,直面现实,像个爷们儿准备好承受一切,而不要到处哭哭啼啼,好像没有黑人的自尊。不过他还是回家心切。

她留下了电话号码。只此而已。她的电话号码!他绕着房子转悠,寻找她的其他痕迹。他的枕头上有几缕头发,但罕有其他发现。尽管如此,屋里满是她的身影,空气中尽是她的气息。他心满意足坐下休息,旋即入睡。睡醒后他做了些饭菜,静下来吃。夜已深了,过了十点。他寻思着是否到了再试一次写信给父亲的时间。他对凯瑟琳讲述"老大"那会儿并没提及父母,但他挂念他们。那晚他没出现,夜空中,枪声和狂乱的谣言四起,他们该有多着急。等他抵达拘留营，他们该有多高兴。父亲听说他已到了，便前来寻人。彼时他正发高烧，已被送往丢弃伤员的幼儿学校。无人照顾；如果没有亲属来领走重伤号，他们就躺在粪便和污秽里。学校房间飘散着腐肉跟呕吐物的臭味。尸体上方苍蝇盘桓肆虐，开怀享用秽物。他悄悄落泪；这时父亲找到他，带他出去，小声鼓励。"抓紧抓紧①，儿子。好啦好啦，我的孩子②。"母亲把衣服扯成几条，擦拭包扎伤口。她说现在如愿了，他们奈何不了她。一家子整整齐齐。他逐渐告诉父母"老大"的事，他俩基本没听。那天死了太多人。

他会给他写信。只是他明白，父亲不会复函。他们攒了很多年钱，放在镀锌屋顶下的椽子里，心想有朝一日会派上用场。太平岁月，生意兴隆，他们就多存些。年景不好，收成欠佳，他们便勒紧裤腰。父亲是名学校教员，但用一位亲戚的遗赠买了块地。他经年累月身兼两职，一边教书，一边在地里种菜养鸡。后来达乌德拿上这笔存款求学。达乌德知道他并不吝惜这些钱。他们不愿失去的是他，目睹他远离，或许永不回来。钱不值一提。之后他来到英格兰，果真发现这点钱杯水车薪，还不够他几个月的开支。他坚持了一年多，终于忍无可忍，一蹶不振。他们以为他用他们辛苦攒下的积蓄纵情享乐，不及格的原因就在于此。他会致信他们，但不觉得他们如今会听得进去。

他出门找个电话亭，试拨凯瑟琳的号码。另一个女人接

---

① 原文为斯瓦希里语。
② 原文为斯瓦希里语。

的电话，让他等等。他只好一直等着。已有两名男子路过，朝电话亭里直瞪眼。一条狗靠在亭边撒尿；其主人，一位老妇——她的几个儿子肯定已经跑遍全世界，屠杀穆斯林——十足厌恶地怒视达乌德。

"你去哪儿了？"她来听电话时他问，无法将老妇造成的恐惧排除出嗓音。

"喂，你好。真高兴来电话！我都好，谢谢。你呢？"她问，语气里带着勉强的快乐，好像久违了的朋友或亲戚忽然来电迫不得已。

"那副腔调，是吧？偶像在边上？"

"对啊，"她说，"天气可真好。还能延几天，对吗？虽说现在这夏天够舒服的，不是吗？那么，你最近在忙什么？"

"见鬼！我冒死半夜出门给你电话。我站在这儿，没有保护、容易受伤；杀人犯和女巫们溜达经过，尽情欣赏我的性感身体，编织各种幻想，叫人直起鸡皮疙瘩。你让我一等几个钟头，方便你鼓起勇气，依依不舍地离开情郎……别否认了……这就是我得到的欢迎？今晚能见你吗？"

"哦不，"她笑语，"没那回事。我倒希望那是真的。"

"怎么不行？难道你甩不开他？"

"我不这么想。对了，真高兴你应付得了。你夫人喜欢吗？打赌她喜欢！"她说。

"我夫人？我没有夫人，只有一个娘。你怎么能记得住上次说的话？你的一举一动他很可能一清二楚，就等着你挂掉电话，然后……"

"我倒不这么认为。不过谢谢你的主意。我想我会寄卡片给她。"

"你是想让我滚吗?"沉默片刻后,他问。

"没这个意思。"

"明天见你行吗?"他问。

"不知道。"

"这样聊天可真傻,"他说,"他就在你边上还是怎么了?"

她大笑。"嗯,差不多!但你知道记日子有多难。真不好意思。"

"什么讨厌鬼会那样干?"

"哦不,接到你的电话好棒。忘不了!明天就给她寄卡片。肯定会按时寄到。不,我当然不介意。我一直打算给你电话,但不知怎么……"

"明白你的意思。"他说。

"你打过来真太好了。"

"谢谢,亲爱的。"他说。

"那么再见了。我不会忘记卡片的。挂了。"

他在静悄悄的客厅里来回踱步,试图驱散她跟不三不四的农场主在一起的杂念。他反思是否对她太随和了。他应不应该在电话里发通脾气,坚持找上门去?虽然告诉自己别期盼她,他还是夜不能寐,巴望人行道上她的脚步,害怕劳埃德走路的橐橐声。最终他放弃了,感到原先的兴奋化作了恼怒与怨恨。他知道她放不下她的农场主,但他希望她再多来几次。当然,他忍耐伤害有个限度。如果不想要他拨打,她就不该留下电话号码。天涯何处无芳草。尽管气势汹汹，他却觉得无可奈何，任由她摆布。如果她想再来找他，他会表示欢迎。他想她会过来，也许再若干次，直到肮脏的布置令她死心，驱使她清醒理智地诀别。

他踱两步掉头，试图从她那儿转移心思。但随着他又前行，她如往日般重上心头，将他转身时出现的形象通通赶走。卡塔何时回来？他暗暗揣度。他需要找人倾诉，一个能让他对她释怀的人。卡塔的委屈——他勇斗白人压迫者，却被挑刺儿——最多只会持续一星期，他估计。或许他该去卡塔的住处，劝他别自以为是。他乐见卡塔没追着他提建议，因为他想他猜得出忠告会是啥——甩了这婊子！

换个地方，他就等着好好挨顿鞭子，甚至可能吃一刀或更糟。他能想象，他的所作所为被自己人认为相当不妥。一个好姑娘跟她的医生男友正被一个清理洗手间的外国男人骚扰。几个哥们儿一道三下五除二，就把害人虫赶跑。他能听见英雄们为担起共同责任这一义举互相庆祝。这帮英国佬是他们国家的渣滓，是马路清洁工和妓女的儿子。家教良好的男孩表现可不那样。他们以为能来这儿，把我们的女性当作娼妇。他们不懂尊重，没有规矩。但今天我们给了他一点儿教训。如果他要嫖娼，就该花钱找一个，可别糟蹋良家妇女。

可怜的阿米娜，没人会把她说成正派女人。当他解除羁押，跑去"老大"家查看是否有丝毫讯息，正是年方六岁的小阿米娜在强烈的阳光下眯着眼为他开了门。他随她走进窗户紧闭的幽暗房子，向她伸出一只手，让她带路去后门旁她母亲盘腿坐着的地方。她们蹲在一处，为莫名的丧亲之痛啜泣。不久，母亲的啜泣变成了为儿子蒙难而死的恸号与悲吟。达乌德和阿米娜都往后一退，惊惧地看着她哀悼亡儿。

即便告诉自己不用等候凯瑟琳，她走近的响动仍令他紧张。他躺到床上，频频找借口侧耳倾听她匆匆的脚步。他试图用测试赛分散注意力，为偶像们编出高分，幻想英格兰队一败涂地。西印度群岛队580比2，英格兰回敬21比9。托尼·格里格首球一分未得，刚刚被人看见在更衣室里低声下气地，试图躲避队友的愤怒与蔑视。达乌德最后把头埋到床单底下，无地自容。他醒来觉得脑子又痛又涨，便离开这间屋，为自己的沮丧和对她的渴望削弱了自己而惊讶。他开始感到最糟糕的已经过去，对他无能表现的认识正是拒绝玩这个游戏的开端。他痛恨前一晚的行事方式，决心与凯瑟琳一刀两断。他会避开她，撕碎她留下的电话号码。

一上班，他发现自己又和威廉敏娜·谢尔顿护士长搭档，在测试赛的日子里可是求之不得的安排。事关板球，但谢尔顿护士长对治病这一崇高使命毫不懈怠，把一台晶体管收音机带入手术室，收听比赛当天的连续报道。小伙子们没让她失望，赛事结束得分437比9，弗里德里克斯[1]和格林尼奇[2]各拿下一百。这名主治医师系玛丽勒本板球

---

[1] 弗里德里克斯（Roy Clifton Fredericks，1942-2000）：西印度群岛队著名板球手。
[2] 格林尼奇（Sir Gordon Greenidge，1951- ）：西印度群岛队著名板球手。

俱乐部①的付费会员；随着比赛进行，他多次朝收音机投来责备的目光。护士长不发慈悲，还嘀咕着"把那家伙打趴下！"这样的话来鼓励完胜。达乌德试着教她称其为捣蛋鬼，可她不得要领，非叫他"那家伙"。

下班后他径直去找卡塔。卡塔居于一处宽敞的维多利亚时期建筑；它归大学所有，出租给研究生住。达乌德对这房屋究竟有多大一无所知，但他估计至少有十来个人住在里头。房子坐落于大学附近一条树木茂密的居民街上；街道既显得生机勃勃，又营造出一派散漫不洁。你不会见到有人沿街捡起狗粪，他想。这一小坨粪便会被若无其事地绕开，直到市政环卫工经过，把它铲除。

但卡塔不在。来应门的男子回头告诉达乌德卡塔外出了。他认为走了一两天。达乌德想留口信给他吗？他们有块布告牌。或者他可以记下号码，次日给他电话。

"不劳驾了。"达乌德说。他本想询问这名男子的姓名，请他谈谈他的工作、他的科研。什么都行，只要他还不必回屋子去。他谢过男子，随后离去，一面沮丧地暗自发笑。他寻思自己在英格兰待得太久，学会了当地人寡言少语的毛病。他想他多羡慕卡塔拥有这些斯文的行头，一处理想的住所以及睿智的同伴啊。可卡塔每每把相处的同学说成可笑的傻瓜似的。达乌德寻思卡塔的缺席多少和他跟劳埃德打

---

① 玛丽勒本板球俱乐部（Marylebone Cricket Club）：1787年成立于英格兰，负责管理球赛，制定比赛规则等。许多人认为这个俱乐部及其会员相当老派守旧。简称the MCC。

斗有关。

总绕不开劳埃德。他不断邀请达乌德前去与他父母相见。如今他被卡塔一顿痛殴，还有什么更好的时机？达乌德能够以信使的形象登门，传布友谊和宽容的信念。从劳埃德所述，他已知晓其父愿意相信丛林来的俏妞和黑鬼。见儿子被一个发狂的丛林吉姆①辱骂袭击致伤，他可开心不起来。达乌德可以谄媚虚伪地对他宣讲共存之道，赢家总是对输家来这套。但胜利——如果那算得上——并不是他的；劳埃德家族可以维持他们无情的错觉略久一些。最后他返回主教道，只期待着板球赛集锦，虽然 437 比 9 已绝对是场盛宴。

十点左右，凯瑟琳到了。她朝他咧嘴一笑，仿佛她过来是他俩共享的阴谋。他让她进门，却不许她通过，除非她接受久久的拥抱。她还穿着制服，浑身一股病房和消毒剂的气息。

"农场主怎样？"他问，虽然话一出口，他就讨厌问题暗含的焦虑。

"他知道你了，"她边说边坐到桌旁，往后一仰舒展疲劳的身子，"昨晚我告诉他的。不觉得那有什么不对。他也吓我一跳。他很不高兴，想知道你是谁、干什么的。真怪，跟我期望的完全不一样。他求我别走，而我以为他会气呼呼跑掉。"

他沉默不语，几乎不敢呼吸。他的嘴巴干干的。他等她继续，而她看着他，带着几分自鸣得意的快活，对自己颇为

---

① 丛林吉姆（Jungle Jim）：对黑人的蔑称。

满意。

"我希望他走人,别再问问题,这样我就能回这儿。但他不肯走,尤其是你来电话后。他知道是你。变着花样骂我,"她耸耸肩说,"非要知道你名字。等听明白了……他说没法理解我怎能碰你、怎能跟你上床!他不停换着法子骂你: 黑鬼、鬼佬什么的。最后简直搞笑。他死活不走,求个没完,直到凌晨还赖在那儿。真没想到。难以置信。不觉得他乐意那样。我想我应该感到被人奉承。他挑中了我,带我去了许多场所。"

"我们像个小小的群体走来走去。所有男性都是医生,所有女性全是护士。有些年长女人已经换了一个又一个男的,虽然我们不这么说。比如宝拉。幸运儿们跟她们的医生结婚,把他们匆匆抢走。那就是我迷恋的。"她不苟言笑地看着他,等他责备。"我感到卑鄙,但对此无能为力。就像假装喜欢被推进英格兰商店任男人玩弄的女生,臭不要脸。我觉得我该搞搞清楚,可啥也没干。来这儿的时候,我恨得咬牙切齿。不过我想我必须坚持下去。如果不这样,我怕他们会以为我好欺负。我搬出护士之家到现在住处,就是那种情况。我以为我会收获快乐,管他呢。出门,找个男的。只要发觉其他护士有异样眼神,我就装作她们只是妒忌;但我明白这其实是鄙视,跟我瞧不起宝拉那样的女人一样。我从未想过马尔科姆的感受也一样。他并不真的把我放心上。他约我出去,买喝的给我,跟我上床。"

"别老提那个。"他说。

"可他就是!他给我的感受就那样。"她自信地看着他，准备做解释、去说服他。"我开始告诉他时真是种解脱。接着你电话来了，让我感觉不错。他不肯走。我知道他不肯，除非我跟他睡觉。所以结果……我答应了，他这才走掉。"她又看着他，等着瞧他是否有话要说。他闷声不响，但最后突然不禁喜笑颜开。正是她谈到跟他睡觉的不屑模样令他满怀喜悦。滚吧，农场小子。

"他会回来。"达乌德警告着，语气里添了少许畏惧，加速将情敌变作恶魔。

"对，我知道，"她说，听上去没有恼怒到合达乌德的心意，"他跟我说过。他说他不会那样就罢休。今晚他在那儿。我下班前往家里打电话，他正在那儿等着。他无权那么做。他并不拥有我。你知道昨夜他向我求婚吗？我告诉他别离谱。他只是受不了失去我的感觉。我就像他要丢失的玩偶。"达乌德被求婚一说吓着了。她为自己的逃脱感到高兴，发现自己支配着医生，因而对其不屑一顾。也许日后她看这事会有所不同。达乌德保持安静，喜滋滋地听到被冷落的对手受到辱骂。"我想你最好待在这儿，直到一切风平浪静，"他说，一面放胆在嗓音里注入足够的恐惧和震惊，"你想不到一个暴怒的医生能干出什么来。"

"我当然会留下来。"她叹口气说。接着她笑容一闪，闭上双眼。

17

那晚,他梦见劳埃德加入了轻骑兵团,身穿光鲜制服跨越威廉护士长的篱笆,从她手中夺过一瓶雪莉酒并拒绝离开,除非同意让他强暴她。达乌德觉得劳埃德这一形象实难相信,醒来时伴着头疼。更令他惊恐的是,凯瑟琳开始有点儿愧疚地谈起她那医生。她谴责他的虐行,达乌德倒相当喜欢,尽管想起来它们令人痛苦。她是否待他不公的疑虑勾起了一丝不祥之兆。

"不公平!"他怂恿她,"这家伙以为你是个有病的女人。他觉得你是某种性变态,因为你宁愿跟我,也不要他这个粉色皮肤。他认定我是个邪恶的怪物!你怎能么卑鄙地对待别人呢?像那样的讨厌鬼,怎么说都不过分!"再来几句还有,但他不愿杀气腾腾,让那医生赢得任何不必要的同情。凯瑟琳试图为这家伙的勇气正名,他就咬牙切齿听着。这恰是达乌德所担心的——求婚会再度引诱她认真地考虑医生的爱慕。

"我一直在想他准不好受。我根本不知道他有多痴心。结婚!我是说,你不会就那样求婚,对吧?想象你深爱某人,打算和他谈婚论嫁;正当你以为一帆风顺,不料原来另有其人。他所说的,其实我也没那么介意——"

"可我介意!"他打断她,迅速发起反击,"开始就那么回事。你也许会想，因为失望，他才讲了那通粗话。啊，可怜的医生，他只是有点儿生气。对你而言，那似乎是个不错的理由，让他骂我这样的人黑妖怪。但我不这么看。下周，他就会朝某个穷苦黑女人的病睁只眼闭只眼。一个月后，他会对一个营养不良的小黑崽幸灾乐祸；黑崽子被他妈揍个半死，发狂的她倒霉碰上毒品，陷于绝望。全都因为他不高兴，而他通常最喜欢亲亲小黑鬼的屁股。那样的话不是从天而降，它们来自我们的想法。"

"你不觉得夸张吗？"她问，扮了个厌恶的鬼脸。

"你这么想？他很可能已经那么干了。"

"你把他当成什么？"她边喊边瞪着他，"不管怎样，这是我的事……我的意思是我不在乎他说我。"

"但我在乎。你也许不介意他随心所欲……瞧瞧他怎么占你便宜。就在你叫他走的晚上，他还想着他那点儿肉欲。"

她大笑起来。他恼恨自己提那茬子。这让他显得小气，可他无法想象对如此野蛮的报复之举，她没有丝毫辩护。"那又怎样？"她问，带着愤怒和挑衅看着他，"难道我掉价了？这点要求不太过分。我跟他上床几个月，也一直跟你睡觉；你们俩之前还有别人。你又把我当作什么？一个年轻贞洁的挤奶女工被淫邪的乡绅揩了油？"

他没有回答。他想象这一幕中，他就是个幼稚懵懂的恋人。为何他们都觉得他如此天真？"老大"、卡塔，还有眼前的她。他们尴尬地默默坐着，背对几杯凉凉的咖啡。"你认为他提结婚是认真的喽？"他问，努力从语调里撇除嘲讽，确保提问纯粹出于学术好奇。

"你觉得不是？"她边问边保持平和的口吻，但结果仍旧忍俊不禁，"我不知道。我真不觉得。完全出乎意料。我猜那就是他以为我想要的。也许他并不当真，只打算拖上一阵。再缓一两个月他就和我分手……或者差不多。"

"我想他不是真心。"他断言。

"我也觉得。我正在审视我的举止，因为我开始感到自己表现糟糕。然后你勃然大怒，把他变成了某种魔鬼。行啦，你最好上班去。我想你要迟到了。"

想到所罗门绕着更衣室横冲直撞，边核对时间边找他，达乌德不禁大笑。"下班后你来这儿，还是回公寓楼？"他问。

她沉默良久。"你不会误解我吧，是吗？"她说，"我必须回公寓。独处一会儿，理理头绪。另外我真想洗个澡。"

"如果他……来呢？你安全吗？"

她匆匆瞥他一眼，紧接着同情地一笑。他是幸运的，他想，又一次逃脱了对其无知的训斥。"我必须解决，"她说，"我一定得知道如何对付他。"

他耸耸肩，起身要走。"祝好运。"

"你是个十足的恶霸，"她光火地说，"我总得跟他理清关系，不能这样一走了之。我感觉糟透了。我也需要更多一点时间……仓促换来换去没任何好处，不是吗？"

他点点头。"你是对的，"他勉强说，"最好慢慢来。"

她一脸猜疑，心想他在挖苦。

"估计我怕他让你回心转意。"他说完一停。

"你怕?"她问。她那怀疑的腔调令他无端高兴。

"今天发工资,"他说,"我会为明天买些食物,做一顿大餐。你来吗?"

他差不多一路跑去上班,但还是晚到二十分钟。他尽快更衣,前往所罗门办公室,预料不得不在无比英明的看守大人面前卑躬屈膝。我能否和您睿智的内心说说话?如果我冲撞您,务必告诉我。这几天在我人生中蛮有趣的。我逐渐感到不同寻常的快活。我觉得我能飞起来,有时候简直战无不胜。给您一个警告!所罗门仅仅抬了抬眼,动了动嘴唇。达乌德连忙后撤,不清楚发生了什么,竟使他没有开骂。起码,他安慰自己,他去废品通道没有遭拒。到冲洗区,他发现了所罗门脾气好的原因:满满三辆推车的肮脏器械和堆积如山的带血衣物等着他关注。夜班员工一直在全力以赴忙碌,无暇清理。达乌德已然看见早晨工单的惊人规模。加上急诊推车,一上午够他消受。他给了所罗门小小的掌声,替这天早上具有巧妙特质的恶意叫好。

亲爱的克莱夫·劳埃德,靠你自己了!今早我陪不了你,而你要和英格兰板球队较量。为了手术跟人类的利益,需要我去服务。别饶了托尼·格里格!把他碾成粉末!比赛结束前,托尼·格里格继续拿下89分而没出局,将英格兰队得分升至238比5。这比达乌德预计的90分败北要好。布尔佬除了斩获分值,比赛起来还带着风度和一点儿锐气。他仍在场上,决意进账更多!此外,库普夫人给他的薪水也比他期望的要少。出了个错——她向他确认——下次领薪时会被纠正;但要等漫长的一整周。他垂头丧气回家,预感信箱里会被塞进臭烘烘的什么。他发现一封来自"钢琴琴键君"的信,抱歉地索要房租。他貌似愤然作色地取来纸笔,将其列于桌上,一面胸中言辞激烈回函,一面给自己准备一份三明治。亲爱的"钢琴琴键",你不值得我对你宽容,让我给你取的外号蒙羞。你终究只是个贫民窟房东。

待心情平复,他转而给凯瑟琳写了封信。他告诉她他如何离开家乡——伪造的护照、贿赂,以及虚假的健康证明。他描述了机场移民官的疑心,塔台顶上可怕的机枪射击架,以及走过漫漫长路横穿停机坪来到散着热气的飞机。他告诉她,他有多期望一颗子弹终结那无休无止的旅程。那时他年轻,他解释道,行事乖张。凯瑟琳。他喜欢喃喃自语这个名字。他见她棕色秀发挑染成金黄,坐着等他到来。他见她一如往日在他屋里,被他身居其中的污秽惹怒,又像神明赐予的礼物卧在他身旁。

等第二天她来,他已做好饭菜候着。她微笑着让他开门。

"他来过?"他问。

她点点头。"完事了。"

他们坐在夜色渐浓的客厅,面前摆着脏乎乎的碟子,隔壁传来电视的吵闹。"你准是累了。"他说,透露出他所希望的强烈暗示。他们把咖啡带到楼上,互相依偎着躺到床上。

"你逃走,"读完信后她说,"一路冒险来到这儿?那就是你的伤心事?"

"我不觉得。也许有时候,的确像是浪费了许多努力。

为了生存付出的全部艰辛有助于此？好像你有选择。但没有，不是那样子。你是个陌生人，那才是让人崩溃的地方。你所在的社区以复杂的方式运行，根本对你漠不关心。它不需要你提供什么，反过来，你对它完全无关紧要。你自由自在，但也起不了任何作用。喜欢什么只管做，没啥区别。你瞧，有时把自己想象成流亡者挺诱人的。流亡意味着没得可选。你行动的背后总有个目的或准则。可实际上，这远没那么崇高。所谓若干准则，假如它们从情绪崩塌中留存下来，那就会变作了平庸且自欺欺人的小小抱负。我想当个会计。那类工作。或许真正的志向是去逃避。并非逃避特殊情况、对生活的威胁以及实现梦想，而是将逃避当成赋予人生意义的戏剧性方法。如你所说，这是你达到的目标，你逃往的避风港。你没有和志趣相投的理想主义者一道飞黄腾达，而是到你小小救生筏的木料里翻寻，努力记起这次海难的原因。"

她一言不发，注视着他陷入忧伤之中。她觉得有点儿理解他的孤独，但不愿显得没有耐心。过了片刻，他重又开始叙说。他向她谈起鬼鬼祟祟地跟父母告别，在前门后面窃窃私语，接着独自一人出发前往的士停车场。

"能回得去吗？"等他不想多说，她终于发问。

他摇摇头，再耸耸肩。他对她说起辞行时分，父亲的胳膊重重地落在他的肩头。随后他冲出屋子，满怀焦虑，无法顾及双亲的感受。"如今想来，就那么分离实在狠心。当时我觉得他们大惊小怪的。我没有想到会一去不返。根本就没那个念头。我知道那种表现一定伤害了他们。麻烦在于不能和他们重逢，弥补缺憾。你懂的，给他们买一束花，说声抱歉。他们一直没变，站在那扇门后轻声话别，苦涩地面对不耐烦的我。那就是我对他们的回忆。他们也会那样把我牢记。"

他把话一停，惊愕地看了她一眼。他没料到那样介绍他们的形象，这完全出乎他的设想。对他们的那种印象将永远成为他的负累。

"我有种感觉：你会比预计的更早见到他们。"她说。

他点点头，接受了这番宽慰，觉得自己也许正在唠叨。他俩躺在暗处打盹时，他隔一会儿醒来，扯一段童年发生的趣事。她记得他最后断断续续、瓮声瓮气地讲着测试赛，预言周六是英格兰队的倒霉日子。

令他大为懊恼的是，英格兰队顺利挺过了周六；惹人恨的布尔佬砍下116分方才下场。比分一过350，达乌德便大发脾气。凯瑟琳劝他出门逛逛，如此可爱的下午不要闷坐家中。

"倒也无妨。"他说，差点把钟爱的西印度群岛队一顿痛批。他带她来到公地，把高坡上令他惊骇不已的荨麻丛指给她看。他们坐在梣木和桦树林里，假扮成情侣嬉戏。一条狗出现在视线中，使他微微一抖。但她陪伴在侧，快快乐乐地面对这只怪兽，使他安心不少。公园里玩耍的男童没有一个过来朝他们扔石头，或羞辱谩骂一通。过了一会儿，他开始有了安全感，到草地上躺卧她身旁，两眼一闭。

"这是我印象中最暖和的夏天。"她说。

回去路上，他们遇见劳埃德。看到他们，他万分高兴；

达乌德知道摆脱不了他。他无法拒绝如此厚爱。他随他们回到住处，达乌德请他进去。

"我想我最好避一避。经历了那么多事。你知道他的德行，"劳埃德说，最后一句针对凯瑟琳，"卡塔！你见过卡塔吧？"

"对。"她轻快地说。

劳埃德吃力地笑了笑。他的整个举止显得那么紧张不安，令达乌德无法确定那副笑容是否与她所说的有任何关系。

"他不常来。"达乌德沮丧地说，令快活的凯瑟琳泄气。

"你一定得来会会我父母。你们两个！我请了他几个月，可他就是请不动，"劳埃德说，想争取凯瑟琳的支持，"你必须来！他们真的渴望见你。就定明天周日，一块儿用晚餐。"

"不。"达乌德立马说，尽管这话是给凯瑟琳听的；她正客气地微笑，仿佛感到自己被逼着接受这份殷勤。他见她神色有些为难、把目光移开了。

"请来用茶。"劳埃德说，恳切的语气如今明白无误。

她瞅瞅达乌德，看他敢不敢拒绝，而他把头一点。劳埃德轻轻叹了叹，又朝达乌德微微一笑。其后，得知他们当晚计划去看电影，他便匆匆离去，没待很久。他等达乌德目送他到门口，接着站在人行道上，视线绕过达乌德直奔屋内。"抱歉我说了一大堆，"他说，"是他。他逼我那样的。"

达乌德一声不吭；但他点点头，因为受不了劳埃德脸上的痛苦表情。他个头很大、不成人样,带着苍白面色,好似一块面团,达乌德想。他帮不了他什么。他只觉劳埃德是个负担;用"狒狒"和"黑鬼"把卡塔一通痛骂后,没什么好多说的。去给自己另找一个黑公仔吧,他想。

等他回来,她给他脸色看,可他对她的不满不予理睬。他根本不想和她拌嘴,他告诉她。他无法理解劳埃德为何恳求他们答应。达乌德琢磨那是否因为凯瑟琳,因为她明显是英国人。其他几次对他的邀请一如蜻蜓点水,从无下文。劳埃德第一次邀约时他就有了这个心思。他请的是她,用那种乞怜的语气。现在细想,他不知道是否由于凯瑟琳,他才获得更多面子。一名口音浓重的互惠生也许暗示着廉价泄欲,夜夜放荡。而他在劳埃德父母眼里就像一个备受折磨的弗洛拉利斯①,一只淫乱的黑狒狒。当然,有凯瑟琳作陪另当别论。

要去会他们的念头毁了他的周日,他坚称。他已经听够了劳埃德的父母,足以预料跟他们度过一下午是何情形。他父亲定是个大块头肌肉男,一头浅色鬈发。他拥有一只巨掌,企图将达乌德的手碾碎;在想象中,碎成肉酱的无疑是他的睾丸。她一准干瘦紧张,一辈子屈从于这个暴虐的彪形大汉。劳埃德告诉过他,他父母绝不提任何有意义的话,因此可以设想他们凶巴巴地盯着他,一边默默坐着大口喝茶。

劳埃德腼腆地请他们进屋,态度近乎谦卑。他的致意和

---

① 弗洛拉利斯(Florialis):古罗马司掌向花神芙罗拉(Flora)献祭的祭司。

问候互相呼应，显示出他对他们的光临感到欣喜。"来见见我父母。"他心照不宣地喃喃低语。

豪华的宅邸让达乌德震惊。色彩丰富的地毯、眼花缭乱的陈设、奢侈的贴纸墙壁、华丽的抛光扶手——一切在外围毫无蛛丝马迹。然而劳埃德选择放弃舒适，来达乌德的肮脏狗窝打发良夜。如此奢华的生活竟会惹人生厌，转而寻求他那种脏乱不适，这样的发现可真扫兴。劳埃德很可能对地毯感到有愧，他想，或者暗下决心，要担负起艰苦卓绝的使命。

在客厅门口迎候他们的是一名身材矮胖的男子。剪短的灰白头发底下，苍老的皱纹爬上了他又肥又宽的额头。他的目光快速跃过达乌德，定格在凯瑟琳身上。他上前几步牵住她的手，直白地朝她粗鲁地微笑。"你准是劳埃德的朋友，"他一边对达乌德说，一边还不放开她的手，"来来来。"

他往达乌德后背使劲一推，将其驱入客厅。达乌德发现自己面前是一位苗条的黑发女士，正满脸喜色大步向他走来。没料到她跟他握手手劲十足，寒暄了些欢迎的话。这一握让他想起他遇到的第一个英国人。彼时他只是个男童，因刻苦力争上游获学校嘉奖，该奖将由教育局局长颁发。至于这位英国人的名字是汉斯先生、汉姆斯先生还是汉兹先生[1]，他的几个老师有点分歧。短短一晤后，达乌德明白他只能叫汉兹先生。从此他记取教训，如今与英国人握手时审

---

[1] 原文 Mr Hens、Mr Hams、Mr Hands。此处取音译。

慎而有力。他沉思,邂逅英国女性时,也恰是运用这一简单生存技巧的良机。她示意他坐上椅子,他入座时咕哝着表达感激。

"我是马希夫人,"她柔柔地说,一边提防地注视着他,仿佛预料他瞧不起自己,"这是马希先生。劳埃德,你们肯定认识。"

"幸会,"马希先生大声说,每个音节都一清二楚。他领凯瑟琳到沙发,坐在她身旁。她已抽回了手,但显然事情没那么简单。他凑近她说话,"怎么称呼,亲爱的?"他问。

"爸,她叫凯瑟琳。"劳埃德扯一嗓子,别扭地站在门旁盯着父亲。

"啥?你杵在那儿干吗?"马希先生厉声说。

"来坐下,劳埃德。过来陪陪你朋友。"马希夫人建议,自己则安坐到一旁。

"你干哪一行,凯瑟琳?"马希先生问。

"她是护士,他爸。劳埃德告诉过我们,难道你忘了,"马希夫人欢快地提醒他,貌似没注意他的手怎么搭上了凯瑟琳的大腿,"达德利也在那家医院上班。"

"达乌德。我叫达乌德。"他边说边观察凯瑟琳把马希先生的手从她腿上挪开。

"哦,抱歉,"她说,"我真傻!英国人记名字太差劲,对吧?"

她的谨慎令他惊讶,但习惯之后,他觉得那是种不安的警惕。她往椅背一靠,抽身事外。她见他盯着她看,于是微微一笑。这是亲切而诧异的笑容：哦，原来你对我感兴趣。

"你来自哪个国家？"她问。

兴致不错的时候，他挺喜欢这个问题。他能无拘无束地对着迷的听众讲述一段捏造的荒诞历史。有时他到鲁文佐里①淘金，在她②这座城里下了老本。哦没错，它确实存在。有时他是个王公，是个迂腐的可汗，注定要承继其父的二十位妻子。有时他又声称祖先系巴永海盗，详细描述其族人的成年礼，或扯下衬衫，露出身上留下的疤痕。然而，凯瑟琳的困境让他分神；他留意着她，以备不时之需。

"坦桑尼亚。"他说。

"哦，太棒了！打赌它是个绝妙的国家。那儿有什么出产？它肯定温暖迷人。"马希夫人说话时明显带着虚假的活泼劲，意图遮掩她的紧张焦虑。不过达乌德想，他在她的嗓音里听出了潜藏的热忱与温情。

"您去过非洲？"他问，被她讲话的腔调误导。

"哦不，"她语含失望地说，"但他爸……马希先生去过。"

"坦桑尼亚！那可是个一党制国家，对不？"马希先生边问边稍稍转身面向达乌德。

可惜这个灰白头发的家伙开了这么个好头，达乌德想。

---

① 鲁文佐里（the Ruwenzori）：位于刚果（金）与乌干达国境处的山脉。班图语意为"雨神"。
② 英国小说家哈葛德（Sir Henry Rider Haggard，1856–1925）写有非洲探险小说《她》（*She, A History of Adventure*，1887）。

对一党制,有啥好说的?它令人憎恨厌恶,一眼便能识破其独裁专政;政府内部打算允许滥行自由,此乃长期专制、不容异见之途径。捍卫一党制,能说出口的好话他一句也想不起来。所谓国家联合,他解读为大国仗势欺人。狂热的拥趸将其描述为传统政治体制。谁家的传统?假设某个油滑的君王设法赢取了对其百姓的统治,为他怀有的某一古怪野心伤害袭扰他们,难道那是追随他血腥脚步的理由?不,对一党制无计可施。不过,他蛮高兴马希先生将注意力转向他,使凯瑟琳得以喘息。达乌德朝这个矮壮的老东西面露笑容,希望他能换个方式发起攻击,以致立马溃败、淘汰出局。

"对,大战期间安德鲁就在非洲;他甚至还有几个非洲朋友。"马希夫人告诉达乌德。他又一次瞧见那紧张、可怜的眼神。他想,她是担心他领悟到了马希先生话里的怒气。

"爸,你待过的地方叫啥名字?"劳埃德问。

"白人的坟墓,"说着马希先生朝达乌德微微一笑,"我能记起以前的称呼,虽然天晓得现在叫个啥。从前看看地图,你就能认出地点。如今什么坦桑尼亚、卢里塔尼亚①、喀拉喀托②,或是他们凭空捏造的其他浮夸名字。过去的非洲可不一样,"马希先生边说边朝凯瑟琳侧过身子,色眯眯地瞅着,"在非洲历史上,那很可能是唯一一段有点儿秩序

---

① 卢里塔尼亚(Ruritania): 英国小说家安东尼·霍普(Anthony Hope, 1863–1933)在小说《曾达的囚徒》(*The Prisoner of Zenda*, 1894)中杜撰的王国。
② 喀拉喀托(Krakatoa): 印度尼西亚位于苏门答腊岛与爪哇岛之间的一座活火山岛。

的日子。"

"哦,老爸。"劳埃德瞟一眼达乌德,让他知道马希先生其实不会当真。

"行,问问他,"他对凯瑟琳说话,却指向达乌德,"只有饥荒和混乱。问他呀!问问你的朋友他为啥不回那儿。"

马希夫人叹口气。"哦,安德鲁,没么简单。"她说。

"我无意冒犯,"马希先生边说边看看妻子,"我不信肤色歧视那派胡扯,你懂的。希望能理解我说话的精神实质。"

"当然了,爸。"劳埃德说,一阵尴尬沉默。

"我跟你没个人恩怨,"马希先生转向达乌德说,"毕竟你是咱们的座上宾。但现在你们来这儿的人真太多了。我们不希望把乱子引到我们这儿各个地方。对你们这帮人,我们已经仁至义尽。"

达乌德耐心听着他们展现岛民的偏狭与傲慢。凯瑟琳扮个鬼脸,问他是否想要离去。他摇摇头。劳埃德正默默坐在近旁;达乌德不清楚他为何要他前来目睹这一场景。最后,马希夫人起身取茶,唤凯瑟琳帮忙。直到此刻,凯瑟琳始终对马希先生动手动脚愤愤不平,她走出房间时憎恶地扫了他一眼。

"你们应该先想好这一切,"达乌德说,"然后再启动你们的教化使命。"这大可不必,他自言自语。他不过在尽社会责任,就文化交流的益处给普通大众以教育。如此人一般对其荒唐无稽毫不知情实属帝国开拓者仅有之品质。和那些对毁灭在即最最明显的征兆也置之不顾的中国与罗马君主,情形并无二致。他们曾昂首阔步、顾盼自雄,无法相信在蛮族敌人面前留下了何等脆弱可悲的身影。他们笃信自身优越,将危险视作儿戏。

马希先生看了达乌德一阵子,好像在思索是否应答。他转而跟劳埃德谈起店铺的事。马希夫人带着一碟茶具返回,凯瑟琳则端着蛋糕饼干相随。她坐到达乌德旁边的地板上避开马希先生,拒绝了他的热切企求,请她回沙发去。

"她想和她的心上人一起,安德鲁。"马希夫人猛地一句,让那恶霸不再吱声。

"有时候准会给你们惹上麻烦,"他看看凯瑟琳说,"有人跟你说过他吗……达德利?我想最糟糕的就是孩子。混血儿似乎会出事。他们好像只遗传两个种族最差的特性。对他们真不公平。"

达乌德猛一摇头,仿佛要清除幻觉。他瞅瞅凯瑟琳,对她说该告辞了。

"哦,劳埃德有没有提过参军的事?"马希夫人问,脸色羞愧苦闷。

"我跟他提了多少年,那才是他该做的正事,"马希先生说,"把他锻炼成男子汉。"

达乌德瞟了瞟劳埃德。他低垂着头,但他感觉到达乌德的审视,于是将头抬起。他微笑着耸耸肩,懊丧地认输了。达乌德移开目光,不想增加他的痛苦。马希先生正大谈特谈兵团和体格检查,但达乌德已经听得耳朵长茧。他估计这才是请他喝茶的原因。劳埃德想要他知悉,可又不愿亲口告知。也许还有一层——虽然达乌德对此不太确定——即劳埃德想对他显示别无选择。

他们告别时稍稍行了行礼，彼此又对视一下后起身辞行。马希先生又黏上了凯瑟琳，牵着她的手站在门口，接着随她走下门前台阶。

"甭伤心。"达乌德边说边和劳埃德握手。

"别像几天前！他跟你讲过怎样栽落巴士？傻孩子。"马希夫人说。

他们即将脱身时，马希先生喊了几句客套话，但达乌德没听见。他以为劳埃德会和他俩一起沿路而下，可母亲的胳膊搭在他肩头，于是他乖乖留步。

18

"那位女士我真替她难过,"凯瑟琳说着做了个厌恶的表情,"劳埃德……他爸竟是那种人。"

"告诉你我们不该去的,"他夸口说,"尽管那宅子不错。墙里没老鼠,柜里没霉菌。"

"不清楚你在那儿怎么坐得住,听那些令人作呕的话,"她说,"他一开口,我们就该走掉。"

他耸耸肩。"我正想象'老大'和我曾在监狱岛①的要塞里见过混球马希。他也许遭遇海难,当然被关在一个木篱堡垒里;一面对自己嘀嘀咕咕,一面寻找某人欺负。就像鲁滨逊·克鲁索。我一边听他说,一边想象'老大'和我在审问他。他很可能不配合;我们只好对他动粗,揍他几下、拽拽一绺绺的长胡须什么的……"

那晚他做了另一个梦,梦到自己走在街上,扭头看着一切让他愉快的景物。教堂大门对面,他见一男子挥动一面旗帜,宣布世界末日来临。他那灰发上的尘土闪闪发亮,张着疲惫的双眼发愣。那双眼睛随后紧盯着达乌德,一张脸化作其父的形象,面露邪恶。旋即达乌德发现自己在主教道,读着一封母亲来信。他见她念念有词,一边费劲地将它们写出。她坐在他父亲床边,把苍蝇赶跑。一位印度大夫朝她哼着情歌,正在开张处方。电台里传来刺耳的音乐。虽然尽力了，可他看不清父亲的脸，唯有一个轮廓，上面满是苍蝇。见他一面至关重要；他变得手忙脚乱，试图在他死前闯出路来。

他泪眼婆娑地醒来，内心徒增担忧。他蜷在她的臂弯内，她抚慰着他，责怪他自讨苦吃。"我害怕他的死讯，"他说，"他终有一死，可我知道他死时还在生我的气。他的死一直萦绕在我梦里。"

这周剩下的日子，她都陪伴着他。轮到同一班次，他俩一起走去上班，抄近路穿过公地。天气持续温暖干燥，引发旱灾与危机的议论。公地上的草变作金黄，开始露出光秃秃的土块。一晚，她下班回来，走到外面站定，望着布满碎石的花园。她动手清理起来，谈到养花或种些蔬菜。起初他有点迟疑，打算嘲笑讽刺几句，但后来他胸中燃起了激情，想到了新鲜辣椒、自家种植的莴苣，甚至可能还有秋葵。搬了几个钟头的巨石和碎石板后，他们罢手了。他们冲个澡，出门吃咖喱。他让她了解测试赛进展如何；牵着她的手、要她发誓保密，他只对她承认：兴许托尼·格里格并非像他原先所想那般惹人讨厌。虽然这本身不是在说什么光彩的事……英格兰仍旧输了，一如天经地义，但布尔佬在场上取得了不俗战绩。

卡塔于周四晚间现身。达乌德给他开门；他显得意气消沉，脸上略带愧色，敷衍地拍拍达乌德的胳膊走了进去，和

---

① 监狱岛（Prison Island）：又名昌古岛（Changuu Island），位于桑给巴尔石头城西北。

近几周厚颜无耻的拥抱迥然不同。达乌德觉察到凯瑟琳在场让卡塔扫兴——他和她打招呼的时长有点儿不对劲。接着他盯着她看；相比问好，他似乎更乐意跟她调情。她正跪着动手擦洗客厅的油地毡，达乌德起身进入卡塔前也在那儿。达乌德两臂沾着水和肥皂泡沫，湿漉漉的；他卷起衬衫袖子，一则引起对他工作状态的注意，二则做威胁状，请卡塔注意其举止。卡塔心照不宣地微笑着，跟达乌德互换了个眼色。英国佬可把你逮着喽，他的眼神明摆着。

"我们差不多完工了。"达乌德说着累倒在她身旁。他不喜欢卡塔夸张地悄悄捧腹不止。卡塔在墙上靠了一会儿，两眼不停望着地上凯瑟琳的倩影。最后他站腻了，试图跃过一小块弄湿的地板，够到堆在角落里的椅子。

"你的脏靴子离地板远点。"达乌德尖叫。

卡塔往后一退，惊讶不已。这位兄弟的堕落让他伤心地摇了摇头。"好吧，后会有期。我要去法国几天……跟一个朋友一起。"他说。达乌德估计这朋友就是那导师，卡塔特意过来通报一声。

"我们快完事了。"他的语气越发和缓。

为时已晚。卡塔走了，痛苦地抱怨着。达乌德忍不住咯咯笑，她也抬头咧咧嘴。你对他有点儿冷淡，我想，她说。他扔下抹布向她冲去，喊着"凯瑟琳、凯瑟琳"。她吃惊地尖叫，但来不及逃脱他紧紧抱住的双手。她倒在地板上的泡沫堆里直叫唤，冷水浸透了她的衣衫。你个该死的白痴，她边说边试图用攥紧的双拳打他。他两臂牢牢抱住她，偷偷激吻了一下。他们不顾杂乱的地面，费力走上狭窄的楼道，一路甩掉上衣。

晚上，他们缓缓走过小镇，或散步来到酒吧。他们探寻中世纪的巷陌和幽暗寂静的街道。一日下午，他们租了条船，慵懒地漂荡在古老的拱桥底下。他给她看一处延展到水边的果园，园子三面高墙环绕。他对她讲起曾居于此地的那名女子的故事：她是一位阔绰地主之女，与其父出于怜悯收养的一个小乞丐相恋。他是个难缠的孩子，性情多变、脾气暴躁。凶恶的眼神常惹得仆人们揍他一顿。主人后悔心软，时而提及赶他出门。那女儿是唯一待他和善的人。父母先是警告，最终威胁她，可她不为所动。人们议论纷纷，说她中了巫术。为了自救，男孩再度流浪逃走，但他先将那女儿诱入果园残杀，割去其性器来表达对她的轻视。多年后，他的遗体在河岸那边被发现，他回到此地做个了断。她请他解释这故事的意蕴，可他推说不得而知。

他们把船系泊在一棵低垂的橡树下，吃起野餐。一个老汉从河畔房屋出来，踢踢踏踏走向户外茅厕。他瞅瞅他俩，接着又转身看看。似乎不相信他的双眼，他返回屋子戴上眼镜再来一眼。凯瑟琳送他一记飞吻。

起初，她怒斥偶尔多扫他们一眼之人，对驻足观看者做出粗野的手势。她冲一名路过时嘀咕着美女与野兽的男子发飙，把他骂作混蛋。男子恼羞成怒，转向达乌德要他解释道歉。你不该叫她野兽，达乌德说。

周日夜里，她到电话亭给她母亲去电。她已安排好回家几天，想跟她确认一下细节。几分钟后，她跑了回来，称有个男的试图闯入亭子。他一只胳膊已伸了进去，拼命想够到她，一面说着"我要操你、我要操你"。她扬言报警，他就朝她呸了一声走开了。达乌德随她回到电话亭，她打电话时便坐在一个混凝土栽植桶上。他假定一类能称为电话亭综合征的精神错乱，因为在电话亭里，他曾被吐唾沫、受恐吓，遭羞辱。他本以为攻击他的人只是为他的黝黑俊容嫉妒发狂，但也许事情比那更复杂。凯瑟琳与母亲通话时神色严厉，像受了侮辱，不过从自身经历来看，他知道她内心正吓得发抖。

他期待独自度过这周，憧憬她回来。他打算给她一些惊喜，但细细想来，它们似乎黯然失色，也太费周章。卡塔于周四晚间登门——他刚刚结束法国之旅——达乌德见到他很是高兴。他发现自己想念着她，希望她在这儿或他去那儿。卡塔环顾房间，友好地、嘲弄地咧了咧嘴。

"维罗纳①这儿情况怎么样？"他问，"我猜朱丽叶没跟你在一起……相信我，你会跟那位结婚。等你失去自由就想起来了。卡塔叔叔警告过你！至于我嘛……那闻上去蛮香，哥们儿。你在烧什么？"

达乌德耸耸肩。"我吃过了，"他说，"还有些剩。你要的话自便好了。"

"至于我嘛，还是老一套，"卡塔继续说，此时他已往盘里盛上吃的，回到了客厅，"甭相信女人！干完就走人！你知道我跟海伦一道去法国。她一切全包，兄弟。一切。最

---

① 维罗纳（Verona）：意大利北部城市，是莎士比亚笔下罗密欧与朱丽叶的故乡。

近这两个礼拜我一直跟她一起,可她还不知足。但……她总得习惯。时候快到了,哥们儿,然后我就离开这个该死的地方。"

"她以前同居的那个男的怎么了?"达乌德问。

"那个可怜虫?告诉你这国家他妈的完了。他已经走了两个礼拜,去苏格兰陪他老妈。你想想,我会撇下我女人去陪我妈吗?明天他就回来啦。"

"哦,明白了,趁他不在,你……"

"没错!"卡塔说着朝达乌德咧咧嘴。

"你喜欢她吗?"达乌德问。他见卡塔大笑之前畏缩了一下。

"告诉你,她就是个让我操的两面派白人骚货,等我回家了就拉倒。就算不跟我,她也会给自己另找个学生的。瞧瞧她同居的这位,什么陶工、油漆匠,乱七八糟,她说起他来没完没了。感觉那真有病!她甚至对他都不能死心塌地,不会揭穿他的老底。"

"也许她感到愧疚。"达乌德说。

卡塔嗤之以鼻。"他们就是下流货,不知道脸皮厚薄。等他回来,她很可能告诉他我的全部。总之,我不愿提她。"他的心情变了,不复第一次进门时趾高气扬的模样,对自己似乎还挺得意。如今他焦虑难安,微微摇着头仿佛在躲避疼痛。

"看来他们都在家等你。张罗好一切,就等英雄凯旋,嗯?"达乌德说,"坦白说,我嫉妒死了。"

卡塔大笑起来。"太棒了!我已经有了份工作。"

"啥工作？"达乌德问。

卡塔耸耸肩，张开双臂表示既不知情也不关心。"政府部门……不清楚哪种工作。我不具备那儿需要的专门技术。他们派我来这儿学一门狗屁课程，它的唯一作用就是让几个讲师有饭碗……跟其他玩意儿。英国文化委员会①出的钱，谁在乎呢？"

"难道你不在乎？"

"商贸部适合我，"卡塔说，随后对达乌德做的鬼脸哈哈大笑，"那样的部门油水更多。"

"你是指贿赂？"

"那是当然，"卡塔说着咧咧嘴，"我今年总得有些进账。无论如何，冲劲是咱们文化的一部分。你以为我是谁？圣战战士？"

达乌德突然不由自主地深深叹了口气，令卡塔满怀期望地等待。他摇摇头，告诉卡塔他没话可讲。

"你不觉得我是当真的，对吧？其实，大概率是教育部里的一个职位，"说着卡塔对他朋友微微一笑，"那儿没有大笔贿赂，这能肯定。但我分了套房，拿了笔车贷，领着高额薪水……还有来自我社区的尊重和感激。"

"听上去你像是改邪归正了。"达乌德说，不大相信他的话。

卡塔大笑。"你一定得来一趟，度个假。我来给你介绍

---

① 英国文化委员会（the British Council）：英国政府组织，成立于1934年，旨在使其他国家的人士对英国文化有更全面的了解。

几个火辣的弗里敦美女……说起这个,你的靓妞呢?希望她能及时回来,出席我的欢送会。"卡塔边说边点燃一支烟。"只邀请最要好的。我们会宰杀一头山羊,弄一些沃洛夫炒饭①。没你的狒狒肉和胡萝卜……提到狒狒,你见过那只英国猢狲的影子吗?他不会马上忘了卡塔叔叔,我想应该不会。那只猪那一晚在说什么,你听到了吧?"他舔舔牙,把烟灰弹到脏盘子里。

他们出去喝一杯,全由卡塔买单,因为达乌德已经没钱了。卡塔聊起他的旅行、他对回家的期待,还有买的礼品。他问达乌德是否能在聚会那天过来帮忙,把场地准备停当之类。他们在酒吧外分开。卡塔单手搭在达乌德肩上,那分量好像这是他们最后一面。"又见到你可真好,兄弟,"卡塔说,"你气色不错。代我问候她。告诉她,她对你真体贴。还有,如果她对你腻味了,卡塔大叔永远有空。"

她才不会对我腻味呢。

周日,她拎着手提箱和一包日用品来了。"我把你一五一十跟他们讲了,"她欣欣然地说,"我告诉自己别声张,但做不到。起初他们有点儿恼火。我们吵啊闹啊,最后互相生闷气。但每次他们以为搞定了,我就又开始。蛮搞笑的,可我不打算放弃。我心里时刻都是你;只要一张嘴,就是你的名字。结果每次我一提你,他们就唉声叹气。我甚至拿出地图指给他们你从哪儿来。他们很快就想见你。给他们一点

---

① 沃洛夫炒饭(Jollof Rice):由米饭、辣椒、番茄、洋葱等制成,流行于西非地区。

儿时间吧。"

"那医生呢？他们难道没有问起？"

她耸耸肩。"问了。老爸觉得，为了个清洁工甩了个大夫，我准是发神经。但我告诉他你这个清洁工不一般。"

"他信？"他问。

她又耸耸肩。"晚上，我躺在床上，努力想象着你就在我身旁。我想快点赶来，跟你在一起，看着你笑，告诉你我所有的心里话。"

他微微一笑，陶醉于她的甜言蜜语，仿佛那是最最甘美的诗句。他把她的箱子拿上他的房间，她则取出父母硬塞给她的生活用品。他羡慕她与父母的天伦之乐，以及她赢得双亲首肯的脉脉温情。

19

大学住宿负责人将卡塔所住又高又窄的廉租房形容为古色古香的排屋,这对卡塔毫无意义;只要逃离学生宿舍,几乎任何住所他都能接受。大学林地起于屋后;卡塔声称他有时听见林子里传来刮擦声和开裂声。也许那儿住着个英格兰部落,达乌德表示。

达乌德已经答应下午过去帮忙搬家具,准备好聚会场地。这周六也是奥弗尔球场①举行测试赛的日子;如一切顺利,迈克尔·霍尔丁将撕开英格兰队的五脏六腑。他怨恨错过球赛,去帮卡塔搬几件他自己就能相当轻松挪动的家什。不过他估计这正是考验。达乌德试着先就霍尔丁矫健轻快的身姿吹嘘了几句,但卡塔吓得直退,极其憎恶地做了个鬼脸;使这名板球手遭遇如此不敬,达乌德深感惭愧。

在达乌德看来,似乎有许多学生住在屋内。卡塔时常埋怨他们,可达乌德却满怀好奇。他们看上去脏兮兮的、漫不经心,仿佛在思考其他更高深的东西。他不禁将他们的高傲冷漠和对零碎学问的蔑视相联系。他羞于自己天真幼稚,没有告诉卡塔他们的求学生涯在他眼里多有魅力。

为了聚会,卡塔将电视机占据显要位置的客厅腾了出来。"你瞧这电视,"他俩费力把它挪出房间时,卡塔告诉他,"该死的东西让我苦战了好几场。只要我想看什么,剩下那帮人就怨声载道。他们觉得我的品位有点儿俗不可耐。你理解那个词的意思吗？他们想看的都是严肃节目，谈论几百万印度人忍饥挨饿。有时候，传言某个沾沾自喜的美国无赖，或者某个不善表达的意大利人，打算预测世界末日。你真该会会这些狗屎。他们跟狐朋狗友一拥而入，坐等某只吃饱了撑着的猢狲开讲世界即将断粮缺水，如何如何。他们傻傻坐着抽大麻卷烟，听这些不靠谱的理论，感觉自己还真弄明白了人类面对的难题。我告诉他们该死的房租我也有份，所以我要分享电视。"

"然后呢？"达乌德问，感到卡塔需要提词。

"他们投票否决我，这帮畜生。我对他们说，我的文化不讲民主，他们正在毁灭我的个性……"

显然，有什么事困扰着卡塔；他忧伤地看了达乌德几眼，仿佛欲言又止。终于，他说出了口。"跟你实话实说，哥们儿。我心里有块大石头。你知道那个导师，海伦？她今晚要来。我没理由不邀请她，是不是？今晚我需要的，是一个像荷兰娘们罗莎那样的人。色欲这个词就是为她造的！难缠的荷兰娘们罗莎！和她睡一夜就能甩了这坨屎，你说是不，哥们儿？"

自从他带她去伦敦参加一场聚会，在一群老乡面前炫耀几分，卡塔就把罗莎塑造成了一个传奇，不料后来发现，当晚她就把主人勾引进了卧室。

---

① 奥弗尔球场（the Oval）：位于英国伦敦东南部的板球场，自1845年起是萨里郡板球俱乐部主场。经常在此举行国际比赛。

"再跟罗莎睡一夜我该怎么对付,弟兄。不过……我还请了那个陶工什么的。她没啥好多抱怨的,对不对?明天下午我就从这儿走了,跟她一了百了。我懊恼的是竟然就这样破坏了我的聚会。"

"你在说什么?"达乌德问,对卡塔明显所处的复杂局面感到吃惊,"我以为你跟这女人之间只有一点儿暧昧。已经发展到比那更严重的地步了吗?"

"不知道怎么阻止她。"卡塔说,声音里带着一抹害怕。

从厨房里出来一个相当丰腴的姑娘,脸上带笑,站着注视他俩。"香肠做好了,卡塔。"她说,脸颊上放出友善的光芒。她臀部肥硕,乳房丰满;这种女人正是他们那样的土包子应该爱慕的,达乌德想。

"安吉拉,你是个天使!"卡塔边说边模仿她巴结的模样,"真该带你回去做我的女佣什么的。那几只口袋里有些奶酪和面包,如果你乐意去摆摆好。"

这几条新指令让安吉拉满脸高兴,回厨房前她朝卡塔咧了咧嘴。"她是个讨厌鬼,"卡塔压低音量说,"我在这儿的大半时光,她一直对我暗中监视、散布谣言。她说我从冰箱里偷她的食品。如果你付我钱,我就不会碰这些有害的蹩脚货。然后她就来这一套……不过我并不惊讶。他们喜欢用这种善意的姿态让你欠他们人情。必须说服他们自己开始就对你客客气气,他们弱小的心脏根本受不了去恨你。"

他们把大多数家具搬到餐厅,把餐桌抬进客厅。餐桌上盖着床单似的一块桌布。安吉拉步步紧跟,建议他们赶快给房间吸吸尘。卡塔全然不知所措,成功地让她主动去干那活。他们从卡塔房间搬来高保真音响,将唱片叠在桌底下,然后到楼下房间四处走走,查看一番他们的杰作。卡塔宣布对结果满意。

"我不知道穿什么好。"他声言。安吉拉看看他,伴着一贯的微笑。安吉拉更有事可做,达乌德想,一边期望抓紧个把钟头,目睹摧毁布尔佬的队伍。"最后一次露脸,我要魅力四射,行吧?我有一身全白的套装……"

"好棒!"安吉拉边说边拍拍肉乎乎的双手。卡塔热情地向她微微一笑,不同于平时厌恶的眼光,他怜悯地望了望她臃肿的身躯。

"不,"说着他摇摇头,为寻求支持瞅了瞅达乌德,"那太招摇了。从我所选的颜色,有的激进分子又会读出深层心理问题,开始引用法农①对我攻击。"

达乌德留下他们争论天鹅绒棕色裤子配白色丝织衬衫的问题。他谢绝了上楼现场观看服装的邀请,匆匆回家赶上周六赛事的剩余部分。令他极为不满的是,他发现英格兰队仍以304比5活着。不正常的是,拿下176分的埃米斯②也还在那儿,嘴里紧紧叼着烟斗。他本希望看到英格兰队凄惨地防守一两个三柱门不放,不料他们反而越战越勇。他明白,这是因为比赛进行时,他没在现场为球队加油鼓劲、提供

---

① 法农(Frantz Omar Fanon, 1925 - 1961):出生于法属西印度马提尼克岛。作家、革命家。代表作有《黑皮肤,白面具》(1952)、《全世界受苦的人》(1961)等。
② 埃米斯(Dennis Leslie Amiss MBE, 1943 -):英格兰著名板球手。

建议。

凯瑟琳拎着手提箱到了,这是最后一件她需要从公寓搬走的东西。她的朋友们最终请她走人。她们曾客气地试图说服她,重新接纳她入伙,倒没有说他半句闲话,而是赞美起属于医护眷群的乐趣。她们排挤她,差遣她去考文垂①,然后就等着她离去。她勇敢地谈到直面"钢琴琴键君",催他做好修缮、为装潢买单。他只不过是个贫民窟房东。不清楚你怕什么。达乌德表示同意,等着采取行动的日子。

"你不会又在看板球了吧,是吗?"她边问边气喘吁吁地把手提箱移入房间中央。他带着痛苦和背叛的表情瞥了她一眼。"没关系,我只是寻开心,"她边说边咧嘴笑,"但你至少可以问声好。我今天听说他们打算在英格兰西南部实行配给供水,你知道吗?这个夏天显然是最干旱的,自从……都不知道从何说起了。"

他帮她把手提箱提到楼上,她取出行李时就陪着她。他躺到床上,如饥似渴地盯着她。"我不准备付任何房租,直到窗户修好。"她说,并不理睬他夸张的邀请。"卫生间已经收拾好了。"最后她走得靠他太近,于是他猛扑上去。老练的她无情地将他一把推开。他耐心等着,当机会再次降临,他没有错失。她在他身旁卧倒,扮了个痛苦的表情,仿佛在阻止自己哭泣。

"怎么啦?"他问,"那帮人在你离开前说了什么?"

"只有宝拉,"她说,"也没什么要紧。"

---

① 考文垂(Coventry):英格兰西米德兰郡城市。

"她怎么说?"

她把脸凑得更近,言语间亲上一口。"她说,我搬进来跟你一起的原因,就是你那硕大黑鸡巴;等你跟我分手后,没人会想要碰我。真蠢!"

"我有吗?"他问。

"什么?"她开始咧着嘴笑问。

"硕大黑鸡巴呀。"

她讥讽地大笑,用指头比了个手势,意指一个极小的玩意儿。他觉得受了侮辱。他的男性尊严得以唤醒。

去卡塔住处的路上,他唠叨不停,让她怀疑他是否紧张兮兮。屋子在她眼里很宽敞,从通往前门的台阶旁的垃圾看,她估计不会太干净。开门的是个相当丰腴的姑娘,达乌德介绍说是安吉拉。他们走进屋子,她发现那儿大多数是英国人。她一下子感到释然,自己暗暗吃惊。她意识到,她害怕被一群鄙视她的黑人围住,告诉她她属于一个冷酷无情的民族,一如达乌德心绪不佳时偶尔为之。发觉他内心的敌意以及不加分辨的怒火使她惊愕。她扫了他一眼,发现他正看着她,等她说点什么。音乐响声震天;她摇摇头、耸耸肩,摆出认输的姿态。他对她大致说了点,就开始走远。她没跟上去,他便回来挽着她的手臂,腼腆地咧了咧嘴。他们步入客厅,那儿简直喧闹不堪。他们从跳着曳步舞的情侣间挤出路来,走到高保真音响所在处。达乌德弯腰细查设备,接着调低了音量。

"你要干吗,兄弟?"卡塔从他身后大喊,"你要用你的中产阶级焦虑毁了我的聚会。我看上去如何?"他问达乌德，可却瞅着凯瑟琳。

"魅力十足！"她说。

他朝她鞠了一躬，然后对达乌德扬起眉毛，等着他致敬。达乌德看了他好一阵子。卡塔容光焕发，稍稍扭来扭去，像个模特。"像个拉皮条的。"达乌德总算说。卡塔猛一回头，哈哈大笑。让全世界看看一个非洲佬是怎样满腔热情地大笑，达乌德心想。

厨房的杯子里、瓶子里都是酒。那儿较为安静，一群人围着一个四十岁左右的矮个子黑人。他戴着顶棕色毡帽，帽檐一侧向上翘起。饱满的面颊上，一根皮质颏带勒进肉里。这种帽子是大型动物猎手及白人定居者的最爱。他手执轻便手杖，不时用它指明观点，说起话来阴郁而严肃。他俩出现时，他往他们的方向瞥了眼，其后愉快地咧了咧嘴，开始朝他们走来。

"你好，山姆。"随着这名男子走近，达乌德说道。山姆热切地拉住达乌德的手，几乎没看她一眼。他走上前，一只胳膊搂住达乌德的肩膀，头紧靠达乌德的胸膛。

"你怎么样，兄弟？"他问，柔和的嗓音中饱含深沉的痛苦，"我们还在继续奋斗，伙计。"

"没错，"达乌德说话时声音出奇的小。这让凯瑟琳不禁琢磨她所听见的话里是厌恶还是愧疚。看见他挑剔地挣脱山姆的拥抱，她明白起码有些讨厌。山姆转向她，她微微一笑。片刻之后，他也报以微笑。

"我们不想失去所有弟兄，"他说，朝达乌德回转身去，"已经目睹丧失了我们当中的精英。要坚定信心！"

他再次转向凯瑟琳，对她微笑。笑容里有某种预谋，她想，好像他早知道她会去那儿，于是等着她凑近，以便对达乌德发出警告。他靠拢她；她见他脸上布满油乎乎的小点，觉得恶心，害怕他想跟她握手。他朝她一俯身，头靠上她的肩膀，就在她左胸上方一两英寸的地方。她能感到他呼吸的热气，镇静地往后一退，一边直瞪着他。达乌德跟这个矮个子默默互相看了看；山姆微笑着，眼里尽是恶意。达乌德最终转过身来，碰碰她的手臂；她扫视一眼他的脸，想弄清这个暗号的意思。他想让她把山姆恶心的脸砸成肉酱，还是用她的鞋跟戳瞎他的双眼？他们可以用扦子将这个丑陋的杂种架到文火上，对他唱响自由之歌。

"革命性的一击，山姆。"达乌德说。

"我们的小伙正在那儿消亡，"山姆哀伤地说，"他们在街头杀戮咱们的孩子。昨天在开普敦就有二十七人丧生，今天大家又被他们关押起来。我们不想失去所有兄弟。"

达乌德又碰碰凯瑟琳的手臂，准备开溜。

"等等！"山姆边说边拦住达乌德的去路，"我对她没有恶意。"他拉牢达乌德的胳膊，恳切地抬起头来；突然，他的笑容显得脆弱而忧虑。达乌德一动不动，通过他搭在她身上的手，凯瑟琳能察觉他想揍他一通。她等着他盛怒之下撕烂他的脸。"丝毫不针对她。我只是告诉你，这些家伙要我们的命。我一点都不想伤害她。我无意冒犯你，"说着他转向她，两眼含泪，"你知道我来自南非。如今已在这儿流亡了七年。每天我都想，不，我无法再忍受。死了更好。七年没见妻子。孩子音信全无……也许他们早死了。"

241

山姆突然哭了起来。"眼下他们在街上屠杀我们的孩子，"他啜泣着，"他们已经侮辱完了当父母的，现在要消灭咱们的后代。"人群中过来一名女子，用胳膊搂住山姆的肩膀，打算把他带走。她三十多岁，灰白头发湿答答的，皮肤上一块块红斑。山姆倚着她，跟着她走了。

"他有点儿醉了，就那么回事，"达乌德说，"她会照顾他的。他喝起酒来不要命。"

"她是谁？"

"玛丽。他跟她住一起。他们甚至生了两个没人看管的脏小孩。他经常出没于聚会和酒馆，蹭些酒水，然后哭泣一番。我想他哪天会自杀的。"

卡塔突然在厨房现身。"他去哪儿了？听说那个祖鲁人①又惹麻烦。我不会让那混球毁了我的聚会。我知道不应该请他来。"

"没事，"达乌德说，"玛丽稳住他了。"

"她到了。"卡塔压低嗓门。他瞥了眼凯瑟琳，尴尬地笑了笑。"海伦，"他用正常语气说，"过来见见她。"

他们正站在门厅。她是个高挑黑发女郎，笑容灿烂。她的脸略呈圆形，平添喜悦欢乐的印象。她四十上下——达乌德估计——外貌具有母亲的忍耐与睿智，虽然卡塔并没提及子女。看上去与卡塔描述的截然不同。她戴副黑框大眼镜，虽神情严肃，但不可当真，仿佛其实只是装饰。她旁边的男子也身材高大，臃肿而非肥胖，但看上去挺健壮。达乌德暗

---

① 祖鲁人（Zulu）：居住在南非纳塔尔等地的黑人部族。

自发笑,想象着卡塔被那个蛮子摁到墙上。他就像个粗犷、坚韧的汉子①,他想。卡塔介绍他俩时显得紧张慌乱。达乌德见海伦微笑,又看到那名男子毫不掩饰,厌恶地瞧着卡塔。他开始预感到麻烦,内心微微一颤。这个陶工名叫马修;跟凯瑟琳握手时,他的两眼全无愧色地移向她的乳房,死死地盯住那儿。他并不寻求她有所回应,谈不上谨慎或狡诈。他眼里甚至没有饥渴或兴趣。某种意义上,她想,这男人似在海上,茫然不知所措,并非因为害怕或没有把握,而是由于待在了不该在的地方。"酒在哪儿,宝贝儿?"他问凯瑟琳。

她回头一指,马修略露微笑,随即溜出人群去弄杯喝的。见他溜走,海伦也微微一笑。她转向卡塔,赤裸裸挑逗地看着他。"好可爱的地方,"她说,"记得刚参加工作,我就住这样的一间屋子。这气味最熟悉不过了。"

她扫一眼凯瑟琳和达乌德,比礼貌的时间稍长,好像正把他们纳入一个计划。她眼里没有敌意。相反,她兴致盎然,希望允许她加入他们营造的亲昵氛围。她又微微一笑,流露出随和真挚的喜爱。"我想跳舞,"她对卡塔说,"如果你不认为我这把年纪随那种音乐起舞太荒唐。"

马修拿着一杯酒和一盘吃的回来时,凯瑟琳跟达乌德还在门厅站着。他靠在墙上,一边吃一边嘴里掉落面包碎片。他们借故离开,出去透透气。他们倚着栏杆,站到屋外台阶上。她凑近他,把自己挤进他张开的两腿之间。他一开口,

---

① 原文为西班牙语。

那调门就令她浑身震颤。一群年轻人从路上经过,转身盯着他俩。她听见他们彼此交头接耳,然后又暗暗窃笑、漫不经心地忍住扑哧声。瞧见一个英国婊子跟她的黑鬼学友,他们一定乐不可支,她想。可他又喋喋不休,压低了嗓门儿免得被偷听。后来,当她想起这晚,她还记得夜空中的丝丝寒意、他们身后缠绵起伏的音乐,以及她身子里隆隆作响的他的话音。

他们回到屋内添点酒。马修仍独自站在门厅,尽管眼前聚会正渐入佳境。在他身旁,宾客往来如织。食物碎屑已绕着他围成一圈。他淡淡地回应他们的问候。

"希望那儿酒还没喝完。"达乌德没话找话。

"一堆呢。"他边应答边举起酒杯做敬酒状。

达乌德向厨房挤出一条路,而凯瑟琳就在门厅等候。他一走,她就后悔了。他俩一独处,马修就朝她靠拢。"你跟他上床?"他问,两眼直勾勾地盯住乳房,"怎么避孕?"

她难以置信地看看他,意欲避开。他离开墙,好似要尾随她。旁边出现一个修长的黑人,邀她共舞一曲。她毫不犹豫地答应;等陷入他的臂弯随他起舞,她才开始对搂住她的这名男子回过神来。他端详着她的脸,微笑着似要取悦。他拼命抱紧她,让她觉得卑鄙下流。他咧嘴笑个不停,但缺乏自信。因对这种情况有所警惕,她寻思此人有何经历,又把她当作什么看待。

在那个吵闹的昏暗房间里,她感觉他的双臂牢牢缠住她;她想阻挡他的搂抱,但却无能为力。他把她的身体贴紧自己,将耻骨压入她柔软的大腿。一只爪子般的手沿她的后背上爬，停留在她裸露的颈部。她正要挣脱，他却将她的头往下按向他的肩膀，想让她对他放弃抵抗。突然，她憎恶地用力把他推开。他并没松手，不过后退得很远，让她看清他的表情。不解与委屈交织在一起，但其下是狡猾的眼神。接着，仿佛想戏弄这些词，他一边微笑着上下打量她、眼里流露出某种渴望，一边耳语一句我爱你。她甩开他，不顾他呆若木鸡。她见达乌德站在门口；她朝他奔去，感到那男子紧随不舍。达乌德的注意力却在别处。她站到他身旁；几秒钟后，他才看到她。男子大步迈向达乌德，往前伸出一只手。抱歉，我的兄弟。不知道她跟你一起，他说。

达乌德听此人郑重声明毫不知情，而她转过脸去，尽量不理会所言所语。男人之间彼此宽慰叫她恼火。达乌德该告诉他，他应向她——而非对他——卑躬屈膝。大闹一场也一无所获，她自忖。两眼环顾房间，她发现音乐声淹没此人的嗓音相当容易。卡塔跟海伦还在跳舞。他俩如胶似漆，对周遭一切置之不理；他们摇摆身体，曳动脚步，对所作所为予以正式确认。他们嘴对嘴简直亲个不停，臂膀紧绕难舍难分。乍看一眼，他俩似乎浑然一体，就像一只怪兽，没个人样、不讲斯文。

凯瑟琳瞅瞅身后，见马修仍在门厅站立。他正和一对衣冠不整的情侣谈话，他们貌似和他相熟。他的盘子又满满当当，身旁的食物碎屑也有所增加。她再瞥了眼舞者，可他们好像无忧无虑。音乐终于停了；过了会儿，卡塔抽身朝高保真音响瞧了瞧。他去换上另一张唱片，海伦则紧随不放。凯瑟琳发现他脸上汗水涔涔，两眼流露出心烦意乱的神情。海伦似乎一样，满脸通红，兴高采烈，张着嘴巴。他俩走过他们身旁时，达乌德问了声好；卡塔扫视四周，举起一只手臂致意。她认为他已失去自制。她再扭头往后一看马修，但他依旧在门厅，向地上又倒又啐食物碎末。

聚会开始分成几组。达乌德想走，但不想显得无聊没趣。眼下无论到哪儿，每一处都声音高亢，激情四溢；大家挤挤攘攘，仿佛急于挨得更近。他们在嘈杂的客厅里跳了一会儿舞，不过主要站在外面，边聊边饮酒。

"走吧，"凯瑟琳说，此时刚过凌晨一点，"这次聚会，我想我们够卖力了。"

他们告辞时，卡塔紧紧拥抱了他数秒。别断了联系，他说。

"你没事吧？当心！"达乌德说。

"嗯嗯。"卡塔说。

"我是指……要留意那里头……"

"明白你的意思，"卡塔立刻说，"认识你可真好，哥们儿。咱们说好保持联系。"

达乌德默默看了眼卡塔，点了点头。"小心！"

20

那一刻,街道一派静谧。真惬意,他说。她向他打听卡塔;他迟疑片刻,然后开始讲述他俩干的事。追忆往事,他的声音充满快乐。他留意到圣希尔达教堂的大门开着;因为有她作陪,他也心情舒畅,所以他一反常态。"咱们从教堂墓园穿过去,"说着他挽起她的胳膊,而她正想继续走,"这样出来离家近些。"

"这辈子都甭想,"她边说边甩开他的手,"夜里这时候不行。"

"胆小鬼!"

"无所谓。我可不要穿过那片墓地。你知道吗,自十四世纪起,那处公墓就一直在使用?那儿可能有各种妖魔鬼怪出没。"瞧得出他对这主意蛮有兴趣,她只好唉声叹气。

"十四世纪!我不认为那时候你们的人埋葬死者。我想,你们只不过用尖杆刺穿他们的心脏,将他们抛入最近的地窖。听我讲,我会点儿咒语。"他说。午夜时分让他忘乎所以,也可能是卡塔提供的廉价红酒令他兴奋莫名。"我正在谈万无一失、具有强效的祖祖法术!咱们可以进去找到某个金雀花王朝①的骑士,让他起死回生,再问询一二。或者,我们也许会偶遇一个滞留此地的朝圣者,和他探讨陈年旧事。最棒的是可能发现一个老奴隶贩子;他以为葬在这儿，就能躲过我们的报复。我们可以令他复活，然后再折磨……好吧，"他最后说，她那强忍厌烦的眼神叫他泄气，"我就进去走几步，你在那儿墙边稍等。"

她注视着他穿过大门，在月影中消失了片刻。他在另一侧停下，站在月光里，身后是黑黢黢的教堂石堆。停柩门顶盖的影子像一道屏障落在他俩之间。他向空中举起双臂，脸转向月亮，念念有词："护佑我在这邪恶的场所。叫他们复活，卫生之母，让我拷问得梅毒的群魔。为我复活他们的骑士与少女；但首先把一个奴隶贩子交给我，让他对我俯首帖耳。"

他放下双臂，开心地向她投去微笑。他见她依旧不以为然，于是做个鬼脸，向墓穴走去。真受够了这愚蠢的把戏，她想。她坦承自己有点儿恐惧，但更重要的是，她觉得简直荒谬。他来到墓碑，弯腰读起铭文。她希望他能赶紧，惹是生非似乎毫无必要。甚至谈不上滑稽可笑。她看到墓地边缘的树丛里有些动静，心怦怦直跳。渐渐地，一个物体开始明白无误地从阴影中显出轮廓，化作几名男子。她大喊他的名字，生气地低声催促，却没有高呼示警；但他头都不回，挥手叫停。

他们朝达乌德蹲伏的身影走去；显然，祖祖法术变不出这些可人儿。他们是时代的代表——国民保健、社会保障与儿童福利部的最佳六人组。现代欧洲文明的突击部队就此迫

---

① 金雀花王朝（Plantagenet）：自亨利二世至理查三世期间统治英格兰的王朝名称（1154－1485）。

近,漂洋过海而来的可怜勇士却蜷在死人之中找寻一块碎片,符号记下的先祖早已被忘得一干二净。

他们看到了他,仅仅犹豫了一阵。难道他们没有想过,这可能是个逝者?是个幽灵?在她看来,奇怪的是,想象力似乎灾难性地失了灵。半夜三更,他们瞧见一人蹲在坟地中央,却绝无落荒而逃的念头。眼下她着急呼喊他的名字,见他转身面对他们。但为时已晚。他朝她瞅瞅,耸了耸肩。她觉得自己有负于他。她本该劝阻他走进墓园,她想,仿佛那样痛苦便不会现在降临。他开始后退,以免他们把他包围。尽管靠米饭和鱼粥长大,抗拒野蛮人统治的天定命运,他指望有何成就?他们叫他黑妖怪。他被一块墓碑绊倒;他们扑了上去,想亲手宰了一个黑鬼,以此重温昔日荣光。

他们痛殴他、谩骂他,用无需作答的各式问题奚落他。她听到他的嗓门儿盖过了别人。我谢谢你们,英格兰大老爷们。他试图起身回击,可他对付不了他们那么多人。她向他走去;他们毫不理会,伸直手臂将她挡住,一门心思叫她滚蛋。她捡起一块长长尖尖的路缘石。当心,有个家伙嚷嚷。这疯婆子!另一个头上稀疏金发飘逸的家伙——从她手中打落石块,一拳正中她的嘴,使她往后直踉跄。蠢娘们!他边说边两手叉腰盯着她。他用尽力气踢她,踢得她阵阵呕吐,无法控制。他们揍得他失去了知觉,倒在了教堂阴影里。

等英格兰的精英们迎着旭日驾车离去,她才走近,为他遍体鳞伤的身子抹眼泪。"我胳膊断了。"他苏醒过来,骄傲地说。她呼叫救护车返回,发现他倚靠一块墓碑坐着,面带微笑。"你看见我冲向那些邪恶骑士的样子了吗?看到他们东躲西逃了吧?"

他见她按摩着腹部,边探查痛处边疼得直抽。她告诉达乌德踹她的那名男子,对他描述一番,好像期望他们认识似的。他夸她勇敢,她却扮个鬼脸嘲弄他。"了不起的斗士嘴可真甜!"她说。

救护员们开个玩笑,说死者活了过来。其中一位认得他。达乌德询问他们是否可以鸣响警报。你是哪门子王室成员?救护员反问。急诊护士长非要凯瑟琳等在外面,但达乌德大发牢骚。"她也有伤。"他敦促道。护士长怀疑地久久看了凯瑟琳一眼,总算答应了。她摸摸凯瑟琳的肚子,安排她和达乌德同一时段做 X 光检查,不过她有意对他表达严重关切。他们等 X 光片的工夫,护士长向达乌德透露,护士长之家有一场化装舞会。她曾经去过,穿着草裙,打扮成草裙舞女郎。待医生赶到,开始触摸他的断臂,他已晕了过去。

他们允许达乌德在急诊室待到周日下午。他睡着的时候,阿格尼斯·科克护士长——库特战役里的丰腴老天使——前来探视。她两眼含泪,把想象中的一缕头发从他的额前撩开。周日下午,凯瑟琳来接他出院,把这事跟他说了。

"她还认识你。好奇怪。她一下子又急又恼。真是老糊涂了,对吧?可怜的老大妈!"

"我一定让她想起了美索不达米亚①那一仗,"达乌德

---

① 美索不达米亚(Mesopotamia):即底格里斯河、幼发拉底河流经的"两河流域",在今叙利亚东部和伊拉克境内。

说，试图理解科克护士长的行为给他造成的不安。战役期间，他可能在库特吗？还是化身显灵？"这有什么老糊涂的？为什么这位好心女士就不该为我受伤伤心？"

凯瑟琳做个怪相，他的豪言壮语令她无动于衷。"哪一仗？"她边问边弯腰帮他系好鞋带。

出租车司机闷闷不乐地坐在方向盘后头；达乌德费劲挤入后座，小心不撞疼他的伤口。他咬紧牙关，朝凯瑟琳微微一笑，非常在意煎熬之下要英勇。她讽刺地拍拍他好的一侧肩膀，他也龇牙咧嘴的。她摇摇头、叹了口气。回到家，他拒绝坐沙发椅，说那会弄痛膝盖；这下她发作了。"住口！几处瘀青没啥好大惊小怪。"

傍晚时分，他身子发烧，一抽抽的。他上床却睡不着，冒着汗翻来覆去，想找个不会碰疼的姿势。夜深了，她打起瞌睡，他却想起了父母。他的心在流血，伴着不可控的惶恐。他太让他们失望！太不把他们当回事！等她醒来，他开始东拉西扯。你不能这样，她说。

她出门上班，他才坐下写信。为时已晚，他想。他如何向他们解释发生的一切？又该如何形容英格兰明艳的黄昏，告诉他们那毕竟并不恼人？他信笔书之，又问候又低声下气地致歉，请求宽恕——他始终认为这是他们的心愿。信一写完，他就前往邮局将它寄出。当天下午，他观看弗里德里克斯跟格林尼奇折磨着英格兰队的几名投球手，一百三十八分钟里得分182比0。格林尼奇击球时，仿佛有意把人击伤，起身一个横向切球，好像它是只惹人厌的害虫。

她回家后，他对她提到这封信。她轻轻拍着他的脸，咧嘴而笑，他也相视一笑，带着几分自豪。他真付诸行动了。旋即他谈起板球，那让她脸上的笑容消失无踪。最后一天的比赛，他从头看到了尾。系列赛已稳操胜券，大家都认为拿下这一场轻而易举；专家预计是场平局，但达乌德自有主张。霍尔丁——这名优雅的刺客——朝格里格投出一个约克球，没有哪一刻比这一刻更令达乌德愉快的了。达乌德绕着房子起舞，边嘲笑边尖叫，像发狂的德尔维希教徒①一般旋转着那只完好的胳膊。等凯瑟琳回家，他不顾她的哀求，非要向她详细讲述这天的赛况。203 分败北。格里格只得 1 分。西印度群岛队凭 231 分优势取胜。她最后睡着了，让他觉得伤心。

"今天下午去大教堂走走怎么样？"他在周六问她。

"为什么？"她问，惊讶地咧了咧嘴，"转念一想，甭管原因。我会带你参观。别牢骚埋怨，行不？你就老老实实游览，让你看啥就好好看。不准吵闹！"

大教堂所在地人山人海，但大多数都靠后站立，环绕建筑四周，钦佩中带着羞怯。凯瑟琳自信地领他到主入口，命他在那儿停步。他仰视石雕与精美纹饰；正是它们，庇护一众圣徒免受朝圣者厚颜凝视之扰。不等入内，他早就不听她的，被一股无名激情所驱使。

及至中殿，他两眼朝天，不害臊地怀疑起来。他想，柱子会比上帝本身更长久。他匆匆向祭坛走去，无心多看一眼

---

① 德尔维希教徒（dervish）：属伊斯兰教苏菲派，尚托钵苦行。吼叫旋转狂舞为其崇拜仪式的一部分。

花哨的布道台。宏大的祭坛设计拙劣,他觉得既不庄严也不优雅。在他看来,似是自吹自擂的神父们所为。他不管凯瑟琳再三拉扯,满意地看着肮脏的祭坛台布以及立于其上、暗淡无光的沉重十字架。它们看上去更真实,他想。她将耳堂和骑士与国王的纪念碑指给他。接着,仿佛把菁华留到最后,她引他来到当代圣徒及殉道者的小礼拜堂,在这场所回忆起马丁·路德·金①之死。他连忙退回中殿,在刻着凹槽的穹顶下站定;砖石同光线曼妙得令人难以置信;他一瞧见,便感觉自己飘飘欲仙。随后他不愿多看,只想离开。

"这不是为主而设,"他说,"而是为了颂扬人的聪明才智。咱们改天再来。真没法相信。一群披着狼皮的蛮子如何把它建成?"

"我不喜欢你这副敬畏的模样,"她边说边拽走他,"不管怎样,大部分由外国人建造。甚至石料都来自卡昂②。它只是座雄伟的哥特式建筑,几乎紧挨着你那破烂不堪的狗窝。不来参观可太傻。"

"不不,"他表示抗议,"远不止那样。"在太阳街与宫殿街的人群里躲闪穿行,他努力说明他俩所见绝不简单。"软弱的野蛮人怎能建立如此丰功伟绩?为了什么?问问你自己。营造大教堂,并非为了赞美荣耀的上帝,而是在自己和时代面前显示他的睿智与灵巧。那就是几个世纪以来,成

---

① 马丁·路德·金(Martin Luther King Jr., 1929-1968):美国黑人牧师,非暴力民权运动领袖。促使国会通过民权法案,获1964年诺贝尔和平奖。后遇刺身亡。
② 卡昂(Caen):法国北部城市,靠近英吉利海峡。

百万的朝圣者来此的原因……嘿，别走那么快！他们来时都心怀信仰或罪恶，但还有另一种感觉——他们并非无足轻重。磨难与艰辛赋予他们力量，使得那份感觉真实可信。明白吗？你干吗走得那么快？"

"因为我正费力挤出这该死的人群！"她大喊一声。

"难道你不明白？"他说，此时他俩已回到主教道，"那些朝圣者激情满怀地前来，原因就在于此。可不像这些呆头呆脑的家伙，随便看什么都瞠目结舌。他们来时思虑的是，他们遭逢磨难，或因身份使然，或因因果报应。接着他们看见难以置信的穹顶，由他们不相识的人建造。那时，他们一定意识到，驱策他们朝圣的信仰，与创立这座他们前来膜拜的石质建筑的信仰，原是同一回事。它无关上帝，而与睿智相系。这份识见创造出富丽堂皇的东西——一座为磨难与艰辛而设的巍峨丰碑；我们跋涉上千英里，将它置于某一平淡无奇的圣地，世世代代留存。难道你不理解？莫非你看不见？"

她注视着他的焦虑，虽留意倾听，却心存怀疑，眉头一皱温和地表示异议。"我去沏些茶。"她说。

"等等，"他乞求道，"让我说完。突破他们的局限、探寻他们所未知……改变他们的命运——同样的渴望把全体朝圣者联结在一起。"

其后，几杯茶水减弱了连贯的乐观热忱，他向她谈起自己的朝圣之旅。他想，他竟到精英的地盘挑战他们，掌握其秘密，步履匆匆沿山路而下，安然抵达族人隐藏的山谷。他带着鲜活的过往前来，那是力量和慰藉的源泉；但许久之后他才领悟,他所带来的往昔再也无法溯及其源头。接着,它开始被淡忘消失,走向朽败。它变得扭曲畸形,折磨人心。他开始将自己想成一具残破浮肿的尸体,被冲上海滩,裸露于陌生人之中,一如"老大"的结局……现实是如此寡淡乏味。他来此的理由与披着狼皮的蛮子建造那座石碑的原因如出一辙,都是人类内心犹疑挣扎着冲破焦虑恐惧的一部分。歇息过后,他向她保证,他会放松纠缠的心,像蟒蛇般扑向毫无戒备的世人。

致　谢

　　《朝圣者之路》一书得以译竣，殊为不易。首先感谢上海译文出版社信任，将这一有趣且富有挑战性的工作交付于我。疫情反复、迁延时日，出版社始终予以宽容。文学编辑室宋玲女士热心联络专家答疑释惑。责任编辑徐珏女士细致批阅译稿，多有勘正。

　　本书中的斯瓦希里语部分，蒙上海外国语大学马骏先生赐教。上海理工大学陆泉枝先生无私分享斯语词典。法语及有关文化部分，承北京大学孙凯先生、浙江工业大学王征女士、上海译文出版社文学编辑室黄雅琴女士指点。普希金家族史，得苏州大学朱建刚先生告知。宗教部分，蒙浙江大学沈弘先生教诲。板球术语，赖国家板球队领队贾吉坡先生匡正。

　　此外，中国社会科学院袁伟先生、乔修峰先生、赵丹霞女士，北京大学闵雪飞女士，商务印书馆姚翠丽女士，浙江工业大学宣传部周杰先生、英籍外教克雷格·巴克先生也多有襄助，在此一并致谢。

郑　云

癸卯春日

杭州小和山

附 录

2021年诺贝尔文学奖得主
阿卜杜勒拉扎克·古尔纳获奖演说

写 作

写作向来是一种乐趣。当年我还是个小男生的时候,课程表上的所有科目当中,我最期盼的就是上写作课,写一个故事,或是写我们的老师认为能激发我们兴趣的任何东西。这时所有人都会安静下来,伏在课桌上面,努力从记忆中或是想象中提取一些值得讲述的东西来。在这些青涩的作品中,我们并不渴望诉说什么特别的事情,或是回忆某段难忘的经历,或是表达个人坚信的观点,或是一诉心中的愤懑苦情。这些作品也不需要任何别的读者,只是写给催生它们的那位老师一个人看的,作为一种提高我们漫谈技巧的练习。我写作,因为老师让我写作,因为我在这样的练习中找到了如此多的乐趣。

多年以后,等到我自己也成了一名教师,我又重演了这段经历,只是角色颠倒了过来:我会坐在一间安静的教室里面,学生们则在伏案奋笔。这让我想起了D. H. 劳伦斯的一首诗,我现在就想引用其中的几句:

引自《最好的校园时光》

我坐在课堂的岸边,独自一人,
看着身穿夏日短衫的男孩们
在写作,他们的圆脑袋忙碌地低垂着;
然后一个接着一个他们抬起
脸来看向我,
十分安静地沉思着,
视,而不见。

接着那一张张脸便又扭开,带着小小的、喜悦的
创作兴奋从我身上扭开,
找到了想要的,得到了应得的。

  我所描述的以及这首诗所回忆的写作课,并非日后写作将会呈现在我眼前的模样。它不像后者那样被驱动,被指引,被回炉,被不断地重组。在这些青涩的作品中,我的写作是一条直线,可以这么说吧,没有太多犹豫和修改,有的只是纯真。写作之外我还如饥似渴地阅读,同样没有任何方向指引,当时我还不知道这两者之间有着怎样密切的联系。有时候,如果第二天不需要早起上学,我就会读书读到深夜,我的父亲——他自己也算是个失眠症患者了——都不得不来我的房间,命令我熄灯。哪怕你有这胆子,你也不能对他说,既然他也没睡,凭什么你不行呢,因为你不能这样子和父亲说话。再者说,他是在黑暗中失眠的,灯也关了,为

的是不打扰母亲，所以熄灯令依然有效。

与我年轻时那种随性的体验相比，日后我所从事的阅读与写作可谓有条不紊，但其中的快乐从来没有消失过，我也很少感到过吃力。不过，渐渐地，快乐的性质发生了改变。直到我移居英格兰以后，我才充分认识到了这一点。正是在那里，饱受思乡之苦与他乡生活之痛，我才开始深思此前我从未考虑过的许多事情。也正是在这一时期，在长期的贫穷与格格不入之中，我开始进行一种截然不同的写作。我渐渐认清了有一些东西是我需要说的，有一个任务是我需要完成的，有一些悔恨和愤懑是我需要挖掘和推敲的。

起初，我思考的是，在不顾一切地逃离家园的过程中，有什么东西是被我丢下的。1960年代中期，我们的生活突然遭遇了一场巨大的混乱，其是非对错早已被伴随着1964年革命巨变的种种暴行所遮蔽了：监禁，处决，驱逐，无休止，大大小小的侮辱与压迫。在这些事件的漩涡当中，一个少年的头脑是不可能想清楚眼下之事的历史与未来影响的。

直到我移居英格兰后的最初那几年，我才能够深思这些问题，琢磨我们竟能对彼此施加何等丑恶的伤害，回首我们聊以自慰的种种谎言与幻想。我们的历史是偏颇的，对于许多的残酷行径保持沉默。我们的政治是种族化的，直接导致了紧随革命而来的种种迫害：父亲在自己的孩子面前被屠杀，女儿在自己的母亲面前被侵犯。身居英格兰的我，远离所有这些事件，同时却又在精神上深深地为它们所困扰——这样的处境，比起继续同那些依然承受着事件后果的人一起生活，或许反倒使得我更加无力抵抗这种记忆的威力。但我同时还被另一些与这类事件无关的记忆所困扰：父母对子女犯下的残酷行径，人们因为社会与性别教条而被剥夺充分表达的权利，以及种种容忍贫困与依附关系的不平等。这些问题普遍存在于所有人类的生活中，并不为我们所特有，但它们并不会时时挂在你的心头，除非个人境遇迫使你认识到它们的存在。我猜这就是逃亡者所不得不背负的重担之一——他们逃离了创伤，自己找到了安全的生活，远离那些被他们抛在身后的人。最终我开始将一部分这样的反思付诸笔端，不是以一种有序的或是系统的方式，当时还没有，只是为了能够稍稍澄清一点心头的困惑与迷茫，并从中获得慰藉。

不过，假以时日，我渐渐认清了还有一件令人深感不安的事情正在发生。一种新的、简化的历史正在构建中，改变甚至抹除实际发生的事件，将其重组，以适应当下的真理。这种新的、简化的历史不仅是胜利者的一项必不可少的工程（他们总是可以随心所欲地构建一种他们所选择的叙事），它也同样适合某些评论家、学者，甚至是作家——这些人并不真正关注我们，或者只是通过某种与他们的世界观相符的框架观察我们，需要的是他们所熟悉的一种解放与进步的叙事。

如此，拒绝这样一种历史就很有必要了，这种历史不尊重上一个时代的实物见证，不尊重那些建筑、那些成就，还有那些使得生活成为可能的温情。许多年后，我走过我成长的那座小镇的街道，目睹了镇上物、所、人之衰颓，而那些两鬓斑白、牙齿掉光的人依然继续着生活，唯恐失去对于过去的记忆。我有必要努力保存那种记忆，书写那里有过什么，找回人们赖以生活，并借此认知自我的那些时刻与故事。同样必要的还有写下那种种迫害与残酷行径——那些正是我们的统治者试图用自吹自擂从我们的记忆中抹去的。

另一种对于历史的认识同样需要面对——这种认识是我在移居英格兰，接近其源头之后才渐渐看清的，比我在桑给巴尔接受殖民教育的时候看得更清。我们这一辈人，都是殖民主义的孩子，而在这一点上我们的父辈和我们的晚辈则并非如此，至少和我们不一样。我这话的意思并不是说我们对于父辈所珍视的那些东西感到生疏，也不是说我们的晚辈就摆脱了殖民主义的影响。我想说的是，我们是在帝国主义高度自信的那段时间里长大成人并接受的教育，至少在我们所处的世界区域是那样，当时的殖民统治使用委婉的话术伪装自我，而我们也认可了那套说辞。我指的那段时间，是在整个区域的去殖民化运动开始步入正轨并让我们睁眼看到殖民统治所造成的掠夺破坏之前。我们的晚辈有他们的后殖民失望要面对，也有他们自己的自我欺骗来聊以自慰，所以有一件事他们也许并不能看得很清，或是达不到足够的深度，那就是：殖民史彻底改变了我们的生活，我们的腐败和暴政从某种程度上讲也是殖民遗产的一部分。

这些问题中的一些我在来到英国后看得愈发清楚了，不是因为我遇到了什么人能在对话中或是课堂上帮助我澄清，而是因为我得以更好地认识到，在他们的某些自我叙事中——既有文字，也有闲侃——在电视上还有别的地方的种族主义笑话所收获的哄堂大笑中，在我每天进商店、上办公室、乘公交车时所遭遇的那种自然流露的敌意中，像我这样的人扮演着怎样的角色。我对于这样的待遇无能为力，但就在我学会如何读懂更多的同时，一种写作的渴望也在我心中生长：我要驳斥那些鄙视我们、轻蔑我们的人做出的那些个自信满满的总结归纳。

但写作不可能仅仅着眼于战斗与论争，无论那样做是多么的振奋人心，给人慰藉。写作不是只着眼于一件事情，不是为了这个问题或那个问题，这个关切点或那个关切点；写作关心的是人类生活的方方面面，因此或迟或早，残酷、爱与软弱就会成为其主题。我相信写作还必须揭示什么是可以改变的，什么是冷酷专横的眼睛所看不见的，什么让看似无足轻重的人能够不顾他人的鄙夷而保持自信。我认为这些同样也有书写的必要，而且要忠实地书写，那样丑陋与美德才能显露真容，人类才能冲破简化与刻板印象，现出真身。做到了这一点，从中便会生出某种美来。

而那样的视角给脆弱与软弱、残酷中的温柔，还有从意想不到的源泉中涌现善良的能力全都留出了空间。正是出于这些原因，写作对我而言才是我人生中一个很有价值且十分有趣的组成部分。当然，我的人生还有其他部分，但那些不是我们此刻所要关注的。经历了这几十年的人生岁月，我演讲开头所提到的那种青涩的写作乐趣如今依然没有消失，堪称一个小小的奇迹。

最后，让我向瑞典文学院表达我最深切的谢意，感谢他们将这一莫大的荣誉授予我和我的作品。我感激不尽。

（宋佥　译）

Abdulrazak Gurnah
PILGRIMS WAY
Copyright © Abdulrazak Gurnah, 1988
This edition arranged with ROGERS, COLERIDGE & WHITE LTD (RCW)
Through Big Apple Agency, Inc., Labuan, Malaysia.
Simplified Chinese edition copyright:
2023 Shanghai Translation Publishing House (STPH)
All rights reserved.

古尔纳获奖演说已获 The Nobel Foundation 授权使用
Nobel Lecture
Writing
By Abdulrazak Gurnah
Copyright © The Nobel Foundation 2021

图字：09-2022-186号

图书在版编目(CIP)数据

朝圣者之路／（英）阿卜杜勒拉扎克·古尔纳
（Abdulrazak Gurnah）著；郑云译. —上海：上海译
文出版社，2023.7
（古尔纳作品）
书名原文：Pilgrims Way
ISBN 978-7-5327-9296-2

Ⅰ.①朝… Ⅱ.①阿… ②郑… Ⅲ.①长篇小说—英
国—现代 Ⅳ.①I561.45

中国国家版本馆 CIP 数据核字(2023)第 086026 号

朝圣者之路
［英］阿卜杜勒拉扎克·古尔纳　著　郑　云　译
策划／冯　涛　责任编辑／徐　珏　装帧设计／张志全工作室

上海译文出版社有限公司出版、发行
网址：www.yiwen.com.cn
201101　上海市闵行区号景路159弄B座
苏州市越洋印刷有限公司印刷

开本889×1194　1/32　印张8.375　插页6　字数142,000
2023年7月第1版　2023年7月第1次印刷
印数：00,001—10,000册

ISBN 978-7-5327-9296-2/I·5790
定价：78.00元

本书中文简体字专有出版权归本社独家所有，非经本社同意不得连载、摘编或复制
如有质量问题，请与承印厂质量科联系。T：0512-68180628